英語 *Make Me High* 系列

108 課綱、各類英檢考試適用

最新版

Select Idioms

精選片語 500

Phrases 500

馬洵 ／編著

劉紅英

方麗閔 ／審閱

三民書局

國家圖書館出版品預行編目資料

Select Idioms & Phrases 500 精選片語500／馬洵,劉紅
英編著.——初版十二刷.——臺北市：三民，2023
　　面；　公分.——（英語Make Me High系列）

　　ISBN 978–957–14–4990–6　（平裝）
　1. 英語 2. 慣用語

805.123　　　　　　　　　　　　　97003718

Select Idioms & Phrases 500 精選片語 500

編 著 者	馬　洵　劉紅英
審　　閱	方麗閔
發 行 人	劉振強
出 版 者	三民書局股份有限公司
地　　址	臺北市復興北路 386 號 (復北門市) 臺北市重慶南路一段 61 號 (重南門市)
電　　話	(02)25006600
網　　址	三民網路書店 https://www.sanmin.com.tw
出版日期	初版一刷 2008 年 3 月 初版十二刷 2023 年 5 月
書籍編號	S807330
I S B N	978-957-14-4990-6

三民書局

序

英語 Make Me High 系列的理想在於超越，在於創新。

這是時代的精神，也是我們出版的動力；

這是教育的目的，也是我們進步的執著。

針對英語的全球化與未來的升學趨勢，

我們設計了一系列適合普高、技高學生的英語學習書籍。

面對英語，不會徬徨不再迷惘，學習的心徹底沸騰，

心情好 High！

實戰模擬，掌握先機知己知彼，百戰不殆決勝未來，

分數更 High！

選擇優質的英語學習書籍，才能激發學習的強烈動機；

興趣盎然便不會畏懼艱難，自信心要自己大聲說出來。

本書如良師指引循循善誘，如益友相互鼓勵攜手成長。

展書輕閱，你將發現……

學習英語原來也可以這麼 High！

給讀者的話

　　掌握一定的字彙是學好英文的基礎，然而除了字彙，片語與搭配用法也是學習英文的重要關鍵。本書精選出五百多個歷年大考高頻出現的片語與搭配用法，依字母排序，共有二十六回。每個片語皆列出至少兩個情境明顯、能完全呈現其意義的句子，以方便讀者理解、熟記。重要片語則會斟酌加註用法提示 (Notice)、同義詞 (Synonym)、反義詞 (Antonym)、片語解釋 (Explanation) 或延伸用法 (Explanation)，不僅補充重要資訊、釐清相關用法，更能在片語的記憶與應用上為讀者提供切實的幫助。除此之外，每回內容後面皆附有 Exercise，主要針對該回的片語做統整出題，題型多樣，讓讀者充分練習，達到自我評量的功效。

Table of Contents

UNIT 01

---

1 **a couple of** ①兩個；②幾個

Synonym ②a few of

■ I saw **a couple of** girls enter the building. One of the two laughed loudly.

我看到兩個女孩進了大樓。她們兩個中的一個笑得很大聲。

■ Linda met **a couple of** friends. Then, six old friends had coffee together.

Linda 碰見幾個朋友，他們六個老友一起喝咖啡。

Notice: a couple of + N (sb/sth)

Explanation

1. a couple of 後接複數可數名詞。

2. 美式英語的口語用法中，有時會將 of 省略，如 a couple years、a couple dollars 等。此外，

a couple of 與 more 或 few 等表示「多寡或程度」的詞連用時，也會省略 of 。例如：

▶ Bring me **a couple** more bottles. 再給我拿幾瓶酒來。

---

2 **a dozen of** 一打

■ Mom bought **a dozen of** eggs. 媽媽買了一打雞蛋。

■ I have half **a dozen of** pencils. 我有半打鉛筆。

Notice: a dozen of + N (sth)

Explanation

1. a dozen of 後接複數可數名詞。

2. 不定冠詞 a 可以換成數詞，但 dozen 字尾不可加 -s 。此外，of 也經常省略。例如：

▶ Bruce bought his girlfriend three **dozen** red roses.

Bruce 買了 36 朵紅玫瑰給他的女朋友。

3. dozens of 意為「許多」，用來表示不確定的數目，後面接複數可數名詞。例如：

▶ Dr. Li has published **dozens of** articles. 李博士已出版了許多文章。

---

3 **a great/good deal of** 大量的，許多的

Synonym a lot of

■ Jane's being late has caused us **a great/good deal of** trouble.

Jane 的遲到給我們帶來了許多麻煩。

■ Jack invested **a great/good deal of** energy in that business.

Jack 為那件事投入許多精力。

Notice: a great/good deal of + N (sth)

Explanation

a great/good deal of 通常用來修飾不可數名詞，例如：a great deal of money/paper/time/water/effort/attention/research/information「大量、許多的金錢/紙張/時間/水/努力/關注/研究/資訊」等。

Expansion

① **a great deal** 作名詞，意為「許多」，例如：

▶ Having not seen Travis for ten years, I have **a great deal** to say to him.

我已經有十年沒有見到 Travis，我有許多話要對他說。

② **a great deal** 亦可作副詞修飾，意為「非常，相當地」，例如：

▶ After the treatment, the patient felt **a great deal** better and was released from the hospital.　這病人在治療過後覺得好很多並出院了。

 4　**a great/good many**　許多的

Synonym　very many、a lot of、a large number of

■ There were **a great/good many** sheep on the hill.　山丘上有許多綿羊。

■ Louis has seen **a great/good many** English movies.　Louis 已經看了許多英文電影。

Notice: a great/good many + N (sb/sth)

Explanation

1. a great/good many 後接複數可數名詞。

2. a great/good many 其後接的名詞前若有定冠詞 (the)、所有格 (my、John's)、指示形容詞 (this、that、these、those) 等修飾時，須加上 of。例如：

▶ **A great/good many of** my friends are music lovers.　我的許多朋友是音樂愛好者。

a group of （人、物、團體等的）一群，一組

■ **A group of** children are running toward us happily. 一群孩子正高興地朝我們跑來。

■ **A group of** buildings near the road are going to be pulled down pretty soon.

鄰近馬路的那一大片建築物近期內將被拆除。

Notice: a group of + N (sb/sth)

Explanation

a group of 後接複數可數名詞。

 a kind of ①一種…；②某種…，有幾分…

Synonym ①a type/sort of; ②a sort of

■ Snake is **a kind of** cold-blooded animal. 蛇是一種冷血動物。

■ Julia has beautiful eyes, which are **a kind of** bluish-green color.

Julia 擁有美麗的雙眸，它們是某種藍綠色。

Notice: a kind of + N (sb/sth)

Explanation

1. a kind of 後接單數可數名詞或不可數名詞。

2. 單數可數名詞前的不定冠詞通常會省略。

Expansion

kind/sort of 意為「有點…，有幾分…」，用於減弱語氣，多用於口語中。例如：

▶ This movie was **kind/sort of** boring, wasn't it? 這部電影有點無聊，不是嗎？

---

7 **a lot of** 許多的

Synonym lots of、plenty of

■ **A lot of** scientists go in for this research. 許多科學家參與了這項研究。

■ To do the report, I need **a lot of** information on water pollution.

我需要許多關於水污染的資料來做這報告。

Notice: a lot of + N (sb/sth)

Explanation

a lot of 後接複數可數名詞或不可數名詞。

Expansion

① **a lot** 可作名詞，意為「許多」。例如：

▶ I've got **a lot** to do.　我有很多事要做。

② **a lot** 作副詞修飾，意為「非常，相當地」。例如：

▶ Joe looks very shy, but actually he talks **a lot**.　Joe 看起來很害羞，但事實上他話很多。

---

8 **a number of**　幾個，一些

■ **A number of** whales died after beaching themselves here.

幾隻鯨魚在這裡擱淺後死亡。

■ **A number of** teenagers are crazy about pop music.　一些青少年熱愛流行音樂。

Notice: a number of + N (sb/sth)

Explanation

1. a number of 後接複數可數名詞，與複數動詞連用。

2. number 之前可用 good、great、large、small 等表示程度的形容詞來修飾。例如：

▶ **A large number of** people are interested in stamp collecting.　許多人對集郵感興趣。

Expansion

the number of 表示「⋯的總數」，須接單數動詞。此外，定冠詞 the 在 the number of 後面通常會省略。例如：

▶ **The number of** students in this college is 3,650.　這所大學有 3,650 名學生。

---

9 **a pair of**　①一雙，一對；②（對稱物的）一副，一條

■ Rebecca needs **a pair of** sports shoes for hiking.　Rebecca 需要一雙運動鞋來遠足。

■ Edward bought **two pairs of** pants yesterday.　Edward 昨天買了兩條褲子。

Notice: a pair of + N (sb/sth)

Explanation

1. a pair of 後接複數可數名詞。

2. a pair of 之後雖然接複數可數名詞，但因視為一整體，須用單數動詞。若要表示複數，可以在 pair 前面加上數量詞，並在字尾加上 -s，動詞則用複數。例如：

   ▶ **A pair of** gloves is required when you go ice-skating.　溜冰時，你需要一副手套。

   ▶ There are **three pairs of** jeans in my closet.　我的衣櫥裡有三條牛仔褲。

 a quantity of　大量的

Synonym　quantities of

■ The sun gives off **a quantity of** heat.　太陽發出大量的熱。

■ The library stores **a quantity of** books.　這座圖書館有大量的藏書。

Notice: a quantity of + N (sth)

Explanation

1. a quantity of 後接複數可數名詞或不可數名詞。

2. a quantity of 表示「⋯數量的」時，quantity 之前可用 great、huge、large、small 等表示程度的形容詞來修飾，使用的動詞須與 quantity 的單複數一致。例如：

   ▶ There is only **a small quantity of** food left.　只剩下少量的食物了。

   ▶ **Large quantities of** drugs were found in Danny's apartment.

   　在 Danny 的公寓裡查獲了大量毒品。

 a sense of　①⋯的感覺；②⋯感，⋯觀

■ The boy felt **a sense of** security in his mother's arms.

　這男孩在他母親的懷裡感到安全。

■ Lydia has **a** good **sense of** humor; she can always make people laugh.

　Lydia 很有幽默感，她總是能讓人們開懷大笑。

Notice: a sense of + N (sth)

Explanation

a sense of 後面多接不可數的抽象名詞。

a series of　一系列，一連串

■ The TV5 is showing **a series of** Italian movies.　TV5 正播放一系列義大利電影。

■ **A series of** traffic accidents has made the local government decide to put up warning signs along this road.　一連串交通事故使地方政府決定在這條馬路上設置警告標誌。

Notice: a series of + N (sth)

Explanation

1. a series of 後接複數可數名詞，但是要搭配單數動詞。

2. series 指「在某方面有關聯或類似的事物，在時間或空間上形成連續關係」，而 sequence 則用來強調「一連串事物在因果、時間、邏輯或順序上的關係，並暗示某種後果」。例如：

▶ Our teacher gave us a **series** of lectures on how to study English well.

　我們老師為我們舉辦了一系列關於如何學好英語的講座。

▶ This article shows the **sequence** of events that led to World War II.

　這篇文章描述了一連串導致第二次世界大戰的事件。

13　above all　尤其，最重要的是

Synonym　most importantly

■ We must study all the subjects well, and **above all** we must do well in Chinese.

我們必須用功唸書，而且尤其應該學好中文。

■ **Above all**, you should make good use of your time.

最重要的是，你應該善加利用你的時間。

14　according to　按照…，根據…

■ The students were grouped **according to** height.　學生們按照身高分組。

■ **According to** the article, which of the following statements is correct?

根據這篇文章，下列哪項陳述是正確的？

Notice: according to + N (sb/sth)

Explanation

1. according to 後面須接名詞或其他具有名詞性質的字詞，如代名詞或名詞子句等。

2. according to 後面須接來自別人、別處的資訊，而不是說話者本身，所以不能用 according to me 或 us。例如：

▶ According to me, what you said is wrong.　在我看來，你說的是錯的。..........（✗）

→ In my opinion, what you said is wrong.　在我看來，你所說的是錯的。.........................(○)

3. according to 不與 opinion 、view 、point of view 、viewpoint 等字詞連用。要表達「依…的看法」時，則用 in one's opinion/view 或 from one's point of view/viewpoint。例如：

▶ According to Nina's opinion, rock music is boring. ....(×)

→ In Nina's opinion, rock music is boring.　在 Nina 看來，搖滾音樂令人厭煩。.........(○)

15　accuse...of　指控…，指責…

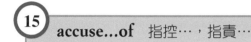

Synonym　charge...with

■ The police **accused** David **of** murder.　警方指控 David 謀殺。

■ Kevin **accused** his parents **of** breaking their word.　Kevin 指責他父母不信守承諾。

Notice: accuse + sb + of + N/V-ing

16　add to　增加，提高

■ The bad weather will **add to** the difficulty of finding the lost climbers.

天氣不佳將增加找尋失蹤登山者的困難。

■ Silvia's performance in the film will surely **add to** her reputation.

Silvia 在這部電影裡的表現一定會提高她的聲譽。

Notice: add to + N (sth)

Expansion

① **add...to** 意為「把…加進」。例如：

▶ Please **add** some wood **to** the fire.　請在爐火裡加點木柴。

② **add up to** 意為「合計為…，總共是…」。例如：

▶ Including the service charges, the bill **added up to** NT$ 1,650.

這份帳單含服務費總共是 1,650 元。

17　after all　①畢竟；②終究

■ Don't punish Johnny; **after all**, he is a child.　別懲罰 Johnny。畢竟，他還只是個孩子。

■ I thought I would pass my driving test, but I failed it **after all**.

我本來以為我會通過路考，但我終究還是失敗了。

 agree with　①與…意見一致；②與…一致；③（氣候、食物等）適合

■ I **agree with** you. → I **agree with** what you said.　我同意你所說的。

■ What Ken does doesn't **agree with** what he says.　Ken 言行不一致。

■ The humid climate here doesn't **agree with** me.　這裡潮溼的氣候不適合我。

Notice: agree with + N/wh-clause

Explanation

agree with 多不用進行式或被動語態。

Expansion

① **agree to** 意為「贊同（某人的計畫、建議、意見、辦法等）」，表示接受並支持的態度。例如：

▶ Larry quite **agreed to** our plan/suggestion/proposal/idea.

　Larry 十分同意我們的計畫／建議／提議／想法。

另外，**agree to ＋V** 則是表示「同意做某事」的意思。例如：

▶ David finally **agreed to** go to the movies with us.

　David 最後終於同意和我們一起去看電影。

② **agree on/upon** 表示「說話雙方在…方面達成一致的意見」。例如：

▶ They **agreed on/upon** the date when the goods were delivered.

　對於送貨日期他們意見一致。

---

 all night (long)　一整夜

Synonym　the whole night、all the night　　Antonym　all day (long)

■ Steven played computer games **all night (long)**.　Steven 一整夜都在玩電腦遊戲。

■ I've been working on my report **all night (long)**.　我一整夜都在寫報告。

Expansion

all night (long) 的 night 也可以用 day、week、weekend、month、year 等代換，意為「一整天／星期／週末／月／年」。例如：

▶ Don't sleep **all day (long)** on weekends. Do something!

別一整個週末都在睡覺。做點事吧！

▶ It has been raining heavily **all week (long)**, so the baseball game has been put off.

大雨連續下了一整個星期，所以這場棒球賽已經延賽了。

20 **all over** ①到處；②遍及

Synonym ②all around

■ I looked **all over** for my puppy, but I couldn't find it anywhere.

我到處尋找我的小狗，但是哪兒也找不到牠。

■ Before long, the good news spread **all over** the country.　不久這好消息傳遍全國。

Explanation

1. all over 作「到處」解時，為副詞；作「遍及」解時，則為介系詞，後面須接一地方作受詞。

2. all over 也可作形容詞，意為「結束的」。例如：。例如：

▶ The game was **all over** and we lost it.　比賽結束了，我們輸了。

E X E R C I S E

BASIC

A *Multiple Choice*

( )　**1.** Please bring me ＿＿＿ books.

　　(A) a couple of　　(B) a great deal of　(C) a pair of　　　(D) a kind of

( )　**2.** Mr. White paid ＿＿＿ attention to children's education.

　　(A) a number of　　(B) a series of　　(C) a great deal of　(D) a great many

( )　**3.** There are ＿＿＿ loanwords in English—resume, for example.

　　(A) a great many　(B) a great deal of　(C) a large number　(D) a lot

( )　**4.** In the 18th century, Benjamin Franklin conducted ＿＿＿ experiments in which he proved lightning and electricity were the same thing.

　　(A) a kind of　　(B) a great deal of　(C) the number of　(D) a large number of

(   ) **5.** In summer, the air conditioning usually consumes _____ electricity in a household.

    (A) a dozen of   (B) a good many   (C) a great deal of   (D) a group of

(   ) **6.** The rise in prices _____ our difficulty in making both ends meet.

    (A) adds in   (B) adds up   (C) adds up to   (D) adds to

(   ) **7.** Rich food doesn't _____ the patient. It will make him ill.

    (A) agree   (B) agree with   (C) agree to   (D) agree on

(   ) **8.** We helped Alice look _____ for her missing key but couldn't find it anywhere.

    (A) all in   (B) all but   (C) all over   (D) all of

(   ) **9.** The basketball team did their best and won _____ victories.

    (A) a sort of   (B) a series of   (C) a sense of   (D) the consequence of

(   ) **10.** I knew Gary didn't get good grades, but, _____, he had tried his best.

    (A) all night long (B) all around   (C) all over   (D) after all

B *Guided Translation*

1. 對於如何演奏一首樂曲，這些音樂家們很少意見一致。

Those musicians rarely _____ _____ the way a piece of music should be played.

2. Danny 有幾個解決這個問題的主意。

Danny has got _____ _____ _____ ideas of how to solve the problem.

3. 我要三打雞蛋。

I want three _____ _____ eggs.

4. 飛魚是一種能躍出水面並在空中滑行的魚。

A flying fish is _____ _____ _____ fish that can jump out of the water and move through the air.

5. 一群飛機正飛過那座山。

_____ _____ airplanes were flying over the mountain.

6. 我們買了大量麵粉來做一個大生日蛋糕給 Olivia。

We bought _____ _____ _____ _____ flour to make a huge birthday cake for Olivia.

7. 一種幸福的感覺在我心裡油然而生

The newlyweds have _____ _____ _____ happiness wells up in my heart.

8. 根據這些數字可以看出該旅行社經營有方。

_____ _____ the figures, the travel agency is doing well.

9. 超市老闆指控 Tim 偷竊。

The supermarket owner _____ Tim _____ stealing.

10. 我們應該節省一切。我們尤其必須節省時間。

We should save everything. _____ _____, we must save time.

A D V A N C E D

A Matching

_____	**1.** a couple of	(A) a set of twelve people or things
_____	**2.** a dozen of	(B) to say that one has done something wrong
_____	**3.** accuse of	(C) two people or things
_____	**4.** a lot of	(D) increase something in degree or amount
_____	**5.** a kind of	(E) plenty of
_____	**6.** all night long	(F) a sort of
_____	**7.** according to	(G) the whole night
_____	**8.** add to	(H) most importantly
_____	**9.** above all	(I) throughout
_____	**10.** all over	(J) as stated by someone

B Correction

( ) **1.** Out of a pair of guilty, Bobby told her girlfriend that he was dating another girl.

    (A) a group of   (B) a sense of   (C) a dozen of   (D) a number of

( ) **2.** A good many the paintings on exhibition were sold on the opening day.

    (A) A great many   (B) Many   (C) Very many   (D) A good many of

( ) **3.** They punished the young man of murder in the court.

    (A) accused   (B) charged   (C) sentenced   (D) blamed

( ) **4.** A <u>great deal of</u> elephants were killed by hunters.

    (A) Much   (B) A kind of   (C) A lot of   (D) A good deal of

( ) **5.** <u>A number of</u> the wounded was estimated at 200.

    (A) A good number of   (B) A quantity of

    (C) A large number of   (D) The number of

( ) **6.** I am sorry to bother you, but I need <u>a couple of</u> garden scissors.

    (A) a series of   (B) a sense of   (C) a pair of   (D) dozen of

( ) **7.** At the meeting, most of the people present <u>agreed</u> the manager's suggestion.

    (A) agreed   (B) agreed upon   (C) agreed in   (D) agreed to

( ) **8.** More than <u>two dozens of</u> teachers will attend the meeting.

    (A) two dozens   (B) the two dozen   (C) two dozen of   (D) two of dozen

( ) **9.** I'll never forget my hometown which gave me <u>a great many</u> love and comfort.

    (A) a large number of   (B) very many

    (C) a great deal of   (D) a good many

( ) **10.** Don't be discouraged by the setbacks; we are new to this work <u>above all</u>.

    (A) at all   (B) all night   (C) all over   (D) after all

UNIT 02

---

21 all sorts of 各種的，各式各樣的

Synonym all kinds of、all types of

■ Arthur overcame **all sorts of** difficulties and finally succeeded.

　Arthur 克服了各種困難，最後成功了。

■ Bob eats **all sorts of** food; he is a big eater.

　Bob 各式各樣的食物都吃，他是一個大胃王。

Notice: all sorts of + N (sb/sth)

Explanation

all sorts of 後接複數可數名詞或不可數名詞。

---

22 along with 與…一起，連同

Synonym together with

■ The teacher, **along with** some students, is going to visit the National Palace Museum.

　老師將與一些學生一起去參觀國立故宮博物院。

■ On Valentine's Day, Danny sent Vivian a bunch of flowers, **along with** a box of chocolate. 　情人節時，Danny 送 Vivian 一束花，連同一盒巧克力。

Notice: along with + N (sb/sth)

Explanation

along with 為介系詞片語，放在主詞後用來修飾主詞，因此動詞應與主詞的人稱一致。

---

23 and so on 等等

Synonym and so forth

■ The store sells pencils, pens, erasers, notebooks **and so on**.

　這家商店出售鉛筆、鋼筆、橡皮擦、筆記本等等。

■ Last Sunday, I went to the movies, shopped for clothes, **and so on**.

　上周日，我去看電影、買衣服等等。

Explanation

and so on 用於列舉兩個或兩個以上類似的事物之後，前面可以加逗號。

 any more 再，還

Synonym any longer

■ I'm full; I can't eat **any more**. 我飽了，再也吃不下了。

■ Why don't you speak to me **any more**? 你為什麼不再跟我說話了？

Explanation

1. any more 通常用於否定句及疑問句，並置於句尾。此外，美式英文常作 anymore。

2. not...any more 與 not...any longer 同義，相當於 no longer 的意思，三者可以做代換。例如：

▶ I can't trust George **any more/any longer**. → I can **no longer** trust George.
我再也不相信 George 了。

 apart from ①除⋯之外；②除⋯之外還

Synonym ①except for; ②in addition to

■ The girl is quite good-looking, **apart from** her lips. 這女孩除了她的嘴唇之外都很好看。

■ **Apart from** me, three other students were late. 除了我以外，還有其他三個學生遲到。

■ **Apart from** giving food to the refugees, the charities also provided shelters for them.
除了給予難民食物，慈善機構還提供避難所給他們。

Notice: apart from + N/V-ing

Explanation

1. 美式英文多用 aside from。

2. apart from 同時具有「除了⋯之外」及「除了⋯之外還」的意思。當 apart from 所指涉者不包括在主要子句所提及的事物之內時，此時用法與 except for 相同，以例句 1 為例。當 apart from 所指涉者包括在主要子句所提及的事物之內時，此時用法與 in addition to 相同，以例句 2、3 為例。

 appeal to ①對⋯有吸引力；②懇求

■ That film **appealed to** many teenagers. 那部電影對許多青少年具有吸引力。

■ The government is **appealing to** the public to stay calm after the riot.

政府呼籲大眾在暴動之後保持冷靜。

Notice: appeal to + N (sb)

 apply for 申請

■ Stella has seen an advertisement for a secretary in today's newspaper. She would like to **apply for** the position.

Stella 在今天報紙上看到一則徵秘書的廣告。她想要應徵那個職位。

■ If you don't have enough money to buy a house, you can **apply for** a loan.

如果你沒有足夠的錢買房子，你可以申請貸款。

Notice: apply for + N (sth)

Explanation

apply for 後可以接可數名詞。例如：apply for a job/post/position/scholarship「申請工作/職位/職位/獎學金」；也可以接不可數名詞，例如：apply for citizenship/permission「申請公民身分/許可」。

 apply to 適用於

■ The new rule **applies to** all employees in the company.

此項新規定適用於公司所有職員。

■ The 30% discount **applies to** online orders only.　七折折扣只適用於網路訂單。

Notice: apply to + N (sb/sth)

Expansion

① **apply...to...** 意為「應用、運用…於…」。例如：

▶ Ed loves to **apply** his knowledge of computer **to** his job.

Ed 喜歡將他的電腦知識運用在他的工作上。

② **apply oneself to** + N/V-ing 意為「專心致力於…」。例如：

▶ Ms. Smith has made up her mind to **apply herself to** education/teaching.

Smith 女士已下定決心致力於教育事業。

---

29 **argue against** 據理反對

Antonym argue for

■ Most people in the world **argue against** racial discrimination.

世界上大多數人都據理反對種族歧視。

■ Several members of the board **argued against** taking hasty action.

董事會裡幾個成員據理反對草率行動。

Notice: argue against + N/V-ing

Expansion

argue for 意為「據理力爭」。例如：

▶ Many Saudi women **argue for** the right to vote.

許多沙烏地阿拉拍的婦女據理力爭選舉權。

30 **argue with...about...** 為…與…爭論

■ Mr. Robinson **argued with** his wife **about** their child's education.

Robinson 先生為孩子的教育問題與妻子爭論。

■ Don't **argue with** your brother **about** such a trivial matter.

不要為了這種小事與你弟弟爭論。

Explanation

此用法中的介系詞 about 可用 over 替換，意思不變。

31 **around the corner** ①在附近；②即將到來

■ Monica's house is just **around the corner**.　　Monica 的家就在附近。

■ According to the experts, an economic recovery was just **around the corner**.

根據專家們的說法，經濟即將復甦。

32 **arrive in/at** 到達

Synonym get to

■ When Lucy **arrived in** New York, it was raining.　當 Lucy 到達紐約時，天正在下雨。

■ My friend **arrived at** the airport twenty minutes late.　我朋友晚了二十分鐘到達機場。

Notice: arrive in/at + N (sth)

Explanation

arrive in 後接較大的地點，例如國家、大都市等；而 arrive at 後接較小的地點，例如車站、商店等。

Expansion

arrive at 還可以表示「達成，達到」之意。例如：

▶ The two countries finally **arrived at** an agreement.　這兩個國家最後達成了協定。

---

33 **as a result**　結果

Synonym　in consequence、as a consequence

■ The patient kept on smoking against his doctor's advice; **as a result**, he died of lung cancer.　病人不遵從醫生的忠告繼續吸煙，結果死於肺癌。

■ Jerry forgot to carry an umbrella with him. **As a result**, he was dripping wet.

　Jerry 忘了帶雨傘出門，結果他淋成了落湯雞。

Explanation

as a result 在句中做插入語時，常用逗號與主句分開。例如：

▶ Dennis got up late and, **as a result,** was late for school.　Dennis 晚起，結果上學遲到。

Expansion

as a result of 表示「因為，由於」，後接名詞 (片語)。例如：

▶ The heart surgery was successfully performed **as a result of** a careful preparation.

　由於準備充分，心臟手術進行得很成功。

---

34 **as...as**　和…同樣，與…一樣

■ The car is **as** expensive **as** that one.　這部車和那部一樣貴。

■ Mary is **as** enthusiastic **as** her mother.　Mary 和她母親一樣熱心。

■ Jack from Class 1 ran **as** fast **as** David from Class 3.

　一班的 Jack 與三班的 David 跑得一樣快。

Notice: as + adj/adv + as

Explanation

1. as...as 的否定用法可用 not as/so...as。例如：

    ▶ Joshua is **not as/so** clever **as** his sister.　Joshua 不如他姊姊聰明。

2. as...as 中的第二個 as 後面接人稱代名詞時，正式文體應用主格，但口語中也可用受格。例如：

    ▶ Tom didn't jump **as** high **as** I/me.　Tom 不如我跳得高。

3. as...as 第二個 as 所引導的子句常省去與主要子句相同的部分。但是，如果有上下文且不會產生歧義時，亦可以省略整個子句。例如：

    ▶ Their classroom is **as** big **as** ours (is).　他們的教室跟我們的一樣大。

    ▶ I have three brothers. Molly has **as** many (**as** I have).　我有三個兄弟，Molly 也是。

4. as many...as 或 as much...as 意為「和…一樣多」，用來表示名詞的數量。many 後面接複數可數名詞，much 後面則接不可數名詞。此外，many 及 much 也可作代名詞，其後不須接名詞。例如：

    ▶ I have **as many** apples **as** you.　我和你有一樣多的蘋果。

    ▶ We have **as much** rain this year **as** last year.　今年雨水與去年一樣多。

    ▶ Polly has a lot of friends, and I have **as many as** her.

    　Polly 有許多朋友，而我跟她有一樣多的朋友。

    ▶ Toby earned **as much as** his father.　Toby 和他父親賺的錢一樣多。

5. 倍數或分數可以加在 as...as 之前。例如：

    ▶ This road is **three times/half as** long **as** that one.　這條路是那條路的三倍/一半長。

6. as...as 可用 just、always、(not) nearly、exactly、nothing like、every bit 等詞來修飾。例如：

    ▶ Today is **nearly as** cold **as** yesterday.　今天幾乎和昨天一樣冷。

    ▶ This girl is **just as** tall **as** that boy.　這個女孩和那個男孩正好一樣高。

7. as...as 也常用於比喻。例如：**as** white **as** snow「像雪一樣白」、**as** black **as** coal「像煤一樣黑」。

 35 **as...as one can/could**　盡可能

Synonym as...as possible

■ Try to make your answer **as** brief **as you can**.　盡可能試著使你的答案簡短一些。

■ I'll try to make **as** few mistakes **as I can**.　我會試著盡可能少犯錯誤。

■ Please come here **as** early **as you can** tomorrow.　明天請你盡可能早點來。

Notice: as + adj (+ N)/adv + as one can/could

36　as if　好像，彷彿

Synonym as though

■ They were talking **as if** they were lovers.　他們交談的樣子好像是戀人。

■ Childhood memories flooded back to me **as if** they had just happened.

童年記憶湧上心頭，彷彿才剛剛發生。

Notice: as if + clause

Explanation

1. as if 可與 as though 做代換，都是表「狀態」的從屬連接詞，用來引導副詞子句。

2. as if 引導的子句所表示的狀況與事實相反時，需用假設語氣。副詞子句內的動詞如用過去式，則表示與現在事實相反，如例 1；動詞如用過去完成式，則表示與過去事實相反，如例 2。

3. as if 引導的子句所表示的狀況是事實或有可能會發生的事時，子句中的動詞則用直說法。例如：

▶ The girl looks **as if** she knows me.　那個女孩看起來好像認識我。

37　as long as　只要

Synonym so long as

■ The policeman said, "**As long as** I live, I'll put the criminal in prison."

這個警察說：「只要我活著，我就要將罪犯繩之以法。」

■ **As long as** you tell the truth, I'll give you one more chance to start over.

只要你說實話，我會再給你一次機會，重新開始。

Notice: as long as + clause

Explanation

as long as 引導的條件子句中，多用現在式代替未來式。例如：

▶ I'll come to the party **as long as** Barbara is invited too.

只要 Barbara 也被邀請，我就會去參加那個派對。

Expansion

as／so long as「只要」、if「如果」、unless「除非，若不」、suppose／supposing「假設」、provided／providing (that)「假如」、on condition (that)「如果」、in case「假如」等從屬連接詞都引導條件子句。例如：

▶ I'll lend you my computer **on condition (that)** you keep it in good shape.

如果你不弄壞我的電腦，我就會借給你。

▶ Call me **in case** you have any difficulty.　假如你有任何困難，打個電話給我。

▶ The president of the company will agree to these terms, **provided/providing** that Mr. Smith signs his name.　假如 Smith 先生簽名的話，公司的總裁就同意這些條件。

▶ **Suppose/Supposing** Mr. Liu insists on our meeting him at the airport, what shall we do?

假如劉先生堅持要我們去機場接他，那我們怎麼辦？

 38　**as soon as**　一…就…

Synonym　no sooner...than、hardly...when、the moment (that)

■ I'll send you the sample **as soon as** it is ready.　一旦樣品準備好了，我會馬上給你寄去。

■ My elder sister got married **as soon as** she graduated from college.

我姊姊大學一畢業就結婚了。

Notice: as soon as + clause

Expansion

as soon as、the minute/instant/moment、barely/hardly/scarcely...when 與 no sooner...than 均意為「一…就…」，表示主要子句和從屬子句的動作相繼一前一後發生。在要改為 barely/hardly/scarcely...when 和 no sooner...than 這兩個句型中，主要子句的動詞通常用過去完成式，而副詞子句的動詞通常為過去式。此外，若 barely/hardly/scarcely 或 no sooner 置於句首時，句子必須倒裝。例如：

▶ The boy ran across the lawn **the minute/moment/instant** he saw his mother.

小男孩一看到媽媽，就穿過草坪向她跑來。

▶ The robbers had **no sooner** seen the police **than** they ran away.

　→ **No sooner** had the robbers seen the police **than** they ran away.

強盜一看到警察就立刻跑開了。

▶ I had **barely/hardly/scarcely** headed out **when** the telephone rang.

→ **Barely/Hardly/Scarcely** had I headed out **when** the telephone rang.

我一出門，電話就響了。

 as to 關於

Synonym as for、with/in regard to

■ **As to** the new plan, nothing has been decided yet.

關於這個新計畫，還未做出任何決定。

■ If you want any advice **as to** where you should visit in Kaohsiung, you can ask Peter.

如果你想要任何關於該去高雄哪裡參觀的建議，你可以問問 Peter。

Notice: as to + N(P)/wh-clause

 as well 也

■ Edmund, an English major, studies Spanish **as well**.

Edmund 主修英文，也學習西班牙文。

■ Mr. Beck is a famous writer. His daughter is a writer **as well**.

Beck 先生是位知名的作家，他的女兒也是一位作家。

Explanation

as well 一般放於句尾。

E X E R C I S E

BASIC

A *Multiple Choice*

(　　) **1.** Jason has ＿＿＿＿ a scholarship to study in the UK.

　　(A) applied to 　　　　　　　(B) applied for

　　(C) appealed to 　　　　　　(D) argued with

(　　) **2.** Are you arguing _____ or _____ the idea of free trade?

　　　 (A) to; about 　　　 (B) about; for 　　　 (C) against; for 　　　 (D) with; about

(　　) **3.** Susan argued _____ her colleague _____ who should take responsibility for the failure of the deal.

　　　 (A) about; for 　　　 (B) with; about 　　　 (C) with; at 　　　 (D) for; about

(　　) **4.** The Wang family _____ Chicago yesterday.

　　　 (A) reached in 　　　 (B) got at 　　　 (C) arrived in 　　　 (D) arrived at

(　　) **5.** Things didn't go _____ we had expected.

　　　 (A) as smooth as 　　 (B) smooth as 　　 (C) smoothly than 　 (D) so smoothly as

(　　) **6.** Tom is not _____ he thinks he is.

　　　 (A) half as clever as 　　　　　　　　 (B) as half clever as

　　　 (C) half as clever than 　　　　　　　 (D) half so clever as

(　　) **7.** My parents will leave for home today. _____ me, I will stay here for another two weeks.

　　　 (A) As to 　　　 (B) As if 　　　 (C) Apart from 　　　 (D) As long as

(　　) **8.** Yesterday, Fred took part in the football game. David did _____.

　　　 (A) along with 　　 (B) any more 　　 (C) as well 　　 (D) and so on

(　　) **9.** John gave his girlfriend a phone call _____ he went home.

　　　 (A) no sooner 　　 (B) as if 　　 (C) as soon as 　　 (D) as though

(　　) **10.** My brother always looks _____ he were pondering over some profound mysteries.

　　　 (A) as well 　　 (B) as if 　　 (C) as soon as 　　 (D) as long as

B *Guided Translation*

1. 由於乾旱，今年將會歉收。

_____ _____ _____ of the drought, there will be a poor harvest this year.

2. Bert 就這次旅遊提出了許多問題：要去哪裡玩、跟誰一起去、如何去等等。

Bert asked a lot of questions about this trip: where to visit, whom to go with, how to get there, _____ _____ _____.

3. 除了那個考量，他們沒理由如此做。

_____ _____ that consideration, there is no reason why they should do so.

4. David 和他妹妹一起去了動物園。

David, _____ _____ his sister, went to the zoo.

5. 好的作品吸引每個人。

Good work _____ _____ everyone.

6. Oliver 不能再喝了。

Oliver can't drink _____ _____.

7. 耶誕節即將來臨，到處都是聖誕樹。

Christmas is just _____ _____ _____; Christmas trees are everywhere.

8. Barbara 申請加入這個高爾夫球俱樂部。

Barbara _____ _____ membership of the golf club.

9. Watson 先生不僅是我的老師也是我的好友。

Mr. Watson is my teacher and my good friend _____ _____.

10. 這種新農耕法適用於沙漠地帶。

The new farming method _____ _____ the desert region.

ADVANCED

A Synonym

Match each idiom or phrase with the synonymous one correctly; ignore the tense or capitalization.

(A) apart from	(B) as if	(C) arrive at	(D) as long as
(E) all sorts of	(F) as to	(G) as...as possible	(H) as soon as
(I) and so on	(J) along with		

_____ **1.** The supermarket sells all kinds of things.

_____ **2.** These chairs, tables, curtains, cooking pots, flower vases, drinking cups, bird cages, and so forth, are all made of bamboo.

_____ **3.** Except for the ending, this novel is good and worth reading.

_____ **4.** The letter, together with some pictures, was sent to Paul.

_____ **5.** The next day, the soldiers got to the town.

_____ **6.** The moment the firemen heard the alarm ring, they got ready for action.

_____ **7.** I'll finish my speech as soon as I can.

_____ **8.** As for the curtains in Meg's room, they are so bright and fashionable.

_____ **9.** The old man staggered along the road as though he were drunk.

_____ **10.** The old lady agreed to adopt the boy on condition that he had to receive Christian baptism.

B Cloze Test

Fill in each blank with one of the idioms or phrases listed below. Make changes if necessary.

all sorts of	argue with	as for	as a result of	as long as
apply to	as much as	as if	apart from	arrive in

1. My brother likes spring, but _____ me, I like autumn better.

2. The rule only _____ freshmen. It does not affect senior students.

3. _____ some spelling errors, your essay is good.

4. It seemed _____ the conversation would never end.

5. _____ their careful budget, now they can afford the trip to Paris.

6. There are _____ plants and animals in the forest.

7. The two brothers are _____ each other over who should do the dishes.

8. I'll try _____ I can to help Kent build up his confidence.

9. _____ you do your best, there are lots of opportunities awaiting you.

10. As soon as I _____ Washington D.C., I'll call you up.

41 **as well as** ①和，也，又；②不但…而且

Synonym ①in addition to; ②not only...but also

■ This afternoon, I went to the bank **as well as** the post office.

今天下午，我去了銀行和郵局。

■ The boy is cute **as well as** smart. 這男孩不但可愛而且聰明。

Explanation

1. as well as 是對等連接詞，所連接者一般是文法上有對等關係的單字或片語。如在例 1 中，as well as 連接兩個名詞；在例 2 中，as well as 連接兩個形容詞。

2. as well as 後接動詞時，由於 as 為介系詞，動詞須用 V-ing 的形式。例如：

   ▶ **As well as** drawing pictures, Dolly wrote a story.

   Dolly 不但畫了圖，而且還寫了一個故事。

3. 以 "A + as well as + B" 作主詞時，動詞的人稱、單複數要與 A 一致。例如：

   ▶ My sister **as well as** I is going to learn diving this summer.

   我姊姊和我這個夏天將要去學潛水。

   ▶ I **as well as** you am to blame. 我和你都有錯。

4. "A + as well as + B" 強調的是 A，而 "not only + A + but (also) + B" 強調的是 B，因此做代換時，要注意連接成份代換後的位置。此外，以 "not only + A + but (also) +B" 作主詞時，動詞的人稱、單複數要與 B 一致。例如：

   ▶ The boy is cute **as well as** smart.

   → The boy is **not only** smart **but (also)** cute.

   這男孩不但可愛而且聰明。

   ▶ **Not only** you **but also** I am to blame. 我和你都有錯。

42 **as yet** 到目前為止，迄今

Synonym so far、up to now

■ **As yet**, I haven't received any reply from the company.

我到目前為止還未收到那家公司的任何回覆。

■ The police haven't ruled out the possibility of suicide **as yet**.

警方到目前為止尚未排除自殺的可能性。

Explanation

as yet 在句中做副詞，多用於否定句中，常與現在完成式連用，可置於句首、句中或句尾。

---

43 **ask for** ①請求，要求；②找（人）

■ Ginny was thirsty, so she **asked for** a glass of water.

　Ginny 口很渴，所以她要求給她一杯水。

■ Did anyone **ask for** the manager this morning?　今天上午有人找經理嗎？

Notice: ask for + N (sth/sb)

---

44 **ask...for advice** 請求⋯的建議、忠告

■ We will **ask** our teacher **for** some **advice** on how to learn English well.

　我們將向老師請教如何學好英語的建議。

■ Gordon **asked** me **for** some **advice** about buying a MP3 player.

　Gordon 向我徵詢有關購買 MP3 播放器的建議。

Notice: ask + N (sb) + for advice (+ on/about + N/V-ing)

Explanation

advice 是不可數名詞，若要表示數量時，要用量詞來修飾，像是 a bit/piece/word of、some、lots of 等。例如：

▶ The doctor gave me **some advice** on my health.　醫生給了我一些關於我健康問題的建議。

---

45 **assist...with** 幫助、協助某人做某事

Synonym help...with

■ I **assisted** my grandmother **with** her coat.　我幫我奶奶穿上大衣。

■ These nurses **assisted** the doctor **with** the surgery.　這些護士協助醫生進行外科手術。

Notice: assist + N (sb) + with + N (sth)

Explanation

assist 後面也可以接 in + V-ing。例如：

▶ I **assisted** my grandmother **with** her coat.

→ I **assisted** my grandmother **in putting on** her coat.

我幫我奶奶穿上大衣。

46 associate(...)with ①把…聯想在一起；②與…來往

■ In Taiwan, children always **associate** Chinese New Year **with** red envelopes.

在臺灣，小孩子總是把新年與紅包聯想在一起。

■ I don't **associate with** that kind of person.　我不與那種人來往。

Notice: associate + N (sb/sth) + with + N (sb/sth) 或 associate with + N (sb)

47 at all ①一點也（不）；②到底，究竟

■ I don't like Peter **at all**; he is too selfish.　我不喜歡 Peter，他太自私了。

■ Will you go hiking **at all** this afternoon?　今天下午你到底去不去遠足？

Explanation

1. at all 一般用在否定句、疑問句、條件句中以加強語氣。當 at all 用於否定句時，意為「一點也(不)」；用於疑問句時，則表示「到底，究竟」。

2. at all 也可以用於禮貌性的回答，表示「不客氣，沒關係」，相當於 "You're welcome."。例如：

▶ "Thank you for your help." "Not at all."　「謝謝你的幫忙。」「不客氣。」

▶ "Sorry to have troubled you." "Not at all."　「對不起打擾了。」「沒關係。」

48 at any cost 不計任何代價，無論如何

Synonym at all costs、at any price

■ The road must be repaired within two months **at any cost**.

這條路無論如何要在兩個月內修好。

■ They were determined to save those trapped miners **at any cost**.

他們決心不計一切都要搶救那些被困的礦工。

49 at first 起先，最初

Synonym in the beginning　　Antonym at last、in the end

■ **At first**, I thought Dora was shy, but then I discovered that she was just not interested in small talk.　起先我以為 Dora 很害羞，後來我才發現她只是對閒談不感興趣。

■ My father didn't permit me to go out with my boyfriend **at first**, but at last consented.　我父親起初不允許我和男朋友交往約會，但最後同意了。

Expansion

① **at (long) last** 意為「最終，終於」。例如：

▶ After ten year's hard work, they paid off all the debts **at (long) last**.

經過十年的努力，他們終於還清了所有債務。

② **in the beginning** 也可以表示「起先」，可用 **at the beginning** 代替。例如：

▶ **In ╱At the beginning**, I thought Larry didn't like me, but later I found he was merely shy.　起先我以為 Larry 不喜歡我，但之後我發現他只是害羞。

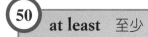

50　at least　至少

Antonym　at (the) most

■ Grace calls her boyfriend **at least** once a day.　Grace 一天至少打一次電話給她男朋友。

■ I have seen this movie **at least** three times.　這部電影我至少看了三次。

Expansion

at (the) most 意為「最多」。例如：

▶ I think this coat costs 4,000 NT dollars **at (the) most**.　我認為這件大衣最多值 4,000 元。

51　at midnight　在午夜

Synonym　in the middle of the night

■ Paul was born **at midnight** on September 12th, 1989.

Paul 出生於西元 1989 年 9 月 12 日的午夜。

■ The accident might happen **at midnight** last Monday.　事故可能發生於上星期一午夜。

52　at once　馬上，立即

Synonym　right away

■ When Mr. Smith saw the girl drowning, he jumped into the water **at once**.

Smith 先生見到女孩溺水，就立即跳入水中。

■ By order of the general, the soldiers set off **at once**.　奉將軍的命令，士兵們馬上出發。

Expansion

all at once 意為「突然；全都同時，一起」。例如：

▶ **All at once**, it began to rain.　突然下起大雨。

▶ Don't talk **all at once**. Speak one by one.　不要全都同時說話，一個一個輪流講。

---

53 **at one time**　①一度，曾經；②同時

Synonym　②at the same time

■ **At one time**, Andrew often came here to see me.　Andrew 曾經常來這裡看我。

■ I can listen to the radio and do my homework **at one time**.

我可以同時聽廣播和做作業。

Expansion

① **at a time** 意為「一次」。例如：

▶ Take one pill **at a time**.　一次服用一粒藥錠。

② **at times** 意為「有時」。例如：

▶ My father cooks dinner **at times**, but usually my mother does it.

我爸爸有時候會煮晚餐，但通常是我媽媽煮。

---

54 **at stake**　瀕臨危險

■ The celebrity's reputation was **at stake** because of the scandal.

這位名人因醜聞而面臨身敗名裂的危險。

■ Rescue teams had been heading for Indonesia, where thousands of lives were **at stake**.　救難隊持續前往印尼，那裡數以千計的人性命垂危。

55 **at this/that rate**　照這種/那種情形

■ A typhoon is approaching. **At this rate**, we won't be able to go hiking tomorrow.

颱風逐漸靠近。照這種情形，我們明天無法去遠足了。

■ They've lost a lot of customers. **At that rate**, the restaurant will soon be closed.

他們已損失了許多顧客。照那樣下去，這家餐廳很快就會關門大吉。

56 **at that time** 在那時，當時

■ Felix joined the army in 1981. **At that time**, he was 19 years old.

Felix 於 1981 年從軍。當時他才十九歲。

■ All at once came a terrible noise. **At that time**, I was having dinner.

突然之間傳來一個可怕的聲音，當時我正在吃晚飯。

57 **at the expense of** 犧牲…，付出…的代價

Synonym at the cost/price of

■ You smoke too much **at the expense of** your health.　你抽煙太多，有害健康。

■ One should not benefit oneself **at the expense of** others.　不要損人利己。

Notice: at the expense of + N (sb/sth)

58 **at the risk of** 冒…的危險

■ Carl protected his neighbor's property **at the risk of** losing his life.

Carl 冒生命危險，保護鄰居的財產。

■ Judy refused to carry out the wrong decision **at the risk of** being removed from her

office.　Judy 冒著被撤職的危險，拒絕執行錯誤的決定。

Notice: at the risk of + V-ing

> **Expansion**
>
> **run /take the risk of + V-ing** 表示「冒著…的危險」。例如：
>
> ▶ Tony didn't want to **run/take the risk of** losing his job.　Tony 不想冒著失去工作的危險。

59 **at the same time** ①同時；②然而，儘管如此

Synonym ①at one time

■ Ian applied for a part-time job so that he could study **at the same time**.

Ian 應徵一個兼職的工作以便可以同時念書。

- Driving takes longer than flying, but **at the same time** it's cheaper and we can see the countryside. 雖說開車不如飛機快，然而開車較便宜且可以欣賞觀賞鄉村風景。

 60 **attract one's attention** 引起某人的注意

Synonym catch/get one's attention

- The girl's scream **attracted everyone's attention**. 那女孩子的尖叫引起大家的注意。
- That painting **attracted the visitors' attention**. 那幅畫引起參觀者的注意。

> **Expansion**
>
> ① **pay attention to** 表示「注意」。例如：
>
> ▶ You should **pay attention to** what your teacher says in class.
>
> 你上課時應該注意老師說的話。
>
> ② **call/draw one's attention to** 表示「要某人注意」。例如：
>
> ▶ The government tries to **call/draw people's attention to** the problem of air pollution.
>
> 政府試著要人們注意空氣污染的問題。
>
> ③ **come to one's attention** 表示「引起某人的注意」。例如：
>
> ▶ Global warming has **come to people's attention**. 全球暖化已引起人們的注意。
>
> ④ **draw/divert/distract one's attention from** 表示「轉移某人對…的注意，使某人不能專心於…」。例如：
>
> ▶ The noise in the street **draw/divert/distracted** my attention **from** my writing.
>
> 街上的噪音使我不能專心寫作。

EXERCISE

BASIC

A *Multiple Choice*

( ) **1.** We have received only two letters _____.

    (A) as to   (B) as if   (C) as yet   (D) at all

( ) **2.** A lady stood in front of the counter, and _____ the manager.

(A) applied for   (B) asked for   (C) associated with (D) appealed to

( ) **3.** If you don't know what to do, you can _____ some advice.

(A) argue with   (B) apply to   (C) associate with   (D) ask for

( ) **4.** It was kind of you to _____ me _____ my work.

(A) assist; with   (B) accuse; of   (C) associate; with   (D) ask; for

( ) **5.** It was late, but Keith was not sleepy _____.

(A) at stake   (B) at first   (C) as least   (D) at all

( ) **6.** We must reach the top of the hill _____ before sunset.

(A) at that rate   (B) at any cost   (C) at that time   (D) at one time

( ) **7.** _____ I had difficulty in speaking English, but after practicing, I could speak fluently.

(A) At last   (B) At least   (C) At first   (D) At all

( ) **8.** There are _____ 40 people in the bus. It is very crowded.

(A) as well   (B) at once   (C) at least   (D) as yet

( ) **9.** Frank spends much time playing online games. _____, he is sure to fail the exam.

(A) At any cost   (B) At this rate   (C) At stake   (D) At one time

( ) **10.** Hearing the news that her son had an accident, Mr. Lin left for the hospital _____.

(A) at once   (B) at stake   (C) as yet   (D) at least

B *Guided Translation*

1. Arthur 的話引起了老師的注意。

What Arthur said _____ the teacher's _____.

2. Nick 與 Simon 同時交棒。這真是一場勢均力敵的比賽。

Nick and Simon passed their batons _____ _____ _____ _____.

It was a close race.

3. Karen 剛開始很害羞，但她漸漸地敞開心胸並結交了一些朋友。

_____ _____, Karen was shy, but gradually she opened her mind and made some friends.

4. 那年輕人冒著生命危險營救一個溺水的小孩。

The young man rescued a drowning child _____ _____ _____

_____ losing his life.

5. 那駕駛不顧安全闖紅燈。

The driver ran through a red light _____ _____ _____ _____ safety.

6. Larry 的父母去年去世了，所以他有失學的危險。

Larry's parents passed away last year, so his education was _____ _____.

7. 這位女士曾經每天頭痛，但是她現在不頭痛了。

_____ _____ _____, the woman had a headache every day, but now she doesn't.

8. 半夜裡那棟房子突然傳來一陣尖叫，這令我們毛骨悚然。

A sudden scream from that house _____ _____ gave us the creeps.

9. Harold 曾與幫派分子來往。

Harold once _____ _____ gangsters.

10. 這演員在當時很受歡迎，但至今卻無人認識他。

This actor was very popular _____ _____ _____, but today, he is unknown to people.

ADVANCED

A *Matching*

_____ **1.** at first
_____ **2.** attract one's attention
_____ **3.** at the same time
_____ **4.** assist sb with sth
_____ **5.** at this rate
_____ **6.** as yet
_____ **7.** at the expense of
_____ **8.** at once
_____ **9.** as well as

(A) in the middle of the night
(B) in the beginning
(C) right away
(D) at one time
(E) at the cost of
(F) if the present situation continues
(G) so far
(H) to catch someone's attention
(I) to help someone with something

_____ **10.** at midnight   (J) in addition to

B Correction

(   ) **1.** Lucy and her brothers is college students.

     (A) as well as   (B) as long as   (C) as soon as   (D) as well

(   ) **2.** Robert is handsome as well as attraction.

     (A) attract   (B) attractive   (C) attractively   (D) attracted

(   ) **3.** I wrote to Meg a week ago. As yet, I don't get any reply.

     (A) didn't get   (B) have got   (C) haven't got   (D) hadn't got

(   ) **4.** My brother assisted me clean the rooms.

     (A) with cleaning   (B) cleaning   (C) with clean   (D) in cleaning

(   ) **5.** You can take only two pills at that time.

     (A) at one time   (B) on time   (C) at times   (D) at a time

(   ) **6.** As to now, Karen has received two degrees.

     (A) As yet   (B) As all   (C) At stake   (D) At this rate

(   ) **7.** Brandy told her son that he had to attract more attention to his studies.

     (A) distract   (B) pay   (C) divert   (D) come to

(   ) **8.** Jack hardly got along well with Susan because he didn't like her above all.

     (A) all round   (B) all over   (C) after all   (D) at all

(   ) **9.** At once, there was a knock on the door.

     (A) As all   (B) At a time   (C) All at once   (D) At one time

(   ) **10.** First of all, Edith was very angry with me, but later she forgave me.

     (A) At first   (B) At once   (C) At least   (D) At last

U N I T

04

61 **back and forth** 來回地

Synonym to and fro、backward(s) and forward(s)

■ An old man walked **back and forth** in the corridor. 一個老人在走廊上來回地走著。

■ The car moved **back and forth** in the mud. It could not go out of the pit.

那輛車在泥濘中來回移動。它開不出那個坑。

Explanation

back and forth 為副詞片語,多置於動詞之後。

62 **back(...)up** ①支持;②證明;③備份;④倒車;⑤後退

■ Just do what you think is right. We will all **back** you **up**.

做你認為正確的事。我們都支持你。

■ State the truth in the court, and the evidence will **back up** your point.

在法庭上陳述事實,證據會證明你的論點。

■ Make sure you **back up** your files regularly. 務必要定期備份你的檔案。

■ Gordon **backed** the car **up** and parked it in front of the door.

Gordon 倒車並將車停在門前。

■ Can you please **back up** a few steps so that I can pass?

你能後退幾步,好讓我過去嗎?

63 **base sth on sth** 以…為基礎

■ The scientist **based** his theory **on** a series of experiments.

這位科學家的理論是以一連串的實驗為基礎。

■ The film **is based on** the director's story during his stay in Europe.

這部電影是以導演在歐洲時所發生的故事為基礎。

Explanation

"base + A + on + B" 常用於被動語態,即 "A + be based on + B"。此外,此用法中的介系詞 on 可與 upon 替換,意思不變。

be able to 能夠

Synonym be capable of

■ Gina is old enough to **be able to** take care of herself.

　Gina 年紀已經大到能夠照顧自己了。

■ I'm having a birthday party tomorrow. Will you **be able to** come?

　我明天要舉辦生日派對。你能夠來嗎？

Notice: be able to + V

Explanation

1. be able to 表「能夠」時，可以指主體本身具備的能力或條件，此時等同於 be capable of，如例 1。但 be able to 也可以指外在客體的條件，如時間、金錢、允許、機會等條件，此時不可與 be capable of 做代換，如例 2。

2. be capable of 後接動名詞，be able to 後接原形動詞。例如：

　▶ The two-year-old boy has **been capable of** counting from one to one hundred.

　　→ The two-year-old boy has **been able to** count from one to one hundred.

　　這個兩歲的男孩已經能夠從一數到一百了。

 be about to 正要，正打算

Synonym be going to

■ When Mandy called, I **was about to** go out.　　Mandy 打電話來時，我正要出門。

■ We **are about to** have a meeting, so we have to go now.

　我們馬上要開會了，所以我們現在得走了。

Notice: be about to + V

 be accustomed to 習慣於

Synonym be used to

■ Ralph lives near an airport; he has **been accustomed to** the noise of the planes.

　Ralph 住在機場附近，他已習慣了飛機的噪音。

■ Lots of foreigners **are accustomed to** having coffee for breakfast.

　許多外國人習慣於早餐喝咖啡。

Notice: be accustomed to + N/V-ing

Explanation

此片語中的 be 動詞也可以改用 get、grow、become 等其他連綴動詞。例如：

▶ Patrick has stayed in Mexico for two month; he has **got accustomed to** the hot climate there.　Patrick 已在墨西哥待了兩個月，他已習慣於當地炎熱的氣候了。

67　be addicted to　①對…上癮；②沉溺於，對…入迷

■ Mona **was addicted to** painkiller which she had taken in hospital.

Mona 對過去住院時服用的止痛藥上癮了。

■ Jason **is addicted to** online games.　Jason 沉溺於線上遊戲。

■ More and more teenagers **are addicted to** surfing the Internet.

越來越多的青少年對上網入迷。

Notice: be addicted to + N/V-ing

Explanation

此片語中的 be 動詞也可以改用 get、become 等其他連綴動詞。例如：

▶ Jason **gets/becomes addicted to** drugs.　Jason 對毒品上癮了。

68　be afraid of　害怕

■ **Are** you **afraid of** cockroaches?　你怕蟑螂嗎？

■ Nancy **is afraid of** traveling by plane.　Nancy 害怕搭飛機旅行。

Notice: be afraid of + N/V-ing

Expansion

I'm afraid... 在口語中，表示「恐怕」。常用於拒絕，使語氣較為婉轉。例如：

▶ **I'm afraid** I can't help you.　我恐怕無法幫你

▶ "Can you arrive on time?" "**I'm afraid** not."「你能準時到嗎？」「恐怕不能。」

69　be allergic to　①對…過敏；②對…非常討厭、反感

■ Joyce **is allergic to** seafood.　Joyce 對海鮮過敏。

■ My father **is allergic** to pop music. He doesn't like it at all.

我爸爸非常討厭流行音樂，他一點也不喜歡。

Notice: be allergic to + N

 70 be aware of 意識到，知道

Antonym be unaware of

■ Walking alone in the dark alley, the woman **was aware of** danger.

獨自走在黑暗的巷子中，那個女人意識到了危險。

■ My parents **weren't aware of** how I felt.　我父母不知道我的感受。

Notice: be aware of + N/wh-clause

Explanation

此片語中的 be 動詞也可以改用 become。例如：

▶ Now people **become aware of** the problem of global warming.

現在人們意識到全球暖化的問題。

 71 be compatible with ①一致的；②與…可相容

Antonym be incompatible with

■ Personal interest **is** seldom **compatible with** collective interest.

個人利益很少與集體利益一致。

■ This printer **is compatible with** most computers.　這台印表機與大多數電腦相容。

Notice: be compatible with + N

72 be composed of 由…組成，由…構成

Synonym be made up of、consist of

■ This group **is composed of** eleven people.　這小組由 11 個人組成。

■ Water **is composed of** hydrogen and oxygen.　水是由氫和氧構成的。

Notice: be composed of + N

Expansion

be made up of 和 **consist of** 也可表示「由…組成，由…構成」。例如：

▶ The baseball team **was made up of** ten students.　這棒球隊是由十位學生組成的。

▶ Bronze **consists of** copper and tin.　青銅由銅和錫構成。

73 be concerned about　①關心；②擔心

Synonym　①care about; ②be worried about

■ Many people **are concerned about** wildlife conservation.

許多人關心野生動物的保護。

■ Mother **is concerned about** my poor health.　媽媽擔心我身體不好。

Notice: be concerned about + N

74 be crowded with　擠滿，塞滿

Synonym　be full of、be filled with

■ The bus **was crowded with** passengers.　公車上擠滿了乘客。

■ The storeroom **was crowded with** boxes.　儲藏室塞滿了箱子。

Notice: be crowded with + N (sb/sth)

75 be different from　與⋯不同

Synonym　differ from　　　Antonym　be similar to

■ Amy's personality **is** quite **different from** her twin sister's.

Amy 的個性和她雙胞胎姊姊的個性相當不同。

■ Roller-skating **is** very **different from** ice-skating.　輪鞋溜冰與冰上溜冰非常不相同。

Notice: be different from + N/wh-clause

Explanation

形容詞 different 前可加 quite、very、a little 等副詞做修飾。例如：

▶ Kay **is** quite **different from** what she used to be.　Kay 與過去大為不同了。

76 be eager to　急切地想⋯，渴望地想⋯

■ The lost child's mother **was eager to** see her son.

丟失孩子的母親急地想見到她的兒子。

■ Eric **is eager to** get the ticket for the concert.　Eric 渴望得到演唱會的票。

Notice: be eager to + V

Expansion

be eager for 表示「渴望」，後接名詞。例如：

▶ Andy **was eager for** success.　Andy 渴望成功。

---

(77) **be excited about**　對…感到興奮

■ I **am excited about** my new school life.　我對我的新學校生活感到很興奮。

■ **Are** you **excited about** going to Paris?　你對要去巴黎感到興奮嗎？

Notice: be excited about + N/V-ing

Explanation

1. 片語中的 be 動詞也可換成 feel、get、grow、become 等連綴動詞。例如：

   ▶ Lisa **felt/got/grew/became** quite **excited about** seeing the famous singer.

   Lisa 對見那位知名歌手感到十分興奮。

2. 形容詞 excited 前可用 very、much、very much、really、all、pretty、quite、a bit、a little 等

   副詞做修飾，以表示程度。例如：

   ▶ We **are** very **excited about** the coming summer vacation.

   我們對即將到來的暑假感到非常興奮。

   ▶ Besides being nervous, Kathy **was** a bit/a little **excited about** tomorrow's wedding.

   除了緊張，Kathy 對明天的婚禮也有點興奮。

3. 片語中的介系詞 about 也可換成 at 或 by。例如：

   ▶ I was very font **excited at/by** the news.　我對於這個消息感到非常興奮。

---

(78) **be exposed to**　①使暴露於；②使遭受、處於（危險、攻擊）；③使接觸到

■ The plant cannot **be exposed to** sunlight directly.　這植物不可以直接暴露於陽光下。

■ In the war, those refugees **were exposed to** gunfire.　在戰爭中，那些難民處於炮火中。

■ The boy's violent tendencies come from **being exposed to** too much violence on TV.

這男孩的暴力傾向是接觸到太多電視上的暴力畫面所導致的。

Notice: be exposed to + N

79 **be familiar with** ①熟悉；②精通

Antonym ①be unfamiliar with

■ I **am** not **familiar with** the rules of chess. They are very complicated.

　我不熟悉西洋棋的規則。它們相當複雜。

■ Emma **is familiar with** English.　　Emma 精通英語。

Notice: sb + be familiar with + sth

Expansion

be familiar to 表示「為⋯所熟悉」的意思，用法為 sth + be familiar to + sb，可與上述用法做代換。例如：

▶ These rules **are familiar to** every student.

　→ Every student **is familiar with** these rules.　　每個學生都熟悉這些規則。

80 **be famous as** 以作為⋯而出名，以身為⋯而聞名

■ In the old days, London **was famous as** a city of fog.

　在過去，倫敦以作為霧都而出名。

■ Michael Jordan **is famous as** a basketball player.

　麥可・喬丹以身為一名籃球員而聞名。

Notice: be famous as + N(P)

Expansion

be famous for 意為「以⋯而聞名」，可以作 be well-known for。例如：

▶ Kenting **is famous/well-known for** its beautiful beaches.　　墾丁以它美麗的海灘而聞名。

E X E R C I S E

BASIC

A *Multiple Choice*

(　) **1.** The class _____ 20 boys and 10 girls.

(A) is composed of (B) is aware of 　 (C) is capable of 　 (D) is compatible with

(　) **2.** I'll _____ get a driving license in another two months.

(A) be exposed to 　 (B) be able to 　 (C) be addicted to (D) be accustomed to

(　) **3.** We _____ leave when Kent showed up.

(A) were based on (B) were about to 　 (C) were aware of (D) were capable of

(　) **4.** Adam walked into the room so quietly that we _____ his presence.

(A) were unaware of 　 　 　 (B) were aware of

(C) were compatible with 　 　 (D) were incompatible with

(　) **5.** The railway station _____ people.

(A) was compatible with 　 　 (B) was famous as

(C) was crowded with 　 　 　 (D) was accustomed to

(　) **6.** That skirt _____ this one only in color.

(A) is familiar with (B) is exposed to 　 (C) is eager to 　 (D) is different from

(　) **7.** The plant was left _____ the wind and rain.

(A) based on 　 　 (B) exposed to 　 (C) excited about (D) crowded with

(　) **8.** Jason is a genius at language; he _____ six languages.

(A) is familiar with (B) is allergic to 　 (C) is similar to 　 (D) is crowded with

(　) **9.** The old driver who has just got well _____ go back to work.

(A) is eager to 　 　 (B) is allergic to 　 (C) is exposed to 　 (D) is addicted to

(　) **10.** Avril Lavigne _____ a pop singer.

(A) is famous for 　 (B) is known to 　 (C) is famous as 　 (D) is well-known for

B *Guided Translation*

1. 搬運工人在火車站來回地走動，搬運貨物。

The porters walked _____ _____ _____, carrying goods at the station.

2. 因為你是對的，我們都支持你。

We all _____ you _____ because you were right.

3. 我們很快就習慣當地的食物。

We soon _____ _____ _____ the local food.

4. 告訴 Dick 不要沈迷於電腦遊戲。

Tell Dick not to _____ _____ _____ computer games.

5. Louisa 怕黑，所以她很少晚上出門。

Louisa _____ _____ _____ darkness, so she seldom goes out at night.

6. Scott 太太十分喜歡這些花，但可惜的是她對它們過敏。

Mrs. Scott likes flowers very much, but unfortunately, she _____ _____ _____ them.

7. 京都以古老的寺廟而聞名。

Kyoto _____ _____ _____ its old temples.

8. 這個委員會是由科學家、工程師和工人組成。

The committee _____ _____ _____ scientists, engineers and workers.

9. Roger 的同事們都擔心他的健康。

Roger's colleagues _____ all _____ _____ his health.

10. 王博士正要對一群學生演講。

Dr. Wang _____ _____ _____ deliver a speech to a group of students.

ADVANCED

A Matching

_____ **1.** back up	(A) be not the same as
_____ **2.** be different from	(B) be able to exist or be used together with
_____ **3.** back and forth	(C) be well-known for
_____ **4.** be aware of	(D) use...as a basis of...
_____ **5.** be about to	(E) know about
_____ **6.** base...on...	(F) be worried about
_____ **7.** be concerned about	(G) give support to
_____ **8.** be famous for	(H) be going to
_____ **9.** be crowded with	(I) backward and forward
_____ **10.** be compatible with	(J) be full of

B Synonym

Match each idiom or phrase with the synonymous one correctly; ignore the tense or capitalization.

(A) be different from	(B) be crowed with	(C) be familiar to
(D) be familiar with	(E) be accustomed to	(F) be eager to
(G) be concerned about	(H) back and forth	(I) be composed of
(J) be famous for		

_____ **1.** The children are running to and fro very happily.

_____ **2.** My mother is used to getting up early.

_____ **3.** Our class consists of 50 students.

_____ **4.** The street is full of cars and buses. They are moving very slowly.

_____ **5.** Kevin's opinion is not the same as yours.

_____ **6.** Edward lives far from his school, so he is anxious to have a motorcycle.

_____ **7.** Egypt is well-known for its pyramids.

_____ **8.** Nora has a good knowledge of French. She's been learning it for years.

_____ **9.** Bob is worried about the exam result. He thinks he did it poorly.

_____ **10.** What Confucius said is well-known to all of us.

UNIT 05

81 **be fascinated with** 對…著迷

Synonym be into

- Many students **are fascinated with** computer games.　許多學生對電腦遊戲著迷。

- Some adults **are fascinated with** Walt Disney's cartoons.

　一些成年人對華特‧迪士尼的卡通影片著迷。

Notice: be fascinated with + N

Explanation

此用法中的介系詞 with 可以與 by 替換，意思不變。

Expansion

be into 也可表示「對…著迷」，乃口語用法。例如：

▶ Leo **is** now **into** pop music.　Leo 現在對流行樂著迷。

---

82 **be fed up with** 對…感到厭煩、厭倦

Synonym be annoyed with

- Ed **is fed up with** his nosy neighbor.　Ed 對他那愛管閒事的鄰居感到厭煩。

- Judy **was fed up with** waiting, so she went home.

　Judy 厭倦了等待，所以她就回家了。

Notice: be fed up with + N/V-ing

83 **be filled with** 裝滿，充滿

Synonym be full of、be crowded with

- The stockings **were filled with** Christmas presents.　長筒襪裡裝滿了聖誕禮物。

- The classroom **was filled with** laughter.　教室充滿了笑聲。

Notice: be filled with + N

be fond of 喜歡

■ It takes time for Anna to **be fond of** her stepmother.

要 Anna 喜歡她的繼母，那得花些時間。

■ My little sister **is fond of** singing. 我妹妹喜歡唱歌。

Notice: be fond of + N/V-ing

Explanation

be fond of 所表示的「喜歡 (做) …」通常是經過一段長時間的喜愛或嗜好，而不是一時的興致或心思。此外，此用法中的 be 動詞也可以改成 grow 或 become 等其他連綴動詞，有時用於完成式，與表示「一段時間」的副詞片語連用。例如：

▶ Sam's wife has **grown/become** extremely **fond of** pointing out his mistakes.

Sam 的太太變得非常喜歡挑他的錯。

▶ Over the years, I've **grown/become fond of** your aunt. 這些年，我已變得喜歡你的阿姨。

 be good at 擅長於

Antonym be bad/poor at

■ My sister **is good at** chemistry. 我妹妹擅長化學。

■ My English teacher **is** very **good at** telling jokes. 我的英文老師很擅長講笑話。

Notice: be good at + N/V-ing

Expansion

be bad/poor at 表示「不擅長於」，後接名詞或 V-ing。例如：

▶ I am really **bad/poor at** math. I never get good grades on it.

我真的很不擅長數學；我從來沒有拿過高分。

 be harmful to 對…有害

Synonym do harm to

■ The overuse of chemical fertilizers can **be harmful to** human beings and the environment.　過度使用化學肥料對人類和環境都有害。

■ Smoking **is harmful to** your health.　吸煙對你的健康有害。

Notice: be harmful to + N

87 **be identical to**　與…一樣

Synonym　be the same as　　Antonym　be different from

■ This handbag **is identical to** my mother's.　這個手提包與我媽媽的一樣。

■ Carl's idea **is identical to** mine.　Carl 的想法和我的一樣。

Notice: be identical to + N (sb/sth)

Explanation

本用法中的介系詞 to 可以與 with 做代換，意思不變。

88 **be interested in**　對…感興趣

Synonym　have an interest in

■ **Are** you **interested in** physics?　你對物理感興趣嗎？

■ My little brother **was interested in** reading sports magazines.

　我的弟弟對閱讀運動雜誌感興趣。

Notice: be interested in + N/V-ing

Explanation

形容詞 interested 前可以用 very、really、highly、deeply、greatly、rather 等副詞做修飾。例如：

▶ Tom **is** <u>very</u> **interested in** sports.　Tom 對運動很感興趣。

89 **be jealous of**　羨慕，嫉妒

Synonym　be envious of

■ Bryan **is jealous of** me for having such a good job.

　Bryan 羨慕我有一份這樣好的工作。

■ Mona **was jealous of** Lucy's wealth.　Mona 嫉妒 Lucy 的財富。

Notice: be jealous of + N

90 **be liable to**　①容易，易於；②有可能

Synonym　②be likely to

■ The child **is liable to** catch cold.　　這孩子容易染上感冒。

■ No one is perfect. Everyone **is liable to** make mistakes.

沒有人是完美的；每個人都有可能會犯錯。

Notice: be liable to + V

Expansion

be liable for 意為「有(法律)責任」，相當於 **be responsible for**，後接名詞(片語)。例如：

▶ If my car is damaged, you will **be liable for** the cost of repairs.

如果我的車有損壞，你有責任負擔修理費。

91 **be likely to**　有可能

Synonym　be liable to　　　Antonym　be unlikely to

■ Traffic accidents **are likely to** happen at that crossing.

在那個十字路口很有可能發生交通事故。

■ **Is** the New York Yankees **likely to** win the game?　　紐約洋基隊有可能會贏得比賽嗎？

Notice: be likely to + V

92 **be made of**　用…製成

■ The knife **is made of** wood and iron.　　這把刀是用木頭和鐵製成的。

■ This stool **is made of** plastics.　　這凳子是用塑膠製成的。

Notice: be made of + N

Expansion

be made from 也可以表示「用…製成」的意思,但 be made of 用在製作過程中,材料沒有發生質的變化,從製成品中仍可看得出原料;be made from 則用在製作過程中,材料發生了質的變化,從製成品中無法看得出原料。例如:

▶ Cheese **is made from** milk.　乳酪是用牛奶製成的。

93　**be related to**　①與…有關;②與…有親戚關係

Synonym　①②be connected to

■ Crime has often **been related to** poverty.　犯罪常與貧窮有關。

■ We have the same surname, but we **are** not **related to** each other.

我們同姓,但我們沒有親戚關係。

Notice: be related to + N

94　**be opposed to**　反對,不贊成

Synonym　disagree with　　　Antonym　agree with、approve of

■ We **are** very much **opposed to** racial discrimination.　我們非常反對種族歧視。

■ In order to make both ends meet, Jenny **is opposed to** spending a great deal of money on useless things.　為了使收支平衡,Jenny 不贊成花大筆錢在無用的東西上。

Notice: be opposed to + N/V-ing

95　**be ready for**　準備好

Synonym　be prepared for

■ **Are** you **ready for** a journey to Rome?　你準備好要去羅馬旅行了嗎?

■ Tina **is** not **ready for** marriage yet.　Tina 還沒有準備好要結婚。

Notice: be ready for + N

Explanation

此用法中的 be 動詞也可以改用 get 或 make 等動詞。例如:

▶ Let's **get/make ready for** departure.　準備好出發吧。

be responsible for　①對…負責；②是…的原因

Synonym　①be in charge of

■ Parents should **be responsible for** their children.　父母應該對孩子負責。

■ Who should **be responsible for** the safety of the passengers?

誰應該對旅客的安全負責？

■ The turbulence **is responsible for** the air crash.　亂流是造成這場空難的原因。

Notice: be responsible for + N

 be rich in　有很多…的，富有…的

Antonym　be poor in

■ Carrots **are rich in** vitamin D.　胡蘿蔔裡有很多維生素 D。

■ Tainan is a city which **is rich in** history and traditional arts.

台南是一個富有歷史與傳統藝術的城市。

Notice: be rich in + N

 be ripe for　（…的）時機成熟

■ The plan **is ripe for** execution.　這計畫時機成熟可以實行了。

■ The economists think this area **is not ripe for** development.

經濟學家們認為這個區域的開發時機尚未成熟。

Notice: be ripe for + N

99 **be satisfied with** 對⋯滿意

Antonym be dissatisfied with

■ The PE teacher **was** very **satisfied with** his students' performance.

體育老師對學生的表現十分滿意。

■ **Was** Sally **satisfied with** what Allen had done? Sally 對 Allen 的作為滿意嗎？

Notice: be satisfied with + N/wh-clause

Expansion

be dissatisfied with 表示「對⋯不滿意」。例如：

▶ Henry **is dissatisfied with** his salary and considering getting a new job.

Henry 對他的薪水不滿，正考慮換新工作。

---

100 **be sensitive to** ①易感受到；②對⋯敏感；③對⋯反應靈敏；④易受⋯的影響

■ Alice **is sensitive to** her friends' feelings. She always understands what they need.

Alice 很能體會朋友的感受。她總是知道他們需要什麼。

■ After the operation, my eyes **are** very **sensitive to** light.

手術過後，我的眼睛對光線很敏感。

■ Mercury **is sensitive to** changes in temperature. 水銀對氣溫變化反應靈敏。

■ The stock market **is sensitive to** the political situation. 股市易受政治形勢影響。

Notice: be sensitive to + N

E X E R C I S E .

BASIC

A *Multiple Choice*

( ) **1.** The machine is always out of condition. Frank _____ it.

(A) is satisfied with (B) is fed up with (C) is liable to (D) is fascinated with

(　) **2.** The little boy _____ stamp collecting.

    (A) is responsible for   (B) is sensitive to

    (C) is rich in   (D) is fascinated with

(　) **3.** Rita _____ all the subjects in school.

    (A) is good at   (B) is likely to   (C) is ripe for   (D) is identical to

(　) **4.** The snow will _____ the wheat.

    (A) be ready for   (B) be ripe for   (C) be liable to   (D) be harmful to

(　) **5.** Your umbrella _____ my uncle's. They look the same.

    (A) is liable to   (B) is likely to   (C) is opposed to   (D) is identical to

(　) **6.** The hall _____ people; it's very crowded.

    (A) is fond of   (B) is filled with   (C) is good at   (D) is fascinated with

(　) **7.** "Is Donald _____ playing football?" "Yes. He likes it very much."

    (A) opposed to   (B) related to   (C) jealous of   (D) interested in

(　) **8.** Don't _____ others' success; you should try to do your best.

    (A) be jealous of   (B) be opposed to   (C) be in charge of   (D) be responsible for

(　) **9.** Kentucky _____ horses. The state provides a large supply of horses.

    (A) is ripe for   (B) is rich in   (C) is good at   (D) is poor in

(　) **10.** Dogs _____ smell. They have a keen sense of smell.

    (A) are ripe for   (B) are liable to   (C) are sensitive to   (D) are likely to

B *Guided Translation*

1. 這個展覽廳的所有藝術品都是由天然材料製成的。

All the works of art in this exhibition hall _____ _____ _____ natural materials.

2. 許多人覺得速食公司應該對兒童過胖負責。

Many people think that fast-food companies should _____ _____ _____ obesity among children.

3. 學生們為期末考做好了準備。

The students _____ _____ _____ the final exam.

4. 工人們堅決反對這項提議。

The workers _____ firmly _____ _____ the proposal.

5. 你與 Jane 是什麼親戚關係？

How _____ you _____ _____ Jane?

6. 帶著雨衣吧；有可能會下雨。

Take a raincoat with you; it _____ _____ _____ rain.

7. 人們疲憊時容易出錯。

People _____ _____ _____ make mistakes when they are tired.

8. 我喜歡打乒乓球。

I _____ _____ _____ playing table tennis.

9. 這瓶子裝滿了醋。

The bottle _____ _____ _____ vinegar.

10. 這個協定公布的時機成熟了。

The treaty _____ _____ _____ promulgation.

ADVANCED

A *Synonym*

Match each idiom or phrase with the synonymous one correctly; ignore the tense or capitalization.

(A) be fed up with	(B) be jealous of	(C) be filled with	(D) be ready for
(E) be fascinated with	(F) be opposed to	(G) be fond of	(H) be good at
(I) be harmful to	(J) be related to		

_____ **1.** The room is full of smoke.

_____ **2.** Ben is extremely into classical music these days.

_____ **3.** Tom does well in Chinese.

_____ **4.** Jane is envious of her sister's beauty.

_____ **5.** The twins are very interested in dancing.

_____ **6.** We disagree with Alex's suggestion.

_____ **7.** To some extent, material wealth is not always connected with happiness.

_____ **8.** Polluted air will do harm to our health.

_____ **9.** The boys are prepared for a long field trip.

_____ **10.** Eric is always complaining. We <u>are annoyed with</u> him.

B Cloze Test

Fill in each blank with one of the idioms or phrases listed below. Make changes if necessary.

be rich in	**be interested in**	**be made of**	**be likely to**	**be identical to**
be jealous of	**be sensitive to**	**be liable to**	**be ripe for**	**be responsible for**

1. My sister's view _____ mine. We have the same opinion.

2. Ted's sister _____ so deeply _____ French culture that she planned to go to France for further study.

3. Robert _____ his sister's achievements. He envies her.

4. Mary _____ get seasick. She often feels ill when traveling by sea.

5. Tony and I _____ not _____ see each other often since we live in different countries.

6. This box _____ bamboo and not too heavy to carry.

7. You will _____ what you say. Don't make promises that you can't keep.

8. The area _____ cotton and famous for its textile industry.

9. The problem _____ settlement. After months of negotiation, the two parties are going to reach an agreement.

10. The thermometer _____ very _____ changes in temperature.

UNIT 06

101 be similar to 與…類似

Antonym be different from

■ Your views on education **are similar to** mine.　你的教育觀點與我的類似。

■ A computer's memory **is similar to** human memory in some ways.

　電腦的記憶體在某些方面與人的記憶是類似的。

Notice: be similar to + N (sth)

Explanation

此用法中的形容詞 similar 前可用 a little、slightly、somewhat、quite 等副詞作修飾。例如：

▶ My pencil **is** a little/slightly **similar to** yours.　我的鉛筆與你的有點相似。

102 be suitable for 適合

Synonym be fit for

■ The coats **are suitable for** cold weather.　這些外套適合冷天穿。

■ These cartoons **are** not **suitable for** children.　這些卡通不適合兒童。

Notice: be suitable for + N (sb/sth)

103 be superior to 比…好

Antonym be inferior to

■ This school **is superior to** that one.　這間學校比那間好。

■ Their living conditions **are superior to** ours.　他們的生活狀況比我們的好。

Notice: be superior to + N (sth)

Explanation

superior 本身已含有最高級之意，故沒有級的變化，且後面不能用 than，只能用 to。此類形容詞尚有：junior「較年幼的；地位較低的」、senior「較年長的；地位較高的」、inferior「較差的」、prior「較早的」。例如：

▶ This watch **is inferior to** that one in quality.　這只手錶比那只品質差。

be supposed to ①應該；②被認為

■ Everybody **is supposed to** know the law. 每個人都應該瞭解法律。

■ This French restaurant **is supposed to** be the best in town.

這家法國餐廳被認為是城裡最好的。

Notice: be supposed to + V

Explanation

1. be supposed to 可用來表示主詞所指涉的人被要求或期望做某事，含有「必須」、「應該」做某事之意，如上面的例句 1。be supposed to 在一定的上下文中，有時可以用來表示「本來應該…卻沒有…」。例如：

▶ They **were supposed to** be here two hours ago, but they haven't shown up yet.

他們本來應該在兩小時前到達這裡，但是他們卻還沒出現。

2. be not supposed to do 表示「不准，不被允許，不能」。例如：

▶ You **are not supposed to** smoke here. 你不能在這裡吸煙。

3. be supposed to + have V-en 也可以表示「應該…(但事實上沒有)」。例如：

▶ Dr. Chen **is supposed to** have come to the conference now, but he doesn't.

陳博士現在應該要來參加會議，但他沒有。

 be sure (that) 確定，確信

Synonym be certain (that)

■ I'm **sure (that)** Tony will come here in time. 我確定 Tony 會及時到這裡。

■ Terry **was sure (that)** he had done the right thing. Terry 確信他做了正確的事。

Notice: be sure (that) + clause

Expansion

① **be not sure if/whether** 表示「不確定是否…」。例如：

▶ I **am not sure if/whether** Tony will come or not. 我不確定 Tony 是否要來。

② **be sure of/about** 表示「確定，確信」，可與 be sure (that) 的用法做替換。例如：

▶ I **am sure of/about** Lily's success.

→ I am sure (that) Lily will succeed. 我確信 Lily 會成功。

③ **be sure to + V** 表示「一定；務必」。例如：

▶ Helen **is sure to** take more care over her work.　Helen 一定會更加用心地工作。

▶ **Be sure to** finish the job as soon as possible.　務必儘快完成這工作。

④ **make sure** 表示「確認，弄清楚」；**make sure of + N(P)** 表示「查明，弄清楚」；**make sure (that) + clause** 表示「確保，務必」。例如：

▶ I think there is a train at 1:30, but you'd better **make sure**.

　我想一點半有一班火車，但你最好確認一下。

▶ **Make sure of** the flight's departure time before you start out.

　你出發前，要先查明班機起飛時間。

▶ When you leave the room, **make sure (that)** the windows are shut.

　當你離開房間時，務必關好窗戶。

---

106 **be tied up**　忙碌，無法脫身

■ Ted **was tied up** in the meeting yesterday.　Ted 昨天忙著開會。

■ I am afraid my boss can't see you now, for he**'s tied up** on the phone.

　恐怕我的老闆現在不能見你，因為他在忙著打電話。

---

107 **be tired of**　對⋯感到厭倦、厭煩

Synonym　be sick of、be fed up with

■ Joseph **is tired of** settling his wife's debts.　Joseph 對替他太太還債感到厭倦。

■ I **am tired of** rock music for it's too noisy.　我對搖滾樂感到厭煩，那太吵了。

Notice: be tired of + N/V-ing

Explanation

此用法中的 be 動詞也可以改成 get、grow 或 become 等其他連綴動詞。例如：

▶ I **got tired of** waiting for Mike to come.　我對等 Mike 來感到厭倦。

▶ I **grew tired of** repairing that old table.　我對修那個舊桌子感到厭煩。

Expansion

be sick and tired of 表示「對⋯感到非常厭倦、厭煩」。例如：

▶ Mona **is sick and tired of** being told what to do all the time.

Mona 對一直被告知要做什麼感到非常厭倦。

 be to blame for 應為⋯負責，該為⋯受責備

Synonym be responsible for

■ The drunken driver **is to blame for** the accident.　這酒醉的司機應為這次的事故負責。

■ No one **was to blame for** the failure.　沒有人該為這次的失敗受責備。

Notice: be to blame for + N

Expansion

blame sb/sth for sth 表示「把⋯歸咎於⋯」。例如：

▶ Don't **blame** yourself **for** the failure of the plan. We know you did your best.

別把計畫的失敗歸咎於你自己。我們知道你盡力了。

 be used to 習慣於

Synonym be accustomed to

■ Dennis has stayed in Mexico for two months; now he **is used to** the hot weather there.　Dennis 在墨西哥已經待了兩個月；現在他已經習慣那裡的炎熱氣候。

■ In Asia, many people **are used to** eating rice.　在亞洲，許多人都習慣吃米飯。

Notice: be used to + N/V-ing

Explanation

1. 此用法中的 be 動詞也可以改成 get、become 等其他連綴動詞。例如：

   ▶ We gradually **get/become used to** much violence on TV.

   我們逐漸地對出現在電視上的許多暴力畫面習以為常。

2. be used to + V-ing、used to + V 與 be used to + V 的區別：be used to + V-ing 表示「習慣於」，如上面的二個例句。used to + V 表示「過去經常⋯ (但現在不做了)」，而 be used to + V 則表示「被用來⋯」。例如：

   ▶ Mr. Wang **used to** smoke.　王先生過去經常抽煙 (但現在不抽了)。

▶ Wood can **be used to** make furniture.　木材可以被用來做傢俱。

110 **be useful to**　對…有用，對…有益

Synonym　be helpful for　　Antonym　be useless to

■ This dictionary **is** very **useful to** beginners.　這本字典對初學者很有用。

■ Doing exercise every day **is useful to** us.　每天做運動對我們有益。

Notice: be useful to + N (sb)

Expansion

be useful for + N (sth) 表示「對…有用」。例如：

▶ This dictionary **is** very **useful for** our studies.　這本字典對我們的學習很有用。

111 **be willing to**　願意

Synonym　be ready to

■ Jason **is** always **willing to** help his friends.　Jason 總是願意幫助他的朋友。

■ Tina **is willing to** share joy and sorrow with her husband.

Tina 願意與她丈夫同甘共苦。

Notice: be willing to + V

Expansion

be ready to 也可以表示「願意」的意思。例如：

▶ Stella **is** always **ready to** help her poor relatives.　Stella 總是願意幫助她的窮親戚們。

112 **because of**　因為，由於

Synonym　owing to、due to、thanks to

■ They didn't arrive there on time **because of** bad weather.

因為天氣不好，他們沒能準時到那裡。

■ **Because of** being addicted to alcohol, David had no choice but to quit the army.

由於酗酒，David 不得不退伍。

Notice: because of + N/V-ing

Explanation

because 為連接詞，後接子句，說明原因。例如：

▶ Roy didn't go to school **because** his mother was ill.　由於媽媽病了，所以 Roy 沒去上學。

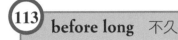 **before long**　不久

■ The film will be released **before long**.　這部電影不久就要上映了。

■ Helen will return from abroad **before long**.　Helen 不久就要從國外回來了。

Explanation

before long 相當於 soon，做副詞修飾動詞。

114 **behind the wheel**　開車，駕駛

Synonym　at the wheel

■ That man **behind the wheel** is my uncle.　開車的那個男人是我的叔叔。

■ Roger was speaking on his cellphone **behind the wheel**.　Roger 一邊開車一邊講電話。

Explanation

behind the wheel 常置於名詞或動詞後做修飾。

115 **believe in**　①認為…是好的；②相信…的存在；③信任，相信

■ Maggie **believes in** marrying late.　Maggie 認為晚婚是好的。

■ Do you **believe in** supernatural beings?　你相信有超自然生物的存在嗎？

■ If you **believe in** yourself, you can succeed.　如果你相信自己的話，你就會成功。

Explanation

believe in 表示「認為…是好的」時，後接表事物的名詞或動名詞；believe in 表示「相信…的存在」時，後接表人或物的名詞；believe in 表示「信任，相信」時，則接表人的名詞。

 **belong to**　①屬於，歸…所有；②屬於（某一類）

■ That book **belongs to** me; it's not Mary's.　那本書是屬於我的，不是 Mary 的。

■ People born in the 80s **belong to** a different generation.

八〇年代出生的人屬於一個不同的世代。

Notice: belong to + N (sb/sth)

Explanation

1. belong to 不能用在被動語態，也無進行式。例如：

▶ These books are <u>belonged</u> to me. .... (×)

These books are <u>belonging</u> to me. .... (×)

These books <u>belong</u> to me. .... (○)

這些書是屬於我的。

2. belong to 後接名詞或代名詞受格。例如：

▶ These books belong to <u>my</u>. .... (×)

These books belong to <u>Tom's</u>. .... (×)

These books belong to <u>me</u>/<u>Tom</u>. .... (○)

這些書是我/Tom 的。

benefit from　從…中受益

Synonym　benefit by

■ I believe you will **benefit** greatly **from** the novel.　我相信從這本小說中你會大有所獲。

■ The whole world has **benefited from** the invention of the Internet.

全世界都受益於網路的發明。

Notice: benefit from + N

beyond description　不可言喻，難以形容

■ The beautiful scenery of Mt. Ali is **beyond description**.　阿里山風景美麗得不可言喻。

■ The film was dull **beyond description**.　這部電影單調乏味得難以形容。

break down　①故障；②把…分成；③破壞

■ My car **broke down** on the way to Kenting.　我的車在去墾丁的路上故障了。

■ Please **break** the article **down** into three sections.　請把這篇文章分成三個部分。

■ The police **broke down** the door to capture an escaped convict.　員警破門逮捕逃犯。

Notice: break down + N (sth) 或 break + N (sth) + down

Explanation

break down 表示「把…分成」、「破壞」時，為可分離片語動詞，受詞的位置可在動詞與介系詞中間或放在片語動詞後面；但受詞若是代名詞時，則要放在片語動詞之間。例如：

▶ Your essay is too long; you need to **break** it **down** into three sections.

　　你的論文太長了，你需要把它分成三部份。

120 **break in on**　①打擾，打攪；②打斷

Synonym　①burst in on; ②cut in on、cut sb short

■ The loud noise **broke in on** the meeting.　巨大的聲響打擾了會議的進行。

■ I'm sorry to **break in on** your talk.　抱歉打斷了你們的談話。

Notice: break in on + N (sth)

Expansion

① burst in on 也可以表示「打擾，打攪」。例如：

▶ A stranger suddenly entered the room and **burst in on** the conference.

　　一個陌生人突然闖入房間，打擾了會議的進行。

② cut in on 與 cut sb short 都可以表示「打斷 (談話)」之意。例如：

▶ It was rude of Luke to **cut in on** our conversation.

　　Luke 打斷我們的對話是很沒有禮貌的。

▶ Paul **cut me short** by laughing loudly.　Paul 大笑，打斷了我的話。

EXERCISE

BASIC

A *Multiple Choice*

(　) **1.** Sam's opinion is somewhat _____ mine.

　　(A) tired of　　　(B) similar to　　(C) used to　　　(D) suitable for

(　) **2.** Jane won the first place; she _____ the other runners.

　　(A) was superior to　(B) was willing to　(C) was helpful to　(D) was supposed to

(　) **3.** I can't go to the museum with you next Monday. I will _____ all day.

　　(A) be sure　　　(B) break down　　(C) be tied up　　(D) belong

(　　) **4.** The housewife _____ washing clothes by hand. She does not want to do it anymore.

(A) is tired of (B) is tied up (C) is willing to (D) is suitable for

(　　) **5.** Having lived in England for three years, Joanna _____ the food here.

(A) is suitable for (B) is used to (C) belongs to (D) used to

(　　) **6.** Bob _____ the broken fence because he ran after the chicken and tripped over the fence.

(A) was tied up (B) broke in on (C) belonged to (D) was to blame for

(　　) **7.** This book _____ young people. They will benefit from it.

(A) is useful to (B) is used to (C) believes in (D) is similar to

(　　) **8.** The professor's speech was boring _____; most students didn't pay attention to him at all.

(A) before long (B) at the wheel

(C) beyond description (D) behind the wheel

(　　) **9.** Judy was kind and generous. She was always _____ help the sick and poor.

(A) tired of (B) useful to (C) used to (D) willing to

(　　) **10.** The driver fell asleep _____; his car ran over a dog.

(A) behind the wheel (B) beyond description

(C) as yet (D) back and forth

B *Guided Translation*

1. Tony 適合這份工作。

Tony _____ _____ _____ the job.

2. 我應該在八點之前到這裡嗎？

_____ I _____ come here before eight o'clock?

3. 我確定我哥哥會喜歡這件 T 恤的。

I _____ _____ _____ my brother will like this T-shirt.

4. 由於交通阻塞，James 開會遲到了。

James was late for the meeting _____ _____ the traffic jam.

5. 政府官員很快就會到這裡。

The government officials will be here _____ _____.

6. 如果你不信任我，你可以請別人幫你。

If you don't ＿＿＿＿＿＿ ＿＿＿＿＿＿ me, you can ask someone else to help you.

7. 這電腦不屬於我的，是 Cindy 的。

The computer doesn't ＿＿＿＿＿＿ ＿＿＿＿＿＿ me; it is Cindy's.

8. 學生們從王博士的講座中受益匪淺。

The students ＿＿＿＿＿＿ greatly ＿＿＿＿＿＿ Dr. Wang's lectures.

9. 電梯故障，我們不得不用走的到第十五層。

The elevator ＿＿＿＿＿＿ ＿＿＿＿＿＿ and we had to walk up to the fifteenth floor.

10. 請不要打斷我們的談話。

Please don't ＿＿＿＿＿＿ ＿＿＿＿＿＿ ＿＿＿＿＿＿ our conversation.

ADVANCED

A Synonym

Match each idiom or phrase with the synonymous one correctly; ignore the tense or capitalization.

(A) be to blame for (B) at the wheel (C) break down (D) be willing to

(E) get used to (F) be similar to (G) be supposed to (H) beyond description

(I) be tired of (J) be superior to

＿＿＿ **1.** Gold is almost the same as brass in color.

＿＿＿ **2.** Don't think you are better than others. Everyone has his or her good points.

＿＿＿ **3.** You are expected to pay the bill before this Friday. Don't forget about it.

＿＿＿ **4.** Victor is fed up with playing cards. He doesn't want to play it anymore.

＿＿＿ **5.** Mike is always ready to help his colleagues.

＿＿＿ **6.** When Albert and Henry drove from Kaohsiung to Taipei, they took turns driving the car.

＿＿＿ **7.** This splendid sunset is too great to express in words.

＿＿＿ **8.** The fridge seems to stop working again. I think we should buy a new one.

＿＿＿ **9.** You'll soon get accustomed to this dry climate.

＿＿＿ **10.** The inexperienced pilot is responsible for the air crash.

B Correction

( ) **1.** Mary's hat is similar <u>from</u> Jane's.

    (A) in   (B) to   (C) of   (D) as

( ) **2.** This house belongs to <u>my</u>.

    (A) mine   (B) I   (C) me   (D) ours

( ) **3.** Joe was very rude to break in on <u>they talked</u>.

    (A) their talk   (B) they talking   (C) their talked   (D) they talk

( ) **4.** This sports car is <u>most</u> superior to that one.

    (A) more   (B) much more   (C) the most   (D) ×

( ) **5.** I am sure <u>of</u> David is intolerant of people who smoke.

    (A) about   (B) that   (C) if   (D) whether

( ) **6.** Betty was absent <u>because of</u> her mother was ill.

    (A) due to   (B) thanks to   (C) owing to   (D) because

( ) **7.** Now Johnson is used to <u>work</u> out on weekends.

    (A) working   (B) worked   (C) have worked   (D) works

( ) **8.** The fabulous beach house <u>is belonging</u> to a very rich man.

    (A) is belonged to   (B) has belonged to   (C) belongs to   (D) has been belonged to

( ) **9.** I'm not sure <u>that</u> Dennis is an honest man or not.

    (A) what   (B) of   (C) whether   (D) who

( ) **10.** Lily is supposed to <u>receiving</u> the letter of invitation now, but she hasn't.

    (A) be received   (B) have received   (C) having received   (D) being received

UNIT 07

121 **break out**　爆發，突然發生

■ An infectious disease **broke out** and spread rapidly.　傳染病突然爆發並迅速傳開。

■ A fire **broke out** in that village last night.　那個村莊昨晚突然發生了一場大火。

Explanation

break out 屬不及物片語動詞，後不接受詞。

122 **break through**　①突圍，突破；②（光等）透出來

■ Though the soldiers were surrounded, they managed to **break through** the enemy's lines.　儘管士兵們被包圍了，他們還是設法突破了敵人的防線。

■ After the rain stopped, sunshine **broke through** the clouds.

雨停後，陽光從雲層後透了出來。

123 **break up**　①破碎，斷裂；②（婚姻）破裂，分手；③使停止

Synonym　②split up

■ The vase fell off the shelf and **broke up**.　花瓶從架子上掉下來摔碎了。

■ Mr. and Mrs. Jones **broke up** when they had been married for 10 years.

結婚十年後，Jones 夫婦分手了。

■ The teacher was trying to **break up** the fight between the two boys.

老師試著停止這兩個男孩之間的打鬥。

Notice: break up + N

124 **bring in**　①把…帶過來，把…拿進來；②引進；③賺（錢）

■ I helped my mom **bring in** the shopping.　我幫媽媽把她買的東西拿進屋子。

■ The country **brought in** advanced technology to promote the development of agriculture.　該國引進了先進的科技來促進農業的發展。

■ Nick **brings in** $500 every week.　Nick 每週賺 500 美元。

Explanation

bring in 表「把…帶過來，把…拿進來」時，其所接的受詞若是代名詞，多置於片語之間。例如：

▶ "My computer isn't working. Can you fix it?" "Just **bring** it in. I'll have a look at it."

「我的電腦壞了。你可以修嗎？」「就把它帶過來吧。我會看看。」

125 **bring...to** ①把…帶來給；②使…來到；③使處於/達到（某狀態/情況）

■ **Bring** your picture **to** me when you come next time.

下次來的時候，把你的照片帶來給我。

■ What **brings** you **to** Taipei?　什麼風把你吹來臺北的？

■ The depression **brought** this company **to** bankruptcy.　經濟蕭條使這家公司破產。

Explanation

1. bring...to 表「把…帶來給」時，屬授與動詞，可視為「bring + 直接受詞 + to + 間接受詞」，也可作「bring + 間接受詞 + 直接受詞」。例如：

　▶ **Bring** the key **to** me. → Bring me the key.　把鑰匙帶來給我。

2. bring...to 表「把…帶來給」時，其所接的受詞若是代名詞，多置於片語之間。例如：

　▶ If you find my key, **bring** it **to** me.　如果你找到我的鑰匙，把它帶來給我。

Expansion

① bring...to 表「把…帶來給；使…來到」時，除了涉及具體物件或地方，也可指抽象的概念。

　例如：

　▶ The negotiation **brought** peace **to** the region.　這協商為該區域帶來了和平。

　▶ The question **brings** us **to** the first part of the discussion.

　　這問題使我們來到討論的第一個部份。

② bring...to 表「使處於／達到(某狀態／情況)」時，尚有以下常見用法：bring...to the boil「使…煮沸」、bring tears to one's eyes「使…熱淚盈眶」、bring...to one's notice/attention「使某人注意…」、bring...to an end/a close「使…停止」、bring...to power「使…掌權」、bring...to one's senses「使恢復理智」等。

---

126 **bring up** ①撫養長大；②提出（問題、議題等）

Synonym ②bring forward

■ Bob was **brought up** by his uncle.　Bob 是他叔叔把他撫養長大的。

■ Andy **brought up** the idea of going on a picnic.　Andy 提出了野餐的提議。

Explanation

bring up 表「撫養長大」時，多用於被動語態。

Expansion

① **be brought up (as) a Christian/Catholic/Muslim** 意為「在基督教/天主教/回教的教育下長大」。例如：

▶ **I was brought up (as)** a Buddhist.　我在佛教的教育下長大。

② **be brought up to ＋ V** 意為「被教導要⋯」。例如：

▶ In China, children **are brought up to** respect the elderly.

在中國，孩子們從小被教導要尊敬長輩。

---

127 **bump into**　①無意間遇到、發現；②撞到

Synonym ①come/run across、come upon

■ On my way to the train station, I **bumped into** an old friend of mine.

在去火車站的路上，我無意間遇到一個老朋友。

■ I **bumped into** the door and hurt my knee.　我撞到門，傷了膝蓋。

Notice: bump into ＋ N (sb/sth)

Explanation

bump into 不用於被動語態。

Expansion

bump...on/against... 意為「撞到⋯」。例如：

▶ It was so dark in the room that I **bumped** my head **on/against** the shelf.

房間裡太黑，以致於我的頭撞到了書架。

---

128 **burst into**　①突然⋯起來；②突然闖進

Synonym ①burst out; ②break into

■ On hearing her daughter's death, Mrs. White **burst into** tears.

聽到女兒去世時，White 太太突然大哭了起來。

■ Some burglars **burst into** the bank at night and stole a million in cash.

幾個竊賊在夜裡突然闖進銀行，偷了一百萬現金。

Notice: burst into + N (sth)

Explanation

burst into 常與 tears、laughter、song 等字連用，表示「突然大哭/大笑/大聲唱起歌」。例如：

▶ When Rita saw the boy making faces, she **burst into laughter**.

看到那個男孩做鬼臉時，Rita 突然笑了起來。

Expansion

① **burst into flames** 表示「突然起火」。例如：

▶ The car crashed into the building and **burst into flames**.

這輛車撞到建築物，突然起火燃燒。

② **burst out** 也可以表示「突然…起來」的意思，但後接 V-ing。例如：

▶ Suddenly, the whole class **burst out** laughing.　突然，全班大笑了起來。

---

129 **by all means** ①一定，盡一切辦法；②當然可以

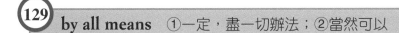

Synonym ②of course

■ The bridge must be built **by all means**.　這橋一定要建成。

■ "Can I borrow your pen?" "**By all means**."　「我可以借你的鋼筆嗎？」「當然可以。」

Explanation

by all means 在口語中，用來禮貌性地表示同意或許可，多作簡答形式，相當於 of course 的意思與用法。

Expansion

by no means 或 **not...by any means** 均表「決不，一點都不」，相當於 **not...at all**。例如：

▶ The result is **by no means** satisfactory.

→ The result isn't satisfactory, **by any means**.　這個結果一點都不令人滿意。

 by nature　天生，生性

■ William is **by nature** a poet.　William 天生是個詩人。

■ Sarah is bold **by nature**.　Sarah 生性大膽。

Explanation

by nature 可置於句中或句末做修飾。

Expansion

be in one's nature 表示「⋯是某人的本性」。例如：

▶ Jolly wouldn't give up easily; it **is** not **in her nature**.

　Jolly 不會輕易放棄；這不是她的本性。

---

 by the time　到了⋯的時候

■ **By the time** you get the mail, I'll be in Chicago.　你拿到郵件時，我將在芝加哥了。

■ **By the time** I called Tom, he had safely arrived in New York.

　我打電話給 Tom 的時候，他已經安全抵達紐約了。

Explanation

by the time 為從屬連接詞，後接副詞子句，相當於 when 的意思和用法。若引導的副詞子句用簡單過去式，主要子句的動詞多用過去完成式，顯示動作完成的先後順序，如例句 2。

 by the way　順帶一提，順便問一下

■ **By the way**, someone is waiting for you at the gate.　順帶一提，有人在門口等你。

■ **By the way**, do you know where the police station is?

　順便問一下，你知道警察局在哪裡？

Explanation

by the way 屬口語用法，用來轉入與之前所說主題不相關的事物。

133 **call off** ①取消；②停止；③叫…走開

■ The match was **called off** on account of bad weather.

這項比賽由於天候不佳而被迫取消。

■ Due to worsening weather, the rescue team decided to **call off** the search.

由於天氣惡化，救援隊決定停止搜尋。

■ **Call off** your dog—it's frightening the children.　叫你的狗走開——牠嚇到孩子們了。

Notice: call off + N

134 **call on** ①拜訪；②號召；③要求

Synonym ①pay a visit to

■ I'll **call on** my teacher this afternoon.　今天下午我要去拜訪我的老師。

■ The government **called on** people to protect the environment.

政府號召人們保護環境。

■ While I was dozing off, the teacher **called on** me to answer the question.

就在我打瞌睡的時候，老師要求我回答問題。

Notice: call on + N (sb)

Expansion

call at 也可做「拜訪」之意，後面接表示地方或場所的詞語。例如：

▶ I'd like to **call at** Bob's while I am in the States.　我到美國時想拜訪 Bob 家。

136 **can afford** ①承擔得起（損害等）；②買得起，有錢（做…）；③抽得出（時間）

■ Farmers **can't afford** any more damage now.　農夫們現在再也不能承擔任何損失了。

■ No one **can afford** (to buy) such an expensive suit.

沒人能買得起這麼一套貴重的衣服。

■ Luke is busy; he **can't afford** the time off work to see his parents.

Luke 工作很忙，抽不出時間去探望父母。

Notice: can afford + N (sth)/to V

can't help + V-ing 不禁…，忍不住…

Synonym　cannot but + V... 、 can't help but + V...

■ Lucy **couldn't help** laughing after hearing the joke.　聽了這個笑話後，Lucy 不禁大笑。

■ We **can't help** thinking that Larry is still alive.　我們忍不住地認為 Larry 還活著。

Expansion

① cannot but + V... 和 can't help but + V... 均可表「不禁…，忍不住…」，只是後接原形動詞。

例如：

▶ I could not (help) but laugh at his joke.　他的笑話令我忍不住笑了起來。

② can't help it 或 can't help oneself 均表「忍不住，無法控制自己」。例如：

▶ Frank tried not to laugh, but just **couldn't help it/himself**.

Frank 試著不要笑，但就是控制不了自己。

 can't wait 急著…，迫不及待

■ We **couldn't wait** to ask how Dad was when Mom came back from the hospital.

當媽媽從醫院回來時，我們就急著問爸爸的狀況。

■ Eric **couldn't wait** for the summer vacation.　Eric 等不及要放暑假。

Notice: can't wait + to V/for N

 care about ①關心　②在乎，介意

■ Mr. Lee truly cared about his students.　李老師真誠地關心自己的學生。

■ Most parents care about their children's school education.

大多數父母在意子女的學校教育。

Notice: care about + N (sb/sth)

140 **care for** ①照料，照顧；②喜歡；③想要

Synonym　①look after 、take care of 、tend to; ②be fond of

■ The mother has to **care for** her daughter.　這位媽媽要照顧女兒。

■ Does the girl **care for** the young man? 這女孩喜歡這位年輕人嗎？

■ Would you **care for** some more cookies? 你還要些餅乾嗎？

Notice: care for + N (sb/sth)

EXERCISE

BASIC

A *Multiple Choice*

( ) **1.** Sue was so happy to be invited to her friend's wedding; she _____ singing a song.

(A) could afford (B) couldn't help (C) couldn't but (D) couldn't help but

( ) **2.** A big flood _____ in the country in 1961.

(A) broke out (B) broke up (C) broke in on (D) broke through

( ) **3.** The sun finally _____ the clouds in the afternoon.

(A) broke up (B) broke out (C) broke through (D) broke down

( ) **4.** The river ice _____ and melts in spring.

(A) breaks out (B) breaks up (C) breaks through (D) breaks down

( ) **5.** The government intended to _____ modern equipment to promote the development of education.

(A) bring up (B) bring to (C) bring forward (D) bring in

( ) **6.** Arriving at the port, the sailor _____ the boat _____ the dock.

(A) brought; in (B) brought; up (C) brought; to (D) brought; forward

( ) **7.** A friend of John's died over 10 years ago; his son was _____ by John.

(A) brought up (B) brought in (C) brought to (D) brought forward

( ) **8.** "Can I take a look at your photo?" "_____."

(A) By the way (B) By nature (C) By the time (D) By all means

( ) **9.** Swans are graceful _____.

(A) by all means (B) by nature (C) by the way (D) by the time

( ) **10.** _____ we got to the shop, it had already closed.

(A) By the way (B) By all means (C) By the time (D) By nature

B *Guided Translation*

1. 順便問一下您的名字？

What's your name, _____ _____ _____?

2. 為了參加公共圖書館的剪綵儀式，Joseph 得取消約會。

Joseph had to _____ _____ the engagement so as to cut the ribbon at the opening ceremony of the public library.

3. 上個月我拜訪了那位著名的科學家。

I _____ _____ that famous scientist last month.

4. Grace 買不起這麼昂貴的房子。

Grace _____ _____ such an expensive house.

5. 當玩具被搶走時，小男孩突然大哭了起來。

The little boy _____ _____ tears when his toy was grabbed away.

6. 看到他媽媽離開，這孩子不禁大哭起來。

The child _____ _____ crying when he saw his mother leave.

7. 我不喜歡這種迷你裙。

I don't _____ _____ this kind of miniskirt.

8. 在會議上，我碰見了我的小學老師。

At the meeting, I _____ _____ a teacher of mine in primary school.

9. 多數人很少在乎環境議題。

Most people hardly _____ _____ the environment issues.

10. 男孩們急著自己動手做飛機模型。

The boys _____ _____ to make model planes by themselves.

ADVANCED

A Matching

_____	**1.** break out	(A) to be unable to stop from doing something
_____	**2.** care about	(B) to suddenly start to happen
_____	**3.** break up	(C) to meet someone by chance
_____	**4.** break through	(D) to cancel something
_____	**5.** bring up	(E) to raise children until they are grown up

_____ **6.** call on   (F) to force a way through something

_____ **7.** call off   (G) to visit someone

_____ **8.** bump into   (H) to be interested in something and feel strong that it is

important

_____ **9.** care for   (I) to separate into smaller pieces

_____ **10.** can't help doing (J) to be fond of someone or something

B Cloze Test

Fill in each blank with one of the idioms or phrases listed below. Make changes if necessary.

care for	bring...to	by nature	burst into	by all means
by the time	bring in	by the way	can afford	bump into

1. Yesterday I _____ an old friend whom I hadn't seen for ages.

2. It is raining. _____ the shoes in the doorway.

3. A ten-hour drive _____ us _____ the foot of the hill.

4. "Can I use your phone?" "_____."

5. Chris was _____ an actor. He was very talented.

6. _____ we rushed to the gate of the football field, the game had already

started.

7. How was the football game between our team and your team, _____?

8. I like the diamond ring very much, but I _____ it. It's too expensive.

9. When hearing the sad news, Teresa couldn't help _____ tears.

10. Do you mind _____ our dog while we are away?

141 carry(...)off ①贏得，獲得（獎牌等）；②成功地完成（困難的事）

Synonym ②carry through

■ The runner **carried off** a gold medal in the 110-meter hurdles.

這名選手在 110 公尺跨欄賽中得到金牌。

■ The student **carried off** his speech well despite feeling very nervous.

儘管這學生感到非常緊張，他還是成功地完成了演講。

Notice: carry off + N (sth) 或 carry + N (sth) + off

Explanation

carry off 所接的受詞可置於片語之中或之後，但受詞若是代名詞時，要置於片語中。例如：

▶ It was a bold plan, but Mark finally **carried** it **off**.

那是一個大膽的計畫，但最後 Mark 還是成功地完成了。

142 carry out 實行，執行，進行

Synonym put/bring...into practice/effect

■ It is easier to make plans than to **carry** them **out**. 擬定計畫比實行計畫來得簡單。

■ The scientists are **carrying out** an experiment. 這些科學家們正在進行一項實驗。

Notice: carry out + N (sth) 或 carry + N (sth) + out

Explanation

carry out 表示「實行，執行」時，後面常接 plan、agreement、work、experiment、promise、instruction 等名詞；其被動語態 be carried out 很常用。

143 catch a bus 搭上、趕上公車

Synonym take a bus   Antonym miss a bus

■ It's a long way from here to the museum. You'd better **catch a bus**.

這裡到博物館的路很遠，你最好搭公車。

■ We got up early this morning in order to **catch the** first **bus**.

為了趕上第一班公車，我們今天很早起床。

Expansion

① **get on the bus** 表示「上公車」，**get off the bus** 表示「下公車」。例如：

▶ An old man **got on the bus** and sat beside me. 一位老人上了公車後，坐在我身邊。

② **by bus** 表示「搭公車」。例如：

▶ Mandy used to go to work **by bus**. Mandy 以前都搭公車上班。

---

144 **catch a cold** 患感冒

Synonym get a cold

■ Put on warm clothes, or you'll **catch a cold**. 穿暖和的衣服，否則你會感冒。

■ Last week, Wendy **caught a** bad **cold**. 上星期 Wendy 罹患了重感冒。

Explanation

1. catch/get a cold 強調「動作」；have a cold 強調「狀態」。例如：

▶ Jimmy has **had a cold** for two weeks. Jimmy 已經感冒兩個星期了。

2. 此片語的修飾語有：catch a bad/heavy/slight cold 表示「患很重/嚴重/輕微的感冒」。

---

145 **cause damage to** 對⋯造成損害

Synonym do damage/harm to

■ The hurricane **caused** great **damage to** the buildings.

這場颶風對建築物造成很大的損害。

■ The accident **caused** a lot of **damage to** the car. 這一事故對該汽車造成很大的損害。

Notice: cause damage to + N (sth)

---

146 **change...into** 將⋯變成

Synonym turn/transform...into

■ The magician **changed** the handkerchief **into** a bunch of flowers.

這魔術師把手帕變成了一束花。

■ Our hometown has been **changed into** a beautiful city.

我們的家鄉已變成了一個美麗的城市了。

Notice: change + N (sth/sb) + into + N (sth/sb)

Explanation

1. 此片語也有不及物用法 "change into + N"。例如：

   ▶ The frog **changed into** a prince after it was kissed by a princess.

   青蛙被公主親吻後，變成了一個王子。

2. change into 也可以表示「換 (衣服)，更 (衣)；換 (檔)」。例如：

   ▶ You'd better **change into** some dry clothes.　你最好換上乾衣服。

   ▶ **Changing into** third gear, Owen drove cautiously along.

   換成三檔後，Owen 謹慎駕駛。

(147) check in　①（在旅館）登記入住；②（在機場）辦理登機手續

Antonym 　①check out

■ We have to **check in** at the hotel before noon.　我們得在中午以前到旅館登記入住。

■ When you get to the airport, you had better **check in** first.

當你到達機場的時候，你最好先去辦理登機手續。

(148) check out　①（在旅館）退房，辦理退房手續；②檢查，調查；③查證無誤，

證實是對的；④（從圖書館）借（書）

Antonym 　①check in

■ They **checked out** of the hotel at 8 a.m.　他們早上八點就退房了。

■ The clerks **checked out** all the pullovers in stock.　店員們檢查了所有庫存的套頭毛衣。

■ Please look over your letter and see if the receiver's name **checks out**.

請仔細看看你的信，檢查收信人的名字是否無誤。

■ Ted **checked out** a book from the library.　Ted 從圖書館借了一本書。

(149) choose from　從…中選擇、選中

Synonym 　select from

■ We have a variety of ice cream flavors for you to **choose from** in our store.

我們店裡有各式各樣口味的冰淇淋供你從中選擇。

■ Leo was **chosen** as a representative **from** the whole school.

Leo 從全校學生中被選為做代表。

Notice: choose from + N (集合名詞或複數名詞)

Explanation

choose from 應用範圍最廣，不強調「精選」之意；而 select from 則強調在同類事物中仔細挑選出最好或最適合者。例如：

▶ Cindy **selected** a mango **from** a basket of assorted fruits; she thought it was the best.

　Cindy 從一籃式各樣的水果中選了一個芒果，她覺得它是最好的。

150 **clean up** ①清理，打掃；②梳洗；③整治，整頓

Synonym ①clear up、clean out

■ **Clean up** the broken glass, in case someone steps on it.　清理碎玻璃，以防有人踩到。

■ Please give me twenty minutes to **clean up** and grab something to eat.

　請給我二十分鐘梳洗和吃點東西。

■ The president was determined to **clean up** the school.　校長決心要整頓學校。

Notice: clean up (+ N)

Explanation

clean up 在非正式用法中也可以表示「贏得、賺得大筆錢」。例如：

▶ Karen **cleaned up** in lottery tickets.　Karen 買彩券贏得一大筆錢。

151 **combine(...)with** ①與…結合；②使混合

Synonym ②mix/blend with

■ Gina's intelligence **combines with** her great beauty, making her the focus of attention.　Gina 的智慧和美貌結合，使她引人注目。

■ Nancy **combined** the egg **with** the flour.　Nancy 將蛋和麵粉混合。

Notice: combine with + N (sth) 或 combine + N (sth) + with + N (sth)

152 **come down with** 罹患，染上（疾病）

Synonym suffer from

■ Bruce has **come down with** influenza.　Bruce 染上了流行性感冒。

■ My nose is running; I am afraid I'm **coming down with** a cold.

我正在流鼻水，我恐怕是感冒了。

Notice: come down with + N (sth)

Explanation

此片語不用於被動語態。

 153 **come from** ①源自，出自；②來自，出身於

Synonym ①derive from

■ The word "jar" **comes from** French.　「jar」這個字源自法語。

■ Where does the foreigner **come from**?　這外國人來自哪裡？

Notice: come from + N (sth)

Explanation

此片語不用於進行式。

 154 **come to** ①達成（協定）；②總計，共計；③（突然）想起；④甦醒

Synonym ①arrive at; ②amount to; ④come around

■ The two parties eventually **came to** an agreement.　這兩個陣營最後達成了協定。

■ By the end of the year, the total money collected had **come to** $90 million.

捐款總數到了年底共計九千萬美元。

■ The idea **came to** Maggie when she was taking a bath.

在洗澡時，Maggie 突然想起了這個主意。

■ When the mother **came to,** her daughter cried, "Mom."

當這母親甦醒時，她的女兒喊了聲「媽」。

Notice: come to 不用於被動語態。

 155 **come true** （夢想）成真，（願望）實現

■ I've always dreamed of coming to Rome, and now my dream has **come true**.

我一直嚮往來到羅馬，現在我的夢想已經成真。

■ Ida's wish to become a university student didn't **come true**.

Ida 想要成為一個大學生的願望沒有實現。

Explanation

come true 相當於 realize，但 come true 不能用於被動語態。come true 的主詞常是希望、夢想、願望等，而 realize 的主詞可以是人、也可以是希望等。例如：

▶ Our dreams will **come true**.

→ We will **realize** our dreams.

→ Our dreams will **be realized**.　我們的夢想會成真。

156　come up with　①想出，提出（主意等）；②拿出（所需錢款），提供

Synonym　①think of/up

■ Joseph **came up with** a better idea to solve the problem.

Joseph 想出一個更好的主意來解決問題。

■ At this moment, Ted can't **come up with** such a large amount of money.

Ted 在這時候沒辦法拿出這麼一大筆錢。

Notice: come up with + N (sth)

Explanation

此片語不用於被動語態。

157　communicate with　與⋯溝通，與⋯交流

■ We often use body language to **communicate with** others.

我們常利用肢體語言與其他人溝通。

■ Through the Internet, we can **communicate with** people far away.

透過網路，我們可以與遠方的人們交流。

Notice: communicate with + N (sb)

Expansion

communicate sth to sb 表示「將 (思想、感情等) 傳達給 (某人)」。例如：

▶ Even though they speak different languages, they **communicate** their ideas **to** one another by means of dancing.　儘管他們說不同的語言，他們透過舞蹈把想法傳遞給彼此。

158　compared to/with　與⋯比較

■ **Compared to/with** many people, Molly is indeed very fortunate.

和許多人比起來，Molly 確實是很幸運的。

■ Cotton production rose 120 percent **compared to/with** that of the first eight months

of last year. 和去年的前八個月相比，棉花產量增長了 120%。

Notice: compared to/with + N/clause

Explanation

compared to/with 為過去分詞片語，通常在句中做副詞性。

Expansion

① **compare...to/with** 表示「把⋯與⋯比較」的意思。例如：

▶ If you **compare** this book **to/with** that one, you will find this one is much more

interesting. 如果你把這本書與那本書比較一下，你會發現這本有趣多了。

② **compare...to** 還可表示「把⋯比作」。例如：

▶ The dancer **compared** life **to** a solo dance. 這舞蹈家把生活比喻成一場單人舞。

③ **doesn't/can't compare** 表示「無法相比」。例如：

▶ Mr. Johnson's mansion is magnificent. Mine just **doesn't/can't compare**.

Johnson 先生的豪宅富麗堂皇，我的無法與之相比。

---

 compete with 與⋯競賽、競爭

Synonym compete against、be in competition with

■ The best athletes from all over the world **compete with** one another in the Olympic

Games. 來自世界各地最優秀的運動員在奧運賽中彼此競爭。

■ We **competed with** several companies for the contract.

我們與幾家公司競爭這份合約。

Notice: compete with + sb (+ for sth)

Expansion

① **compete to** + V 和 **compete for** + N 均可表示「競爭」。例如：

▶ Several companies **competed to** get the contract. 幾家公司競爭這份合約。

▶ Wood is **competing for** a position at the bank.　Wood 正在競爭這家銀行中一個職位。

② **compete in** 表示「參加⋯比賽」。例如：

▶ Do you want to **compete in** the 100-meter race?　你想參加 100 公尺賽跑嗎？

③ **can't compete (with sb/sth)** 表示「比不上 (某人／某物)」。例如：

▶ Our team can't **compete with** such an experienced team.

　我們的隊伍比不上這一支經驗如此豐富的隊伍。

---

160 **complain about**　抱怨

Synonym　complain of

■ Jane is always **complaining about** her school life.　Jane 總是抱怨學校生活。

■ Roy **complained** to me **about** not getting enough attention at school.

　Roy 向我抱怨自己在學校裡不受到注意。

Notice: complain (+ to sb) + about + N/V-ing

Explanation

complain 後也可以接子句。例如：

▶ Our neighbor **complained** that we made too much noise.

　我們的鄰居抱怨我們製造太多噪音。

Expansion

can't complain 表示「還好，還不錯」。例如：

▶ "How's everything?" "**Can't complain.**"　「你好嗎？」「還好。」

E X E R C I S E

BASIC

A *Multiple Choice*

(　　) **1.** I believe that George will be able to _____ the task.

(A) carry off　　(B) clean up　　(C) check in　　(D) check out

(　) **2.** Grandpa used to _____ bitterly _____ his poor memory.

    (A) come up; with   (B) come down; with

    (C) complain; about   (D) compete; with

(　) **3.** Our school baseball team can _____ those of the other schools in the upcoming games.

    (A) choose from   (B) compete with   (C) come from   (D) come down with

(　) **4.** It is necessary for us to master English in order to _____ foreigners.

    (A) come to   (B) compare to

    (C) communicate with   (D) come down with

(　) **5.** Alex's dream to be a chemist has _____.

    (A) come true   (B) come from

    (C) come down with   (D) come up with

(　) **6.** Confidence _____ strategy to win the battle.

    (A) comes up with   (B) comes on with   (C) combines with   (D) competes with

(　) **7.** After the party, we _____ the room and put garbage in the trash can.

    (A) complained to   (B) cleaned up   (C) checked in   (D) checked out

(　) **8.** These books are for you to _____.

    (A) change into   (B) carry out   (C) choose from   (D) carry off

(　) **9.** Betty has _____ of the hotel and left for the airport.

    (A) checked out   (B) come to   (C) checked in   (D) come from

(　) **10.** These employees all have certain jobs to _____.

    (A) come to   (B) come down with

    (C) compete with   (D) carry out

B *Guided Translation*

1. Jack 喉嚨痛而且流鼻水；他應該是感冒了。

Jack had a sore throat and a runny nose; he probably _____ _____

_____ .

2. 暴風雨有時對人們的生命和財產造成損害。

Storms sometimes _____ _____ _____ people's lives and properties.

3. 你怎樣把水變成冰？

How can you _____ water _____ ice?

4. 你去辦理住店手續，我卸行李。

You go _____ _____ while I unload the car.

5. 我們搭公車去購物中心。

We _____ _____ _____ to get to the shopping mall.

6. 由於 Bruce 染上流感，沒能去上班。

Bruce was unable to go to work as he _____ _____ _____ the flu.

7. 「你來自哪裡？」「我來自加拿大。」

"Where do you _____ _____?" "I'm from Canada."

8. Bob 中暑而昏了過去，至少半小時後才甦醒。

Bob got sunstroke and fainted; it was at least half an hour before he _____

_____.

9. 我相信我們能夠想出一個較好的計畫。

I'm sure we can _____ _____ _____ a better plan.

10. 比起 Kent 來，Lisa 是一個工作勤奮的員工。

_____ _____ Kent, Lisa is a hard worker.

ADVANCED

A Synonym

Match each idiom or phrase with the synonymous one correctly; ignore the tense or capitalization.

(A) cause damage to	(B) check out	(C) change into	(D) carry out
(E) come up with	(F) choose from	(G) come from	(H) come down with
(I) come to	(I) compared to		

_____ **1.** The supermarket provides customers with all kinds of products to <u>select from</u>.

_____ **2.** The woman who fainted finally <u>regained consciousness</u> after being given first aid.

_____ **3.** David was determined to <u>bring his plan into practice</u>.

_____ **4.** The accountant <u>examined</u> all the figures.

_____ **5.** Fiona is rather short <u>in comparison with</u> her sister.

_____ **6.** Liquid can be turned into gas.

_____ **7.** The heavy rain will do harm to crops.

_____ **8.** Nick could always think up a reason to stay longer.

_____ **9.** Many people in Taiwan suffered from SARS in 2003.

_____ **10.** The word derives from Greek.

B *Matching*

_____ **1.** check in	(A) to be realized
_____ **2.** catch a bus	(B) to try to be more successful than others
_____ **3.** complain about	(C) to get on a bus in order to travel
_____ **4.** clean up	(D) to mix something with something else
_____ **5.** combine...with	(E) to become ill with a particular disease
_____ **6.** carry off	(F) to remove dirt, rubbish, etc. from a place to make it clean and tidy
_____ **7.** come true	(G) to win a prize, honor, etc.
_____ **8.** come down with	(H) to say that someone is annoyed or unhappy about something or someone else
_____ **9.** communicate with	(I) to go to the desk at a hotel or airport to report that one has arrived
_____ **10.** compete with	(J) to exchange information, news, ideas, etc. with someone

161 **consist of** 由…組成，由…構成

Synonym be made up of、be composed of

■ The committee **consists of** the teachers and parents.

　　這個委員會是由教師和家長組成。

■ Great Britain **consists of** three parts: England, Wales and Scotland.

　　大不列顛是由三個部分所構成的：英格蘭、威爾斯及蘇格蘭。

Notice: consist of + N (sb/sth)

Explanation

1. 此片語不用於進行式。

2. consist of 的受詞除了可以是表人或事物的名詞(片語)外，還可以是動名詞片語。例如：

　　▶ The game **consists of** knitting and making ice cream.　　遊戲包括編織和做冰淇淋。

3. consist of、be composed of 與 be made up of 都可以表示「由…組成，由…構成」，通常以表示整體的名詞作主詞，而以構成表示整體的各個部分的名詞作介系詞的受詞。但是，consist of 比較正式，其中的動詞 consist 是不及物動詞，只能用於主動語態，不用被動語態。而 be composed of 只能用被動語態的形式，不用主動語態。be made up of 是 make up 的被動語態，其主動語態也常使用。例如：

　　▶ Five chapters **make up** my thesis.

　　　→ My thesis **is made up of** five chapters.　　我的論文由五個章節構成。

162 **convert(…)into** 將…轉變成，將…轉化成

Synonym turn into

■ I've **converted** my study **into** a bedroom.　　我把我的書房變成臥室。

■ I'd like to buy a couch that can **convert into** a bed.　　我想買一個能變成床的沙發。

Notice: convert + N (sth) + into + N (sth) 或 convert into + N (sth)

163 **convince…of** 使…相信，使…確信

Synonym persuade…of

■ Billy **convinced** me **of** his honesty.　Billy 使我相信他是誠實的。

■ The expert tried to **convince** people **of** the danger of drunk driving.

專家試著使人們相信酒駕是危險的。

Notice: convince + N (sb) + of + N (sth)

Expansion

① **convince sb that...** 也可表示「使 (某人) 相信…」，後接 that 子句。例如：

▶ The teacher tried to **convince** her students **that** drug-taking is dangerous.

老師試著使學生相信吸毒是危險的。

② **be convinced that...** 表示「相信…」，此用法可與 **be convinced of sth** 做代換。例如：

▶ I **am convinced that** he is innocent.

→ I **am convinced of** his innocence.　我相信他是清白的。

③ **convince sb + to V** 表示「說服(某人)做(某事)」，相當於 **persuade sb + to V** 或 **persuade sb into + V-ing**。例句：

▶ Frank <u>**convinced/persuaded**</u> us **to** <u>go</u> skateboarding with him.

→ Frank **persuaded** us **into** <u>going</u> skateboarding with him.

Frank 說服我們和他一起去玩滑板。

---

 cope with 　（成功地）處理，應付

Synonym　deal with

■ The team had no way to **cope with** all these serious problems.

這團隊沒有辦法處理所有這些嚴重的問題。

■ Experienced as he was, Larry couldn't **cope with** the situation.

Larry 雖有經驗，但他無法應付這情況。

Notice: cope with + N (sth)

---

 count on 　①期望，指望（某事會發生）；②依賴，依靠

Synonym　②rely on、depend on

■ We **count on** assistance from the local people.　我們期待當地人的協助。

■ Don't always **count on** others.　不要總是依賴別人。

Notice: count on + N (sth/sb)

Explanation

1. count on、depend on 與 rely on 同義，但 rely on 與 count on 的語氣比 depend on 強。

   ▶ You have become an adult. Don't **depend on** your parents.

   你已經是成年人了，不要依賴父母。

2. count on sth/sb 後可以接名詞或動名詞，也可以接介系詞片語 "for sth"，表示「為了某事期待或依賴某人做某事」；後面也可以接不定詞片語。例如：

   ▶ The boss had **counted on** having the project done by May.

   老闆曾指望五月份完成這工程。

   ▶ You can **count on** Jason doing his best.　你可以指望 Jason 會盡最大的努力。

   ▶ You shouldn't always **count on** your sister for everything.　你不應該事事依賴你姊姊。

   ▶ We must **count on** ourselves to solve the problem.　我們要靠自己來解決問題。

166 **cover...with**　①覆蓋（在…之上）；②用…遮蓋、遮蔽

Synonym　cover up...with

■ The roof of the house was **covered with** tiles.　這屋頂上覆蓋著瓦。

■ Grandma **covered** her lap **with** a blanket.　奶奶用毯子蓋著她的大腿。

Notice: cover + N (sth/sb) + with + N (sth)

Explanation

1. cover...with 常用於被動語態。

2. be covered with 表示「覆蓋著…」，強調狀態；be covered by 表示「被…覆蓋」，強調被動的動作。例如：

   ▶ The hills **are covered with** trees.　樹木覆蓋著山丘。

   ▶ The baby **was covered by** a blanket.　一條毯子覆蓋在嬰兒身上。

167 **cut(...)into**　①把…切成；②切開，刺進（皮膚裡）

■ The chef **cut** the beef **into** cubes.　主廚把牛肉切成一塊一塊的。

■ Tony took the knife and **cut into** the roast turkey.　Tony 拿起刀切開烤火雞。

Notice: cut (+ N) into + N

Explanation

cut...into 後的搭配用字有 quarters (四分之一)、two/half (一半)、pieces (塊)、slices (片)、chunks (丁)。例如：

▶ The cook **cut** the meat **into** 6 pieces.　廚師把肉切成六塊。

▶ Grace **cut** the carrot **into** chunks.　Grace 把胡蘿蔔切成丁。

 168　**date back to**　自…存在至今，追溯到…

Synonym　date from

■ The Great Wall **dates back to** the third century B.C.

萬里長城自西元前三世紀存在至今。

■ The history of acupuncture can **date back to** ancient times.

針灸的歷史可追溯到古代。

Notice: date back to + N (sth)

 169　**deal with**　①處理，應付；②與…打交道；③涉及，探討；④與…做生意

Synonym　①cope with; ③refer/relate to、touch (up)on; ④have dealings with

■ The police officer has to learn to **deal with** all kinds of complicated situations.

這警官得學會應付各種複雜場面。

■ Susan is such a selfish person that I don't want to **deal with** her at all.

Susan 是如此自私的人，我一點也不想和她打交道。

■ This book **deals with** questions of economy.　這本書涉及經濟問題。

■ They have **dealt with** that firm for many years.

他們與那家公司在生意上往來很多年了。

Notice: deal with + N (sb/sth)

Explanation

cope with 表示「成功地處理或應付較為重大或嚴重的問題或事物」，其中的 cope 為不及物動詞，故不用於被動語態；此片語常與 crisis、situation、pressure 等字連用。而 deal with 既可以表示「處理具體事物」，也可以表示「處理或解決具有抽象意義的問題」，且可用於被動語態，with 的受詞一般為 complaint、disease、problem 等名詞。

170 decide on 決定，選定

Synonym settle on

- Dora has **decided on** a date for her wedding.　Dora 已選定結婚的日期。
- We have **decided on** who to attend the meeting.　我們得決定誰去參加那會議。

Notice: decide on + N/wh- to V

171 depend on ①依靠，依賴；②相信，信賴；③視…而定，取決於…

Synonym ①②rely/count on

- Health **depends on** balanced diet, fresh air and enough sleep.

  身體健康有賴於均衡的飲食、新鮮的空氣和充足的睡眠。

- You can **depend on** Lucy; she is reliable.　你可以信賴 Lucy，她很可靠。

- Whether Mike can go or not **depends on** his parents.

  Mike 是否能去取決於他父母。

Notice: depend on + N (sb/sth)

Explanation

1. 此片語多不用於被動語態。

2. depend on sb/sth + to V、depend on sb/sth + for N(P) 與 depend on sb/sth + V-ing 均表示

   「指望某人做某事，依靠某事物來…」。例如：

   ▶ We **depend on** Jane to complete the mission.

   → We **depend on** Jane completing the mission.　我們指望 Jane 完成這項任務。

   ▶ People **depend on** the newspaper for information about what is happening in the world.

   人們依靠報紙來瞭解世界上正在發生的事情。

172 deprive...of 剝奪，奪去

- Poverty **deprived** him **of** a chance to go to school.　貧窮使他失去上學的機會。
- My uncle was **deprived of** hearing in an accident.　一場事故奪去了我叔叔的聽力。

Notice: deprive + N (sb) + of + N (sth)

Explanation

此片語常用於被動語態。

derive(...)from　①源自，源於；②從…中得到、獲得

Synonym ①come from; ②get/obtain...from

■ Many English words **derive from** Latin.　許多英文字源自拉丁文。

■ I have **derived** a lot of pleasure **from** reading.　我從閱讀中得到許多樂趣。

Notice: derive (+ N) from + N

Explanation

1. derive from 表示「源自，源於」時，也常用被動語態。例如：

   ▶ Many English words **are derived from** Latin.　許多英文字源自拉丁文。

2. derive...from 表示「從…中得到、獲得」時的搭配用詞除了 pleasure 之外，尚有 satisfaction、enjoyment 或 benefit 等。

 determine to + V　決定（做…）

Synonym be determined to + V、make up one's mind to + V

■ The scientist **determined to** explore new ways to preserve fruits.

這位科學家決定探究保存水果的新方法。

■ The Lins **determined to** move to the U.S.　林氏一家人決定搬到美國。

Expansion

① determine on 可與 determine to + V 做代換，意思不變。例如：

   ▶ The explorer **determined to** start early.

   → The explorer **determined on** an early start.　這位探險家決定早點出發。

② determine that/whether/why/who/what 引導名詞子句，表示「(官方、正式地) 決定」。

例如：

   ▶ The committee **determined what** the school should do next.

   委員會決定了學校下一步該做什麼。

---

175 **develop from**　由…發展而來

■ The large factory **developed from** a small workshop.

這個大工廠是由一個小工作坊發展而來的。

■ This modern city **developed from** a small poor town.

這個現代化的大城市是由一個貧窮的小城鎮發展而來的。

Notice: develop from + N (sth)

devote...to 致力於…，把…奉獻給…

■ The professor **devoted** all her energy **to** the research work.

這位教授把她全部的精力奉獻給研究工作。

■ The doctor **devoted** his life **to** helping blind people. 這位醫生一生致力於幫助盲人。

Notice: devote...to + N/V-ing

> ### Expansion
>
> **devote oneself to** 表示「獻身於…，專心致力於…」。例如：
>
> ▶ Helen **has devoted herself to** the study of the problems of old age since she graduated from the college in 1964. 自 1964 年大學畢業，Helen 一直致力於老年問題的研究。

die from 因…而死，死於…

Synonym die of

■ Many people in Africa **died from** starvation. 在非洲有許多人死於饑餓。

■ The driver **died from** a wound in the chest. 這位駕駛因胸部受傷而死。

Notice: die from + N (sth)

> ### Expansion
>
> ① **die poor/young** 表示「死時窮困潦倒／英年早逝」；**die a hero/coward** 表示「像個英雄／懦夫般死去」；**die a natural/violent/sudden/painful death** 表示「自然死亡／死得很慘、很突然、很痛苦」；**die in one's sleep** 表示「在睡眠中辭世」等。例如：
>
> ▶ The old lady **died a natural death** last week. 老婦人上週自然死亡。
>
> ▶ To some extent, it is a blessing to **die in one's sleep**.
>
> 就某種意義來講，在睡眠中辭世是一種幸事。
>
> ② **die out** 表示「滅亡，滅絕」。例如：

> ► Due to global warming, some species are **dying out**.
>
> 由於全球暖化，一些物種瀕臨滅絕。

(178) **differ from** 與⋯不同

Synonym be different from、vary from

■ My opinion **differs from** yours on the matter. 關於這個問題，我的意見與你不同。

■ These cars **differ from** one another in model and color.

這些汽車的型號和顏色各有不同。

Notice: differ from + N (sth)

Explanation

此片語不用於被動語態。

Expansion

differ in 表示「在⋯方面不同」。例如：

► Nancy and her brother **differ in** character. Nancy 和她哥哥在性格上不同。

---

(179) **disagree with** ①不同意，不贊成；②和⋯不一致；③（食物、天氣等）不合適

Synonym ①disapprove of **Antonym** ①②③agree with

■ I **disagreed with** Paul. 我不同意 Paul 的意見。

■ Many people **disagree with** mercy killing. 很多人不贊成安樂死。

■ The number of the items **disagrees with** what is written on the list.

物品的數量和清單上列的不一致。

■ The air in the big city **disagrees with** this 80-year-old woman.

大城市的空氣不適合這位八十歲的老太太。

Notice: disagree with + N (sb/sth)

Explanation

表示「(食物、天氣等) 不合適，使不舒服」時，not agree with 比 disagree with 常用。

Expansion

① disagree about/on 表示「對 (某事的) 意見不同」。例如：

▶ They **disagree about/on** the plan.　他們對這個計畫的意見不同。

② differ about/on/over 也可以表示「對…有異議，對 (某事的) 意見不同」。例如：

▶ They **differ about/on/over** that matter.　關於那個問題，他們意見不同。

---

180 **disapprove of**　①不同意，反對；②認為…不好

Synonym ①object to　　　Antonym ①approve of

■ Mary's mother **disapproved of** her marriage to Jack.

Mary 的母親反對她和 Jack 結婚。

■ We all **disapprove of** Tommy's conduct.　我們都認為 Tommy 的行為不好。

Notice: disapprove of + N (sth)

Expansion

① object to 表示「不同意，不贊成」。例如：

▶ Do you **object to** students' learning to dance?　你不贊成學生學跳舞嗎？

② approve of 表「同意，贊成」。例如：

▶ We all **approve of** Joe's plan to go camping.　我們都贊成 Joe 露營的計畫。

E X E R C I S E

BASIC

A Multiple Choice

( ) **1.** Mrs. Lee's son _____ incurable disease.

　　　(A) devoted to　　(B) depended on　　(C) died from　　(D) deprived of

( ) **2.** Owen's family _____ him for support.

　　　(A) depended on　　(B) decided on　　(C) deprived of　　(D) derived from

( ) **3.** Let us discuss and _____ a plan for handling the present situation.

　　　(A) date back　　(B) decide on　　(C) derive from　　(D) determine to

(   ) **4.** They try to _____ me _____ their loyalty, but I just don't trust them.

(A) convince; of   (B) consist; of   (C) cover; with   (D) convert; into

(   ) **5.** In cold winter, the river was _____ ice.

(A) consisted of   (B) coped with   (C) cut into   (D) covered with

(   ) **6.** Since four boys wanted to eat the apple, the woman _____ it _____ quarters.

(A) converted; into   (B) cut; into   (C) counted; on   (D) consisted; of

(   ) **7.** This temple _____ the 16th century.

(A) differs from   (B) develops from   (C) derives from   (D) dates back to

(   ) **8.** Ray is such a capable person that he can _____ all the jobs by himself.

(A) devote to   (B) determine to   (C) deal with   (D) depend on

(   ) **9.** Since the criminal was _____ the vote, he had no right to vote in any political elections.

(A) differed from   (B) devoted to   (C) deprived of   (D) derived from

(   ) **10.** Marie _____ go to Paris to pursue her studies. She wouldn't change her mind.

(A) determined to   (B) devoted to   (C) disapproved of   (D) disagreed to

B *Guided Translation*

1. 這家三星級酒店是由一個小酒館發展而來的。

The three-star hotel _____ _____ a small bar.

2. Maggie 想要獻身於教育。

Maggie wants to _____ herself _____ education.

3. 越來越多人死於中風。

More and more people _____ _____ apoplexy.

4. 鋼與鐵不同。

Steel _____ _____ iron.

5. 在這個議程上，我與 Todd 的意見不同。

I _____ _____ Todd on the agenda.

6. Laura 的父母不同意她嫁給那個窮小子。

Laura's parents _____ _____ her marrying that poor young fellow.

7. 這個代表團由醫生和教師組成。

The delegation _____ _____ doctors and teachers.

8. 這個沙發可以變成床。

This sofa can ＿＿＿＿＿＿ ＿＿＿＿＿＿ a bed.

9. 我們該如何處理這件事？

How shall we ＿＿＿＿＿＿ ＿＿＿＿＿＿ this matter?

10. 你可以依靠我，希望困難不久就會消除。

You can ＿＿＿＿＿＿ ＿＿＿＿＿＿ me. Let's hope the difficulties will soon disappear.

ADVANCED

A Synonym

Match each idiom or phrase with the synonymous one correctly; ignore the tense or capitalization.

(A) count on   (B) date from   (C) differ from   (D) disagree with   (E) decide on

(F) devote...to   (G) consist of   (H) derive...from   (I) deal with   (J) determine to

＿＿＿＿ **1.** The committee is composed of twenty members.

＿＿＿＿ **2.** Our manager has a lot of problems to handle.

＿＿＿＿ **3.** You can find all kinds of suitcases in the shop. The suitcases there vary from one another in color and size.

＿＿＿＿ **4.** The *Tonight Show*, which can date back to Jack Parr, has made people all over the States roar with laughter for decades.

＿＿＿＿ **5.** At first, Mona didn't know when to leave for Paris, but finally she settled upon a date.

＿＿＿＿ **6.** Lily got great benefit from her studies.

＿＿＿＿ **7.** I have made up my mind to tell Nick what I thought of him.

＿＿＿＿ **8.** Alex is the man who we can depend on in a crisis.

＿＿＿＿ **9.** Spicy food always has a bad effect on Amy; it makes her feel ill.

＿＿＿＿ **10.** The Curies spent all their time in doing the experiment in their laboratory.

B Cloze Test

Fill in each blank with one of the idioms or phrases listed below. Make changes if necessary.

cope with	cut...into	deprive...from	develop from	convince...of
depend on	be made up of	derive...from	convert...into	cover...with

1. The farmers have _____ the poor land _____ rich fields.

2. I tried to _____ Bob _____ the harm of smoking, but it was hard to persuade him.

3. Nicole _____ the paper _____ pieces.

4. Sickness _____ Ray _____ sight. He is blind now.

5. This town _____ three groups, namely locals, aborigines and some foreigners.

6. Since it turned cold at night, the mother _____ her son _____ a quilt.

7. The manager doesn't know how to _____ the angry customer.

8. Whether to go on a hike _____ the weather.

9. Dr. Smith _____ great pleasure _____ his studies. He enjoyed his studies.

10. This multinational corporation _____ a small company.

UNIT 10

181 **divide...into** ①把…分成；②除盡（數字）

Synonym ①separate...into、split...into

■ The teacher **divided** the class **into** groups of 5.　老師把班級分成每五人一組。

■ 6 **divides into** 30.　30 能被 6 除盡。

Notice: divide (+ N) + into + N (sth)

Explanation

1. divide into 也有不及物用法，例如：

   ▶ 5 **divides into** 20 4 times.　用 5 除 20 等於 4。

2. 此片語的搭配用字尚有：divide...into pairs/parts/quarters/sections 等。

Expansion

① separate...into 與 split...into 也可以表示「把…分開」之意。例如：

   ▶ The island was **separated into** three development regions.　島被分成了三個開發區。

   ▶ The book was **split into** eight chapters.　這本書分八章。

② divide...by 表示「除，除以」，例如：

   ▶ 20 **divided by** 5 is 4.　20 除以 5 等於 4。

---

182 **do harm to** 對…有害，對…造成損害

Synonym be harmful to、do/cause damage to

■ Indulgence in alcohol **does harm to** health.　酗酒對健康有害。

■ Smoking has **done** serious **harm to** his lungs.　抽菸對他的肺造成了嚴重的損害。

Notice: do harm to + N (sth)

Explanation

此片語中的 harm 是不可數名詞，前面可以加 much、great、a little、no 等字詞做修飾。

Expansion

do more harm than good 表示「弊多於利，壞處多於好處」，例如：

▶ Sometimes, dieting **does more harm than good**.　有時，節食的壞處多於好處。

---

(183) **door to door**　①挨家挨戶地；②兩地之間

Synonym ①from door to door

■ The postman delivers letters **door to door** every day.　這郵差每天挨家挨戶地送信。

■ The hiking takes about three hours **door to door**.　這兩地間的步行要花三個小時。

---

(184) **download...from**　從（網路）下載

Antonym upload...to

■ Jim **downloaded** a lot of pictures **from** the Internet.　Jim 從網路上下載了許多圖片。

■ The poem can be **downloaded** free **from** the Website.　從網站上可免費下載這首詩。

Notice: download + N (sth) + from + N (sth)

Expansion

upload...to 表示「上傳…至」。例如：

▶ It takes a few minutes to **upload** these data from my computer **to** the school's server.

從我的電腦上傳這些資料到學校的伺服器需要花幾分鐘時間。

---

(185) **dress up**　①裝扮；②盛裝；③粉飾、美化

Antonym ②dress down

■ Portia **dressed up** as a witch at the Halloween party.

在萬聖節的派對上，Portia 裝扮成一個女巫。

■ The students all **dressed up** to attend the school-opening ceremony.

這些學生都盛裝出席開學典禮。

■ It's useless to **dress up** the awkward facts.　粉飾糟糕的事實是沒有用的。

Notice: dress up (+ as + N)

Explanation

1. dress up 也有及物用法。例如：

   ▶ Molly **dressed** her son **up** as a policeman.　　Molly 把兒子打扮成員警的樣子。

2. dress up as 後接表示人物的名詞，dress up in 後接表示服裝等物的名詞。例如：

   ▶ The father **dressed** his daughter **up in** Indian clothes.

   這父親用印地安服裝打扮他的女兒。

Expansion

dress (up) to the nines 表示「盛裝，穿著講究」，屬非正式用法。例如：

▶ They **dressed up to the nines** to attend the party.　　他們盛裝出席宴會。

186　**drive...into**　①開車進入、撞上；②把（釘子等）敲入；③迫使…陷入（不好的狀態）

Synonym　③force...into

■ Frank **drove** the car **into** his garage.　　Frank 把車開進他的車庫。

■ The carpenter **drove** the nails **into** the wood.　　這木匠把釘子敲入木頭。

■ The boss has no vision, so he is **driving** the firm **into** bankruptcy.

　這老闆沒有遠見，使公司逐漸走向破產。

Notice: drive + N (sth/sb) + into + N (sth)

187　**drop by**　順道拜訪，臨時造訪

Synonym　drop in/round、stop by/in、call by/on

■ We **dropped by** Tom's office to see if he was there.

　我們順便拜訪 Tom 的辦公室，看看他是否在那裡。

■ A classmate of mine **dropped by** last Sunday. We hadn't seen each other for 20

　years.　　上週日我的一位同學臨時造訪。我們已經有 20 年沒見面了。

Expansion

① **drop in on** 表示「順便拜訪某人」。例如：

> ▶ Some of my old friends **dropped in on** me last week.
>
> 我的幾個老朋友上禮拜臨時來拜訪我。
>
> ② drop/stop in at 表示「順便參觀、造訪某地」，例如：
>
> ▶ I was about to have dinner when Maggie **dropped/stopped in at** my house.
>
> 我正要吃晚飯時，Maggie 臨時造訪我家。

188 **dry(...)out** ①（使…）乾透；②（使…）戒酒

Synonym ①dry(...)off

■ The hot weather can **dry** the wheat **out**.　炎熱的天氣可以使小麥乾透。

■ The wet clothes will **dry out** soon.　這些濕衣服很快就會乾透。

■ George was ill because he drank too much. The doctor helped **dry** him **out**.

　George 因為喝太多酒而生病，醫生協助他把酒戒掉了。

■ Molly went to hospital to **dry out**.　Molly 去醫院戒酒。

Notice: dry out + N (sth/sb) 或 dry + N (sth/sb) + out

189 **due to** 由於，因為

Synonym because of、owing to、thanks to

■ Helen's absence was **due to** her sickness.　Helen 沒來是因為生病了。

■ The accident was **due to** the driver's carelessness.　這場意外是由於駕駛的粗心。

Notice: due to + N (sth)

190 **during one's lifetime** 在某人的一生中

Synonym all one's life

■ The scientist invented over 1,000 things **during his lifetime**.

　在他的一生中，這科學家發明了一千多種東西。

■ Emily was a famous writer. Ten books were published **during her lifetime**.

　Emily 是個著名的作家。在她的一生中，她出版了十本書。

191 **each other** 彼此，互相

■ The two friends can learn from **each other**.　這兩個朋友能夠互相學習。

■ The classmates were happy to meet again. They hadn't met **each other** for years.

同學們再次相聚十分高興，他們彼此都已經多年沒見面了。

Explanation

1. each other 可以在動詞或介系詞後作受詞，但不可作主詞。

2. each other 的所有格作 each other's，例如：

▶ They can see an abundance of affections in **each other's** eyes.

他們在彼此的眼中看到了濃濃的愛意。

192　**eat out**　外出用餐，外食

| Synonym | dine out　　| Antonym | eat in

■ My mother never **eats out**.　我母親從不外出用餐。

■ Mr. and Mrs. Wang are very busy; they often **eat out**.

王先生和王太太很忙，他們經常外食。

193　**either...or...**　…或者…，不是…就是…

■ **Either** my parents **or** my sister cooks meals on weekends.

在週末，我父母或者我姊姊做飯。

■ **Either** come in **or** go out; don't stand in the way.　不是進來就是出去，別擋路。

Explanation

1. either...or... 連接兩個對等的名詞、動詞、形容詞、副詞或子句等。例如：

▶ Luke will go there **either** by bus **or** by train.　Luke 不是搭公車就是搭火車去。

▶ I have no clue about the color of the bag, **either** yellow **or** green.

我不知道那包包的顏色是黃色還是綠色？

▶ You love Ted **either** more **or** less—it is your own business.

你愛 Ted 更多還是少些，那是你自己的事。

▶ **Either** you accept my proposal **or** you refuse it, I will carry it out.

你接受或不接受我的建議，我都會實行它。

2. either...or... 連接兩個主詞時，動詞要與最近的主詞一致。例如：

▶ **Either** Bridget **or** I have to inspect every room.　不是 Bridget 就是我得檢查每個房間。

▶ **Either** the actors **or** the director is going to show up.　演員們或導演即將現身。

194 <u>engage</u>/<u>be engaged</u> in　參與，使忙於

Synonym　take part in

■ Martin **engaged in** political activities in most of his life.

　Marin 一生中大部分時間參與政治活動。

■ Ed **is engaged in** translating an American novel.　Ed 正忙於翻譯一部美國小說。

Notice: engage in + <u>N/V-ing</u>

> ### Expansion
>
> engage sb in conversation 表示「讓某人加入談話」。例如：
>
> ▶ We'd like to **engage** Anne **in conversation**.　我們想讓 Anne 加入談話。

195 enjoy one's company　喜歡有…作伴

■ Carl **enjoys my company**.　Carl 喜歡有我跟他作伴。

■ The little boys **enjoyed each other's company**.　這小男孩樂於與彼此作伴。

> ### Expansion
>
> ① keep sb company 相當於 keep company with sb，表示「與…作伴」。例如：
>
> ▶ Mom stayed at home to **keep me company**.　媽媽待在家與我作伴。
>
> ② have sb as company 表示「有…作伴」。例如：
>
> ▶ What a blessing that I could **have you as company**!　我有你作伴是多麼幸福的事！
>
> ③ in one's company 相當於 in the company of sb，表示「與…一起」。例如：
>
> ▶ My sister was shy **in the strangers' company**.　我妹妹在生人面前害羞。

196 enjoy oneself　玩得痛快，過得愉快

Synonym　have a good/nice/great/wonderful time

■ On a recent trip to Kenting, I **enjoyed myself** very much.

在最近一次去墾丁的旅程中，我玩得很痛快。

■ Last Sunday, we went hiking and **enjoyed ourselves** very much.

上周日，我們去遠足，過得十分愉快。

197 **enter into** ①開始（做…）；②十分有影響，是…的重要因素

■ Last year, the factory **entered into** the production of chemical fertilizer.

去年，這個工廠開始生產化學肥料。

■ Advertising expenses must **enter into** consideration.　　廣告費必須作為考慮的重要因素。

Notice: enter into + N (sth)

Expansion

① **enter into an agreement／a contract／partnership (with sb)** 表示「(與某人) 簽訂協定／簽訂合約／合夥」。例如：

▶ France **has entered into a** new trade **agreement** with the States.

法國和美國簽訂了一項新的貿易協定。

② **enter into a discussion／conversation／negotiation (with sb)** 表示「(與某人) 開始討論／談話／協商」。例如：

▶ Once you **entered into a conversation** with Todd, you would find that he was more interesting than his brother.　　一旦和 Todd 談話，你就會發現他比他弟弟更有趣。

198 **escape from** ①逃脫，逃離；②漏出，溢出

Synonym ①get／run away from；②leak out of

■ Two criminals **escaped from** prison last Friday.　　上星期五，有兩個犯人從監獄逃脫。

■ Gas **escaped from** the broken pipe.　　瓦斯從破掉的管子漏出來。

Notice: escape from + N (sth)

Explanation

escape from 與 run away from 均可表示「逃跑」之意，但 escape from 強調逃離不利的環境或事物，常含有緊急、急迫之義，而 run away from 則不強調情況是否緊急。例如：

▶ Dave **ran away from** home when he was 18.　　Dave 十八歲時逃家。

199 **even if** 即使,縱然,儘管

Synonym even though

■ I'll speak the truth **even if** they will criticize me.　即使他們會批評我,我也要講真話。

■ **Even if** I had told Paul how to label the boxes, he still messed it up.

儘管我已經告訴 Paul 如何在箱子上貼標籤,他還是搞砸了。

Explanation

even if 引導表示「讓步」的副詞子句。當 even if 或 even though 引導的是把握不大或假設的事情時,句子多用假設語氣。if 和 though 有時也單獨使用來代替 even if 或 even though。

Expansion

even so 表示「即使如此」,通常只用來當作副詞片語。例如:

▶ Ray reacted calmly to the bad news, but **even so**, I could feel that he struggled within.

Ray 對這個壞消息反應平靜,但即使如此我也能感到他內心的掙扎。

---

200 **ever since**　①從…起就(一直)…;②此後一直…

■ I have known her **ever since** we were kids.　從我們還是孩子的時候,我就認識她了。

■ Ms. Li came to this school in 1995. She has taught here **ever since**.

李老師 1995 年來到這個學校,此後一直在這任教。

Explanation

ever since 可以作連接詞,也可以做副詞,常與完成式連用。

EXERCISE

BASIC

A *Multiple Choice*

(　) **1.** Hawk _____ the cake _____ six pieces.

　　(A) drove; into　　(B) divided; into　　(C) dried; out　　(D) dropped; by

(   ) **2.** The salesman promoted the products _____ in this district.

    (A) door to door   (B) by nature   (C) by the time   (D) each other

(   ) **3.** Two teams from Massachusetts Institute of Technology and Harvard University will _____ a debate at eight o'clock.

    (A) drive into   (B) drop by   (C) enter into   (D) divide into

(   ) **4.** Mrs. Li's constant complaints _____ her husband _____ madness.

    (A) engaged; in   (B) divided; into   (C) did harm; to   (D) drove; into

(   ) **5.** The alcoholic will have to spend three months in a special hospital _____.

    (A) escaping from   (B) drying out   (C) dressing up   (D) enjoying himself

(   ) **6.** The rich man aided financially more than one hundred poor children _____.

    (A) ever since   (B) during his lifetime

    (C) even though   (D) even if

(   ) **7.** Dennis and Amy are going to get married. They love _____.

    (A) each other   (B) the another   (C) every one   (D) each one

(   ) **8.** I _____ free software _____ the Internet yesterday.

    (A) engaged; in   (B) drove; into

    (C) downloaded; from   (D) entered; into

(   ) **9.** You shouldn't _____ too often. It costs too much and isn't good to health.

    (A) dry out   (B) eat out   (C) dress up   (D) drop by

(   ) **10.** _____ Jackson didn't show up at the party, I still had a wonderful time there.

    (A) Even then   (B) Even so   (C) Ever since   (D) Even if

B *Guided Translation*

1. 污染的空氣對人們的健康有害。

    Polluted air _____ _____ _____ people's health.

2. 沒有罪犯能從這所監獄逃跑。

    No criminal can _____ _____ this prison.

3. 他們去佛羅里達度假時，順便拜訪了幾個老朋友。

    They _____ _____ on some old friends on their vacation trip to Florida.

4. 這場交通事故主要是由於酒醉駕駛所造成的。

    The traffic accident was mainly _____ _____ drunk driving.

5. 你說法語或者英語？

Do you speak _____ French _____ English?

6. 從學校退休後，林先生積極參與政治活動。

After retirement from school, Mr. Lin _____ _____ political activities actively.

7. 我的小妹妹喜歡有她的寵物狗作伴。

My little sister _____ her pet dog's _____ .

8. 媽媽說：「你們痛快地玩吧！」

"_____ _____!" said Mother.

9. 我們必須對費用開始進行詳細的討論。

The cost must _____ _____ a detailed discussion.

10. 這教授八點開始講演，從那時就一直在講話。

The professor began to deliver the lecture at eight o'clock. He has been speaking _____ _____ .

ADVANCED

A Matching

_____	**1.** divide...into	(A) to make something completely dry
_____	**2.** during one's lifetime	(B) to transfer (data, etc.) from one computer to another
_____	**3.** download...from	(C) all one's life
_____	**4.** dress up	(D) to make a short or unplanned visit to
_____	**5.** drop by	(E) to put on special clothes for fun
_____	**6.** even if	(F) to separate...into
_____	**7.** eat out	(G) no matter whether
_____	**8.** dry out	(H) to eat in a restaurant, instead of at home
_____	**9.** enjoy oneself	(I) between one place and another
_____	**10.** door to door	(J) to have a good time

B Correction

( ) **1.** Andy moved to London last year and lives there ever since.

    (A) is lived   (B) is living   (C) lived   (D) has lived

( ) **2.** The hurricane did many harm to the island.

    (A) much   (B) a lot   (C) a few   (D) few

( ) **3.** The students correct each other mistakes in their homework at times.

    (A) one another   (B) each other's   (C) each other   (D) one's another

( ) **4.** Are either Kent or you right?

    (A) Is   (B) Were   (C) Have   (D) Has

( ) **5.** They want to hire a person who is either very experienced or hard work.

    (A) works hard   (B) worked hard   (C) hardworking   (D) hard worked

( ) **6.** At the party, Hebe dressed up in a high school student. She kept some old clothes to dressed up as.

    (A) on; in   (B) for; in   (C) as; for   (D) as; in

( ) **7.** Alex's failure to pass the test was due to he was careless.

    (A) be careless   (B) careless   (C) carelessness   (D) carelessly

( ) **8.** For years, King remained engaged to fight against racism.

    (A) to fighting   (B) in fighting   (C) being fought   (D) fighting

( ) **9.** 12 divided by 3 are 4.

    (A) get   (B) has   (C) have   (D) is

( ) **10.** On my way to the downtown, I dropped in on a bank and then at my grandparents.

    (A) at; on   (B) at; by   (C) by; on   (D) round; on

UNIT 11

201 **except for** 除…之外

Synonym apart from

■ The thesis is great **except for** a few grammatical mistakes.

　　這論文除了幾個文法錯誤之外是很好的。

■ **Except for** Joe, the whole class felt happy about the test results.

　　除了 Joe，整班都對考試結果感到開心。

Notice: except for + N (sth/sb)

Explanation

1. 介系詞 except 本身也可表示「除…之外」之意，可與 but 代換，常用於否定句，或與 no one、nobody、nothing、all、everyone 或 everything 等字詞連用。例如：

　▶ No one knew the secret **except/but** Harry.　除了 Harry，沒人知道那個秘密。

2. except、apart from 與 besides 義近，但 except 表示「除…之外」，語意上將其後接的受詞排除在外；而 besides 表示「除…之外 (還…)」，相當於 in addition to 之意，語意上將其後接的受詞包含在內；而 apart from 則可用來表示這兩種意思。例如：

　▶ All the classmates came to the party **except/apart from** Peter.

　　除了 Peter 之外，所有同學都來參加派對了。

　▶ Ron can get one thousand dollars' extra income every month **besides/apart from** his salary.　除了薪水，Ron 每月還有 1,000 美金的額外收入。

Expansion

except (that)/when/what/where 後接子句，也可以表示「除…之外」的意思。其中，except (that) 相當於 apart from the fact that。例如：

▶ The report is great **except (that)** there are some spelling mistakes in it.

　這報告除了裡面有一些拼字錯誤之外是很好的。

▶ I knew nothing about the murder **except** what I had seen on TV.

　除了我在電視上看到的以外，我對那謀殺案一無所知。

---

202 **exist in** 存在於

- Salt **exists in** seawater.　鹽分存在於海水中。

- Cross talk, the traditional comedic performance, has **existed in** China for over 2,000 years.　相聲這傳統存在於中國已經有兩千多年了。

Notice: exist in + N(P)

Explanation

此片語不用進行式。

Expansion

① cease to exist 表示「不復存在」。例如：

▶ When hope **ceased to exist**, the man committed suicide.

當希望不復存在，那男子就自殺了。

② be in existence 表示「存在」。例如：

▶ The doctrine has **been in existence** for hundreds of yeas.　這教義已存在了幾百年了。

③ come into existence 表示「開始存在，產生，出現」。例如：

▶ No one is sure about when the earth **came into existence**.

沒人確定地球是何時開始存在的。

---

203 **fail to** 沒能做…，未能達到…

Antonym　succeed in

- Terry **failed to** keep his promise.　Terry 沒能遵守諾言。

- The truck **failed to** climb the hill.　那貨車沒能開上山丘。

Notice: fail to + V

Expansion

① fail in + N(P) 表示「在…方面不成功」。例如：

▶ Due to lack of diligence, Sam **failed in** chemistry.　由於不勤奮，Sam 化學考試不及格。

② never fail to + V 表示「總能做…」。例如：

> ▶ Eris **never fails to** write an e-mail to me every week.　Eris 每週總能寄電子郵件給我。

204 fall apart　①破碎，斷裂；②（制度、關係、精神等）瓦解，破裂，崩潰

Synonym　①come apart; ②break down

■ The glass **fell apart** as it dropped onto the floor.　這杯子掉落到地上時破碎了。

■ The brand-new regime made the whole structure of the old one **fall apart**.

全新的社會制度使舊的瓦解了。

■ They used to be good friends, but their friendship **fell apart** after a quarrel.

他們曾是好朋友，但一次爭吵後他們的友誼破裂了。

■ When Judy knew that she was fired, she **fell apart** and burst into tears.

當 Judy 得知被解雇時，她崩潰並且痛哭起來。

205 fall asleep　睡著

■ Frank **fell asleep** halfway through the class.　上課上到一半，Frank 就睡著了。

■ The student was so tried that she **fell asleep** at the desk.

這學生如此疲倦，以致趴在桌上就睡著了。

Explanation

fall asleep 與 go to sleep、get to sleep、drift off 近義，但 fall asleep 常用於無意圖要睡而睡著，或在不適當的情境下睡著；go to sleep 則用於意圖要睡而去睡；get to sleep 則指花了一些時間逐漸入睡。例如：

▶ I turned off the light and tried to **go to sleep**.　我關掉電燈，試圖要睡著。

▶ Dora lay in bed for a long time before she **got to sleep**.　Dora 躺在床上良久，才睡著。

206 fall in　塌陷，倒塌

■ During the earthquake, the roof of the house **fell in** suddenly.

地震時，這房子的房頂突然塌陷。

■ When the wall is about to **fall in**, Mary screamed in fear.

當牆要倒塌時，Mary 害怕地尖叫。

207 **fall into** ①分成；②（突然）陷入（狀態）；③開始（討論等）

■ The lecture **falls into** four parts. 這講座分成四部分。

■ The firm **fell into** financial difficulties. 這家公司陷入財務困境。

■ During the interval of the show, the audience **fell into** discussion.

在演出休息時間，觀眾開始討論。

Notice: fall into + N (sth)

208 **fall on** ①（節慶等）落在（某一天）；②攻擊；③（責任等）落在…身上

■ This year, the Chinese New Year's Eve **fell on** February 8.

今年的中國除夕落在二月八日。

■ Those naughty children **fell on** Sammy with stones.

那些淘氣的孩子用石頭攻擊 Sammy。

■ After the mother died, the responsibility of caring for the kids **fell on** the father.

這母親過世後，照顧孩子的責任落在父親身上。

Notice: fall on + N (sth/sb)

209 **fall out** ①爭吵，翻臉；②掉下，脫落

■ The two little boys **fell out** when they were playing.

這兩個小男孩在玩的時候爭吵了起來。

■ After the radiation treatment, the patient's hair began to **fall out**.

在放射治療後，那病人的頭髮開始脫落。

210 **feel like** ①想要；②感覺像，摸起來像

■ Do you **feel like** a cup of iced tea? 你想要喝一杯冰茶嗎？

■ I **feel like** having a fever. 我感覺像是發燒了。

Notice: feel like + N/V-ing

211 **figure(...)out** ①算出，想出；②理解，弄明白

Synonym ①②work out

■ Can you **figure out** a solution to this problem?　你能想出一個解決這問題的辦法嗎？

■ Andy is moody. I just can't **figure** him **out**.　Andy 喜怒無常，我就是無法理解他。

Notice: figure + N (sth/sb) + out 或 figure out + N (sth/sb)

Explanation

figure out 後面也可接 wh- + to 或 wh-clause。例如：

▶ I didn't **figure out** how to do the job.　我想不出該怎麼做這工作。

▶ I couldn't **figure out** who the lady in black was.　我想不出那位穿黑衣的女士是誰。

▶ Let's **figure out** how much the trip will cost.　讓我們算算這趟旅程將花多少錢。

 fill out　①填寫；②發胖，發福

Synonym　①fill in

■ Please **fill out** this order form.　請填寫這個訂貨單。

■ When Mary was thirty, she began to **fill out**.　Mary 三十歲時，開始發胖。

Notice: fill out (+ N)

Explanation

fill out 表示「填寫」時，屬及物動詞用法，後面須接名詞 (片語) 作受詞，受詞也可置於片語之間；fill out 表示「發胖，發福」時，則屬不及物動詞用法，後面不須接受詞。

 find oneself + V-ing　發覺自己（在做…）

■ When the drunkard woke, he **found himself** lying in a ditch.

當那酒鬼醒來時，他發現自己躺在溝裡。

■ After an hour's driving, I **found myself** approaching a castle.

開了一小時車後，我發現自己接近一座城堡。

Explanation

find oneself 後接現在分詞 "V-ing" 作受詞補語，補充說明受詞 "oneself" 的狀態；此用法中的受詞補語還可以是形容詞、名詞（片語）或介系詞（片語）等。例如：

▶ All of a sudden, the writer **found herself** rich.　這作家突然發覺自己變得富有了。

▶ Jason woke one morning to **find himself** the owner of the firm.

Jason 一早醒來，發覺自己成了該家公司的老闆。

▶ After half an hour, I **found myself** under the tree.　半小時後，我發現自己在樹下。

214 **find(...)out** 找出，查明，弄清楚

■ The teacher **found out** the student who had cheated on the exam.

老師找出了考試作弊的學生。

■ Let's **find out** who took the book away. 讓我們查明是誰拿走了那本書。

Notice: find out + N/wh-clause

> **Expansion**
>
> find out about 表示「找出、查明關於…」。例如：
>
> ▶ They soon **found out about** the disguised spy. 他們很快找出了那個偽裝的間諜。

215 **fit(...)into** ①裝得進；②容得下；③符合，適合；④相處融洽；⑤協調，相稱

■ I can't **fit** this toy **into** the box. 我不能把這個玩具裝進這個盒子裡。

■ The folding bed wouldn't **fit into** the truck. 這卡車容不下折疊床了。

■ I don't think you will **fit into** the organization. 我不認為你適合這個組織。

■ They don't **fit into** one another. 他們相處得不融洽。

■ The house **fits into** its surroundings well. 這房子與周圍環境十分協調。

Notice: fit (+ N) into + N

Explanation

在大部分狀況下此片語可以用 fit in 替換，意思不變。此外，此片語大多不用進行式。

> **Expansion**
>
> fit(...)in with 表示「(安排等) 一致，不衝突；與…相處融洽；與…相稱」。例如：
>
> ▶ I'll try to **fit** my arrangements **in with** yours. 我將設法使我的安排和你的一致。
>
> ▶ How is Owen **fitting** himself **in with** his new classmates?
>
> Owen 與他的新同學相處得融洽嗎？
>
> ▶ The color of the picture frame doesn't **fit in with** that of the wall.
>
> 這相框的顏色與牆的顏色不相稱。

(216) **focus(...)on** ①非常注意，集中（注意力）於…；②把焦距對著…；③使（光線）聚集在…

Synonym ①concentrate on、pay attention to　　**Antonym** ①distract from

■ Try to **focus** your attention **on** your performance.　試著把注意力集中在你的表演上。

■ George **focused** his camera **on** the flowers.　George 把照相機的焦距對著花。

■ The boy made fire by **focusing** the sunlight **on** the paper with a convex lens.

這男孩利用凸透鏡聚集陽光在紙上取火。

Notice: focus (+ N) on + N

Explanation

此片語的搭配用字除了 attention 之外，尚有 focus one's mind/efforts on，表示「將某人的心思/努力集中於…」。

Expansion

① **bring...into focus** 表示「使注意…」。例如：

▶ Severe climate change **brings** the problem of global warming **into focus**.

劇烈的氣候變化讓人們注意到全球暖化的問題。

② **distract...from** 表示「使…不能專心，分散…的注意力」。例如：

▶ The noise **distracted** me **from** my writing.　那噪音使我不能專心寫作。

---

(217) **fool around** ①無所事事，遊手好閒；②瞎弄，亂玩

■ The lazy guy **fools around** every day.　這個懶惰的傢伙每天遊手好閒。

■ Stop **fooling around** with matches.　別亂玩火柴。

Notice: fool around (+ with + N)

(218) **for example** 例如

Synonym for instance

■ Ball games have spread around the world. **For example**, basketball games are played in various countries.　球賽已遍及全世界。例如，許多不同的國家都有籃球賽。

■ A lot of fruits, **for example**, guavas and kiwis, are rich in vitamin C.

很多水果，例如番石榴和奇異果，富含維他命 C。

Explanation

for example 與 for instance 在句中作插入語，可置於句首、句中、句末，但須有逗號與句子分開。

219 **for fear of** 唯恐，以免

■ The father tiptoed quietly out of the room **for fear of** waking the sleeping baby up.

這父親躡手躡腳安靜地走出房間，唯恐吵醒正在睡覺的嬰兒。

■ Please drive carefully **for fear of** accidents.　小心開車，以免出意外。

Notice: for fear of + N/V-ing

Explanation

for fear (that) 也可以表示「唯恐，以免」之意，但後接子句。例如：

▶ The father tiptoed quietly out of the room **for fear (that)** he might wake the sleeping baby up.

▶ Please drive carefully **for fear (that)** accidents may happen.

220. **for lack of** 因缺少…

■ The flowers died **for lack of** water.　這些花因缺水而枯死。

■ The building could not be finished **for lack of** funds.　因缺少資金，這棟建築無法完工。

Notice: for lack of + N

E X E R C I S E

BASIC

A *Multiple Choice*

(　) **1.** I know nothing about Larry _____ his strikingly handsome appearance.

(A) except for　　(B) except that　　(C) existed in　　(D) existed on

(　) **2.** We waited for Bob until 7 o'clock, but he _____ show up.

(A) fell in　　(B) fell into　　(C) failed to　　(D) fell upon

(　) **3.** The dictionary was old and soon _____.

       (A) fell in   (B) fell upon   (C) filled out   (D) fell apart

(   ) **4.** The exhibition _____ three parts: the past, the present, and the future.

       (A) felt down   (B) fell into   (C) fell down   (D) felt into

(   ) **5.** All of the heavy duty _____ me, making me even busier.

       (A) fell out   (B) fell into   (C) fell in   (D) fell on

(   ) **6.** The mother did not _____ correcting her son on the spot.

       (A) feel like   (B) figure out   (C) fail to   (D) focus on

(   ) **7.** The math problem is too difficult. I can't _____ it _____.

       (A) find; out   (B) fill; out   (C) fall; out   (D) figure; out

(   ) **8.** If you are not cautious enough, you'll _____ getting into trouble.

       (A) fail to   (B) find yourself   (C) feel like   (D) focus on

(   ) **9.** _____ sleep, John felt exhausted.

       (A) For example   (B) For instance   (C) For lack of   (D) For fear of

(   ) **10.** You should _____ your attention _____ your studies.

       (A) fall; upon   (B) fit; into   (C) fool; around   (D) focus; on

B *Guided Translation*

1. Cindy 因怕被解雇而努力工作。

Cindy worked hard _____ _____ _____ she would be fired.

2. Larry 很多時候遊手好閒，以致於一事無成。

Larry spent so much time _____ _____ that he accomplished nothing.

3. 這個機器零件裝得進損壞了的零件的位置。

The machine part _____ _____ the place where the broken part was.

4. 請幫我查明火車離開的時間，好嗎？

Would you please help me _____ _____ when the train will leave?

5. 上星期我填寫了幾份工作申請表。

Last week, I _____ _____ several job application forms.

6. 因缺乏證據，這嫌疑犯被釋放了。

_____ _____ _____ evidence, the suspect was released.

7. 這個男人經常與他的妻子為了錢而爭執。

The man often _____ _____ with his wife about money.

8. Kim 因為上課睡著而被處罰。

Kim was punished for _____ _____ in class.

9. 年輕人的教育存在著很多問題。

Many problems _____ _____ the education of the young people.

10. 臺灣有許多優秀的棒球員，例如王建民。

There are many excellent baseball players in Taiwan, _____ _____, Chien-Ming Wang.

ADVANCED

A Matching

_____ **1.** exist in

_____ **2.** fall asleep

_____ **3.** fail to

_____ **4.** fall in

_____ **5.** find oneself + V-ing

_____ **6.** for fear that

_____ **7.** feel like

_____ **8.** find out

_____ **9.** fit in

_____ **10.** fool around

(A) to be unsuccessful in doing something

(B) to be present in a particular place, time, situation, etc.

(C) to be the right size and shape for a particular space

(D) because one is worried that he or she will make something happen

(E) to waste time behaving in a silly way

(F) to gradually realize that someone is doing something

(G) to get information about something

(H) to want to do or have something

(I) to fall down onto the ground

(J) to begin to sleep

B Synonym

Match each idiom or phrase with the synonymous one correctly, ignore the tense or capitalization.

(A) fit into	(B) except for	(C) focus...on	(D) fall apart	(E) fill out
(F) feel like	(G) for example	(H) fall into	(I) fall in	(J) figure...out

_____ **1.** There was no one apart from a drunkard on the street.

_____ **2.** Even the porch of the house collapsed in the hurricane.

_____ **3.** Do you <u>want to have</u> a cup of coffee?

_____ **4.** Though the task was difficult, Sara said she could <u>work</u> it <u>out</u>.

_____ **5.** When you <u>fill in</u> the form, write down your name and other details required.

_____ **6.** Mrs. Lin left for an alien country when her marriage <u>broke down</u>.

_____ **7.** The lyrics <u>are suitable for</u> the melody.

_____ **8.** Bruce is not devoted; <u>for instance</u>, he is always late for work.

_____ **9.** You should really <u>pay</u> your attention <u>to</u> what your teacher says.

_____ **10.** During the meeting, two managers <u>started</u> an argument.

221 **for some reason** 由於某種原因

■ The famous player left the soccer team **for some reason**.

由於某種原因，這個著名的球員離開了足球隊。

■ **For some reason**, they didn't find that out long ago.

由於某種原因，他們以前就沒發現那件事。

Explanation

此片語中的 some 用在單數可數名詞前，表示「某一」，指未知的或說話者不欲特別說明的人、物、地點等。

222 **for sure** ①肯定地，確定地；②當然，一定

Synonym ①for certain

■ I think Sam may come to the party, but I couldn't say **for sure**.

我想 Sam 會來參加派對，但我不敢肯定。

■ "Do you think Laura is an English woman?" "**For sure**."

「你認為 Laura 是英國婦女嗎？」「當然。」

Explanation

for sure 的意思與 for certain、certainly 和 definitely 相同，但前兩者不能用在句首。例如：

▶ They will help us **for certain/for sure**.

→ **Certainly/Definitely**, they will help us. 他們一定會幫我們。

223 **free from** ①擺脫；②免受…，免於…；③無…，不含…

■ Carl was happy to move into the dorm because he would be **free from** his parents.

Carl 很高興能搬進宿舍，因為他就可以擺脫父母 (的管教)。

■ The refugee finally is **free from** pain. 這難民終於免於受苦了。

■ This product is entirely **free from** sugar; it is good for you.

這產品完全不含糖。這對你 (身體) 有益。

Notice: free from + N (sb/sth)

fret over 為…煩惱，為…發愁

Synonym fret about

■ The student **fretted over** his lost textbook. 這學生為遺失的課本而煩惱。

■ What are you **fretting over**? 你為什麼事發愁呢？

Notice: fret over + N (sth)

 generally speaking 大體而言，一般來說

Synonym in general、broadly speaking、all in all

■ **Generally speaking**, this book is not difficult. 大體而言，這本書不是很難。

■ **Generally speaking**, girls tend to be less interested in video games.

一般來說，女孩子對電動遊戲較沒什麼興趣。

Explanation

generally speaking 常放在句首做副詞，修飾整個句子。此類副詞尚有：personally/technically/strictly speaking 表示「就個人而言／從技術上來說／嚴格來說」。

Expansion

all in all 和 in general 也可以表示「大體而言，一般來說」。例如：

▶ **All in all**, the performance was a success. 大體而言，這表演是成功的。

▶ **In general**, a student doesn't need such a high-priced bag.

一般來說，一個學生不需要用到這麼貴的包包。

---

 get along ①生活，過活；②進展；③相處融洽；④離開，離去

Synonym ②③get on

■ I'm **getting along** well recently. 我近來生活得很好。

■ The operation is **getting along** well. 手術進展得很順利。

■ Do you **get along** with your stepfather? 你和繼父相處融洽嗎？

■ I'm afraid I must be **getting along** now. 恐怕我不得不離開了。

(227) **get around** ①逃避，回避；②四處走動；③（消息等）傳開

Synonym ③go around

■ How can you **get around** that tax rule? 你怎能逃避那條稅法？

■ The old man often **gets around** in the neighborhood. 這老人經常在附近四處走動。

■ Rumors **get around** quickly. 謠言傳開得很快。

(228) **get away from** ①逃跑，逃離；②擺脫；③偏離（主題等）

Synonym ①escape from

■ Two of the prisoners **got away from** the captors.

兩個囚犯從抓到他們的人手中逃跑了。

■ The doctor tried to help the patient **get away from** fear.

這醫師試著幫助病人擺脫恐懼。

■ You are **getting away from** the topic. 你偏離主題了。

Notice: get away from + N (sb/sth)

Explanation

此片語不用於被動語態。

(229) **get in** ①進入；②（火車等）抵達；③到家；④考取，被錄取；⑤當選

Synonym ②④get into

■ Sunlight **gets in** through the window. 陽光從窗戶射進來。

■ The train was supposed to **get in** ten minutes ago. 這火車應該十分鐘之前抵達。

■ My mother usually **gets in** at 8 p.m. from work. 我媽媽通常八點下班到家。

■ My nephew **got in** an art school. 我的外甥被一所藝校錄取了。

■ In the last election, Mr. Lee **got in**. 在上次選舉中，李先生當選了。

Notice: get in (+ N)

(230) **get in touch with** 與…連絡

■ Mark would **get in touch with** me as soon as he arrived in the U.S.

Mark 說他一到美國就會與我聯絡。

■ May I have your phone number? I may need to **get in touch with** you.

你可以給我電話號碼嗎？我可能需要與你聯絡。

Notice: get in touch with + N (sb)

Expansion

① **be in touch (with)** 表示「(與⋯) 聯繫」。例如：

▶ I have **been in touch with** quite a few of my former elementary school classmates.

我一直和好幾位以前的小學同學聯繫。

② **keep/stay in touch (with)** 表示「(與⋯) 保持聯繫」。例如：

▶ We have **kept in touch with** each other since graduation.

自從畢業後，我們就一直保持聯繫。

③ **lose touch (with)** 表示「(與⋯) 失去聯繫」。例如：

▶ I have **lost touch with** Luna since she moved to London.

自從 Luna 搬去倫敦，我就一直與她失去聯繫。

---

(231) get rid of ①丟棄，扔掉；②擺脫，除去；③趕走（某人）

Synonym ①throw away; ②be free of

■ Since we had bought a new sofa, we **got rid of** the old one yesterday.

因為我們已經買了新沙發，所以昨天把舊的扔掉了。

■ I've been coughing for days. I wish I could **get rid of** it soon.

我已經咳了好幾天了，真希望趕快擺脫它。

■ The boss has to **get rid of** the worker who is always late for work.

老闆得趕走這總是上班遲到的工人。

Notice: get rid of + N (sth/sb)

---

(232) get straight to 直接，立即

■ To make things clear, I will **get straight to** the point.

為了讓事情清楚明白，我直接進入正題。

■ Let's **get straight to** cleaning the room. 我們立即開始打掃房間吧。

Notice: get straight to + N/V-ing

Expansion

① **get this/it straight** 表示「清楚無誤地瞭解狀況,弄清楚這件事」。例如:

▶ Let's **get this/it straight**—I gave the money to you last night, right?

讓我們先把這件事弄清楚——我昨晚把那筆錢給你了,對吧?

② **set/put sb straight** 表示「使某人清楚無誤地瞭解狀況,使某人弄清楚事實」。例如:

▶ Ask Adam, and he will **set/put you straight**.

問 Adam,他會使你清楚無誤地瞭解狀況。

③ **get sth straight** 表示「清楚無誤地瞭解,弄清楚」。例如:

▶ I haven't **got** the things **straight**. 我對情況還弄不清楚。

233 **get through** ①熬過;②處理(工作或議題);③通過(考試),達到(標準);
④接通電話,聯絡上

■ With no food, those poor people couldn't **get through** the cold winter.

沒有食物,那些窮人沒辦法熬過寒冷的冬天。

■ Don't interrupt Jason! He has lots of work to **get through** now.

別打擾 Jason!他現在有很多工作要處理。

■ In order to **get through** the final exams, Karen stayed up studying.

為了通過期末考,Karen 熬夜唸書。

■ Tina tried calling her boyfriends many times, but she just couldn't **get through**.

Tina 已試著打了幾次電話給她男朋友,但一直沒辦法接通。

Notice: get through (+ N)

234 **get up** ①起床;②起立;③(風、浪等)變得猛烈

Synonym ②stand up   Antonym ①go to bed

■ My mother usually **gets up** at six o'clock in the morning. 我媽媽通常早上六點起床。

■ When the teacher came in, the students **got up**. 當老師進來時,學生們都站了起來。

■ Suddenly, the wind **got up** and blew down the trees. 突然風勢變得猛烈,刮倒樹木。

Explanation

此片語屬不及物動詞用法，後面不接受詞。但在表示「起床」時，有及物用法。例如：

▶ This morning, Mom **got** me **up** at 7 a.m.　今早七點，媽媽叫我起床。

 give(...)away　①捐贈；②發送，贈送；③洩漏（秘密）

■ The rich man **gave away** one million dollars to support the poor children.

　這富人捐贈了一百萬美元支助貧困兒童。

■ After the show, the mayor **gave away** flowers to the performers.

　演出結束後，市長送花給演員。

■ The general had **given away** the state secrets, so he was arrested.

　這將軍洩漏了國家機密，因此被捕。

Notice: give away + N (sth) 或 give + N (sth) + away

 give(...)back　①歸還，交還；②使恢復

Synonym　①hand back

■ I have lost the library book. I can't **give** it **back** now.

　我把圖書館的書弄丟了，現在無法把它歸還了。

■ The victory matters a lot to the boxer; it **gave** him **back** his confidence.

　這勝利對拳擊手非常重要，這勝利使他恢復了自信。

Notice: give + N (sth) + back (+ to + sb) 或 give + N (sb) + back + N (sth)

 give comments on　對…給予評論、批評

Synonym　make comments on、make/pass a remark on

■ The professor **gave comments on** current events in his lecture.

　在他的講座中，這教授對當前時事給予評論。

■ The teacher **gave** helpful **comments on** my report.

　老師對我的報告給予了很有幫助的批評。

Notice: give comments on + N

Expansion

make/pass a remark on 也可以表示「對…給予評論、批評」。例如：

▶ Jasmine used to **make/pass** rude **remarks on** her colleagues.

Jasmine 過去常常無理地批評她的同事。

---

238 **give off** 發出，放出（氣味、光等）

Synonym give out

■ These flowers **gave off** a sweet smell. 這些花發出甜甜的味道。

■ The moon **gives off** no light of its own. 月亮本身不發光。

Notice: give off + N (sth)

---

239 **give...a hand** 幫助（某人）

Synonym lend...a hand、do...a favor

■ Can you **give** me **a hand**? 你能幫我一下嗎？

■ Paul **gave** me **a hand** when I was lifting my suitcase.

當我要提起手提箱時，Paul 幫了我一把。

Notice: give + N (sb) + a hand 或 give a hand + to + N (sb)

Expansion

① want/like/need a hand 表示「需要幫助」。例如：

▶ The old lady **wanted/liked/needed a hand** when she was trying to get off the bus.

當老婦人試著要下車時，她需要幫助。

② come/go to one's aid 表示「幫助某人」。例如：

▶ The young man **came/went to our aid**. 這年輕人來幫助我們。

③ aid...in 表示「幫助 (某人) 做 (某事)」。例如：

▶ Tony **aids** his father **in** the arrangements for the trip. Tony 幫他父親安排這次旅行。

---

240 **give up** 放棄

■ In the past, a woman would usually **give up** her job after she became pregnant.

在過去，婦女懷孕後往往會放棄工作。

■ I have **given up** trying to persuade such a stubborn man.

我放棄試著去說服這如此頑固的男子。

■ I can't answer the puzzle. I **give up**!　我猜不出這個謎語。我放棄！

Notice: give up (+ N/V-ing)

E X E R C I S E

BASIC

A Multiple Choice

(　) **1.** The soldier _____ the secret after the enemy tortured him.

(A) gave off　　(B) gave away　　(C) gave up　　(D) gave back

(　) **2.** After Mark _____ drinking, he became a responsible man.

(A) gave up　　(B) gave away　　(C) gave out　　(D) gave back

(　) **3.** The new manager is easy to _____. I think I can make friends with him.

(A) get rid of　　　　　　(B) give comments on

(C) get along with　　　　(D) get straight to

(　) **4.** Jenny's parents were angry because she didn't _____ until midnight.

(A) get along　　(B) get around　　(C) get away　　(D) get in

(　) **5.** When my grandma gets in the car, she needs me to _____ her _____.

(A) get; along　　(B) get; in touch　　(C) give; away　　(D) give; a hand

(　) **6.** The student _____ the library book and borrowed another one.

(A) gave off　　(B) gave out　　(C) gave back　　(D) gave in

(　) **7.** "Is your brother going to the movies with us?" "I don't know _____."

(A) for sure　　(B) for lack of　　(C) for fear of　　(D) for example

(　) **8.** Breast cancers can be curable, but the patients will never be completely _____ it.

(A) give up　　(B) free from　　(C) fret over　　(D) get away

(　) **9.** It's no use _____ the broken cup. Just buy a new one.

(A) freeing from　　(B) giving up　　(C) fretting over　　(D) giving away

(　) **10.** Please don't stray too far away; _____ the point.

(A) get straight to　　(B) get along with　　(C) get rid of　　(D) get in touch with

B Guided Translation

1. 工廠煙囪放出大量的煙。

The factory chimney ＿＿＿＿＿＿ ＿＿＿＿＿＿ a lot of smoke.

2. 因某種原因，Nick 沒被哈佛大學錄取。

Nick wasn't admitted to Harvard University ＿＿＿＿＿＿ ＿＿＿＿＿＿ ＿＿＿＿＿＿.

3. 沒有鄰居的幫助，這小男孩無法生活下去。

The little boy can't ＿＿＿＿＿＿ ＿＿＿＿＿＿ without his neighbors' help.

4. 有時這商人試著逃避稅法。

The businessman sometimes tries to ＿＿＿＿＿＿ ＿＿＿＿＿＿ the tax law.

5. 獵人逮了三隻狐狸，但其中一隻逃離了陷阱。

The hunter caught three foxes, but one ＿＿＿＿＿＿ ＿＿＿＿＿＿ ＿＿＿＿＿＿ the trap.

6. 警方已經和三位被綁架兒童的父母取得了聯繫。

The police have ＿＿＿＿＿＿ ＿＿＿＿＿＿ ＿＿＿＿＿＿ ＿＿＿＿＿＿ the three kidnapped children's parents.

7. Joanna 不確定她是否能通過數學考試，因為她一點也不擅長數學。

Joanna is not sure if she can ＿＿＿＿＿＿ ＿＿＿＿＿＿ the math test because she doesn't excel in math at all.

8. Karen 每天幾點起床？

What time does Karen ＿＿＿＿＿＿ ＿＿＿＿＿＿ every morning?

9. Jackson 先生捐贈了很多書給這所中學。

Mr. Jackson ＿＿＿＿＿＿ ＿＿＿＿＿＿ a lot of books to this high school.

10. 在會上，校長對那位大學生的行為給予評論。

At the meeting, the president ＿＿＿＿＿＿ ＿＿＿＿＿＿ ＿＿＿＿＿＿ that college student's behavior.

ADVANCED

A *Matching*

＿＿＿ **1.** give up

＿＿＿ **2.** give...a hand

＿＿＿ **3.** give off

(A) to finish dealing with some work, a subject, etc.

(B) to be free of

(C) to write or speak to someone

_____ **4.** get rid of   (D) to escape from

_____ **5.** get away from   (E) to produce a smell, light, heat, etc.

_____ **6.** get in touch with   (F) to come to one's aid

_____ **7.** get through   (G) used for saying what one is saying is usually true

_____ **8.** give comments on   (H) to stop doing something or having something

_____ **9.** for some reason   (I) to express an opinion about someone or something

_____ **10.** generally speaking   (J) used for saying that someone doesn't know why

                something happened

B Synonym

Match each idiom or phrase with the synonymous one correctly; ignore the tense or capitalization.

(A) give back   (B) get around   (C) get up   (D) generally speaking

(E) free from   (F) get along with   (G) for sure   (H) get in

(I) get rid of   (J) fret over

_____ **1.** It is not easy to throw away a bad habit.

_____ **2.** Frank would go there for certain.

_____ **3.** The mother worried about her son's illness continuously.

_____ **4.** Bob's aunt is always very fussy; it is hard to get on with her.

_____ **5.** In the big city, a taxi will help you travel around faster.

_____ **6.** Julia was admitted to the police school.

_____ **7.** All the attendants stood up and went out after the meeting was over.

_____ **8.** You should hand that book back to the teacher.

_____ **9.** All in all, Owen has been positive, though his life is stressful.

_____ **10.** Thanks to the acupuncture treatment, Jack is not suffering from the pain.

241 **go abroad** 出國

■ Linda wants to **go abroad** for further studies.　Linda 想出國深造。

■ Have you got a chance to **go abroad**?　你有出國的機會了嗎？

Explanation

此片語中的 abroad 是副詞，修飾動詞 go。其他常與 abroad 搭配的動詞尚有 travel、live，表示「在國外旅行，住在國外」。

Expansion

at home and abroad 表示「在國內外」。例如：

▶ The singer is very popular **at home and abroad**.　這歌手在國內外很受歡迎。

---

242 **go ahead** ①問吧，做吧；②開始、繼續（做…）；③先走，走在前頭；④舉行，進行

Synonym ①go on; ②proceed with; ④take place、be carried out

■ "May I ask you a question?" "**Go ahead**."　「我可以問你一個問題嗎？」「問吧。」

■ The police examined the cars and allowed them to **go ahead**.

　員警檢查了這些車輛，允許他們繼續向前開。

■ Since you know the way, you can **go ahead**.　既然你知道路，你可以先走在前頭。

■ Even though it is scorching hot, the carnival will **go ahead**.

　儘管天氣極熱，狂歡節仍將舉行。

Explanation

1. go ahead 表示「問吧，做吧」之意時，多用於日常對話中，用於別人詢問可否做某事，說話者表示許可。

2. go ahead 表示「開始或繼續 (做…)」時，屬不及物動詞用法，後面若要接受詞，要用介系詞 with。例如：

▶ After the rain stopped, the farmers **went ahead with** their work.

雨停後，農夫們繼續他們的工作。

Expansion

① **go on** 也可以表示「繼續 (做…)」，指之前已做了一段時間後停止、再繼續做。例如：

▶ Having taken a break, Andy **went on** discussing the proposal with his colleagues.

休息片刻後，Andy 繼續和同事討論提案。

② **proceed with + N** 也可以表示「繼續 (做…)」，指繼續已經開始做的事情。例如：

▶ After a short break, we **proceeded with** our work.　短暫休息過後，我們繼續工作。

---

243 **go bad**　（食物等）腐壞，變質

■ I bought a bunch of bananas yesterday; today they all **went bad**.

昨天我買了一串香蕉，今天都壞了。

■ Don't drink the milk. It has **gone bad**.　不要喝那牛奶，它已經變質了。

Explanation

在此片語中，go 為連綴動詞，表示「逐漸變得」。類似的用法還有：go wrong「出錯」、go mad「發瘋」、go deaf「變聾」、go red/grey「變紅/灰」、go bankrupt「破產」等。

Expansion

① **go sour** 和 **go rotten** 也可表示「變酸，變質，腐壞」。例如：

▶ Put the meat in the fridge, or it will **go sour/rotten** soon.

把肉放進冰箱，否則它很快就會變壞。

---

244 **go for**　①去拿，去取來；②攻擊；③喜歡；④爭取

Synonym　③go in for; ④fight for

■ Mom left the dining room, **going for** some ice cream.　媽媽離開餐廳，去拿冰淇淋。

■ The huge watchdog **went for** the milkman and bit him.

龐大的看門狗攻擊了送牛奶工人，還咬他。

■ I don't **go for** horror movies.　我不喜歡恐怖電影。

■ Lisa tried her best to **go for** the world champion in the solo-skating.

Lisa 盡其所能地去爭取單人花式滑冰的世界冠軍。

Notice: go for + N (sth/sb)

Explanation

此片語不用於被動語態。

Expansion

go for it 表示「盡力爭取」。例如：

▶ Set the goal, and **go for it**. 設定目標，盡力爭取。

---

(245) go in for ①參加（考試、競賽等）；②從事；③喜歡，愛好

Synonym ①take part in; ②go into; ③go for

■ Will you **go in for** the chess competition? 你將參加西洋棋比賽嗎？

■ Ed **goes in for** education; he teaches in high school. Ed 從事教育，在中學教書。

■ All of my friends **go in for** sports. 我所有的朋友都喜歡運動。

Notice: go in for + N (sth)

(246) go out with 交往，談戀愛

■ Will you **go out with** me? 你願意跟我交往嗎？

■ Carrie has been **going out with** Todd for quite a few months.

Carrie 和 Todd 交往好幾個月了。

Notice: go out with + N (sb)

(247) go through ①仔細搜索、查看；②經歷；③通過（法律）；④練習，排練

■ The police **went through** all the rooms, looking for drugs.

員警仔細搜索所有房間找毒品。

■ The man has **gone through** untold misery since his wife died.

自從妻子去世後，這男子經歷了無法言說的痛苦。

■ The law has **gone through** by the parliament. 議會已通過此項法律。

■ The actress is **going through** her lines.　那女演員正在練習她的台詞。

Notice: go through + N (sth)

 go to great lengths　不擇手段，盡其所能

Synonym　do one's best、do/try one's utmost

■ The government has **gone to great lengths** to stop the scientist doing the experiment.　政府不擇手段阻止這科學家進行該項實驗。

■ I will **go to great lengths** to meet your needs.　我將盡全力滿足你的需求。

Notice: go to great lengths + to V

Explanation

此片語中的修飾語也可以是：go to all/any/some/extreme/extraordinary lengths。

Expansion

do one's best 與 do/try one's utmost 也可以表示「盡全力」。例如：

▶ The athlete is **doing his best** to practice.

→ The athlete is **doing/trying his utmost** to practice.　這運動員正盡全力練習。

---

 go to bed　就寢，上床睡覺

Antonym　get up、get out of bed

■ What time do you **go to bed** every day?　你每天幾點就寢？

■ Bob is used to **going to bed** and getting up late.　Bob 習慣於晚睡晚起。

Expansion

put sb to bed 表示「安置、哄某人上床睡覺」。例如：

▶ The mother usually **puts** her son **to bed** at 8 p.m.

這媽媽通常在八點就哄她的兒子上床睡覺。

---

250 **go to the movies**　去看電影

■ We **go to the movies** twice a week.　我們一周去看兩次電影。

■ Did you **go to the movies** with your boyfriend last Sunday?

你和男朋友上週日去看電影了嗎？

251 **go with** ①與…相配；②是…的一部分；③伴隨

■ The hat **goes** well **with** your suit.　這頂帽子跟你的衣服很相配。

■ The garage **goes with** the house.　這車庫是這房子的一部分。

■ Thunder **went with** the storm.　雷伴隨著暴風雨。

Notice: go with + N (sth)

Explanation

此片語不用於被動語態。

252 **graduate from** 畢業於

■ Jane **graduated from** college last year.　Jane 去年大學畢業。

■ Luke entered politics after **graduating from** Oxford University.

　Luke 在牛津大學畢業後，便投入政壇。

Notice: graduate from + N (sth)

> ### Expansion
>
> **graduate in** 表示「獲得 (某學位) 畢業」。例如：
>
> ▶ Nancy **graduated in** law from Harvard.　Nancy 哈佛畢業，獲得法律學位。

253 **grow into** ①成長為；②逐漸習慣、適應；③長大適合穿

Antonym ③grow out of

■ The naughty boy has **grown into** a good young man.

　那個淘氣的男孩已成長為一個優秀的青年。

■ The newcomer needs time to **grow into** the job.　這新人需要時間習慣這工作。

■ The coat is too big for the girl now, but she will **grow into** it.

　這外套現在對女孩來說太大了，但她會長大得可以穿。

Notice: grow into + N

Explanation

此片語不用於被動語態。

 grow out of ①由…而來；②長得穿不下（衣服）；③改掉（習慣等）

Synonym ①develop from　　Antonym ②grow into

■ Sam's illness **grew out of** overwork.　　Sam 的病是由工作過度而來的。

■ Bruce has **grown out of** his old jeans.　　Bruce 長大得穿不下他的舊牛仔褲了。

■ May used to be shy but seems to have **grown out of** it.

　　May 過去很害羞，現在似乎改掉了。

Notice: grow out of + N (sth)

 had better 最好

■ We **had better** go there by bus.　　我們最好搭公車去那裡。

■ You**'d better** not tell Mrs. White the bad news.　　你最好別告訴 White 太太這個壞消息。

Notice: had better + V

Explanation

1. had better 可縮寫為 'd better。此外，had better 中的 had 無人稱、數及時態的變化。

2. 否定用 had better not + V。

3. 簡答時，表示同意用 'd better，表示不同意用 had better not。例如：

▶ "I will take this way." "You**'d better not**."　　「我會選這條路。」「你最好不要。」

4. 附加問句的用法如下：

▶ You**'d better** get up early tomorrow, hadn't you?　　你明天最好早點起床，不是嗎？

5. 在非正式用法中，有時可省略 had，甚至可省略主詞。例如：

▶ Better come early.　　最好早來。

 hang up ①掛電話；②掛起

■ Larry **hung up** before I could answer him.　　我還沒回答，Larry 就把電話掛了。

■ After entering the house, Molly **hung up** her coat.　　進屋後，Molly 把大衣掛了起來。

Notice: hang up + N 或 hang + N + up

Explanation

若要表示「掛某人電話」，要用 hang up on sb。例如：

▶ What I said irritated John, so he **hung up on** me.

我的話把 John 激怒了，所以他掛了我的電話。

Expansion

get hung up 表示「拖延，耽擱」，屬非正式用法。例如：

▶ The meeting **got hung up** due to bad weather.　由於壞天氣，這會議被耽擱了。

---

(257) happen to　①碰巧，恰巧；②發生在…身上

Synonym　①chance to

■ I **happened to** be there on that day.　那天我碰巧在那兒。

■ What **happened to** you?　你怎麼了？

Explanation

1. happen to 表示「碰巧，恰巧」時，後接原形動詞；表示「發生在…身上」時，後接名詞。

2. happen to 表示「碰巧，恰巧」時，以「人」作主詞，也可以用 "It + happens/happened + that 子句"。例如：

　▶ I **happened to** see Laura in the supermarket yesterday.

　　→ **It happened that** I saw Laura in the supermarket yesterday.

　　我昨天碰巧在超市看到 Laura 。

3. happen to 表示「發生在…身上」時，要用事物作主詞。例如：

　▶ An accident **happened to** Gary when he was on his way to work.

　　在 Gary 上班的路上，一場意外發生在他身上。

---

(258) hardly any　幾乎沒有

Synonym　very few、very little

■ There is **hardly any** food left. We must go to buy some.

吃的幾乎沒剩下了，我們必須去買些。

■ Kelly has **hardly any** friends to talk to.　Kelly 幾乎沒有什麼可交談的朋友。

Notice: hardly any + N (sb/sth)

have a/the right to + V 有做…的權利

Antonym have no right to + V

■ We **have the right to** speak freely at the meeting.　在會議上，我們有自由發言的權利。

■ The man **has a right to** defend himself.　這男子有為自己辯護的權利。

Explanation

have a/the right to 後尚可接名詞。例如：

▶ Everyone **has the right to** education.　每個人都有接受教育的權利。

Expansion

have no right to + V 表示「沒有做…的權利」。例如：

▶ We **have no right to** invade others' privacy.　我們無權侵犯他人的隱私。

---

 have an effect on　對…有影響、有效

Synonym have an impact/influence on

■ What the teacher said **had an effect on** the students.　這老師的話對學生有影響。

■ The medicine **has a** dramatic **effect on** the patients.　這藥物對病人有驚人的效果。

Notice: have an effect on + N

Explanation

effect 前可以加 no、big、significant、major、bad、harmful 等字詞做修飾。例如：

▶ The teacher's encouragement **has a** significant **effect on** Paul's whole life.　老師的鼓勵對 Paul 的一生有著重要的影響。

 EXERCISE

 BASIC

A *Multiple Choice*

(   ) **1.** Gina told me that her brother had _____ on business and would come back to Taiwan in a couple of days.

(A) hung up   (B) happened to   (C) gone ahead   (D) gone abroad

(   ) **2.** "May I ask you a personal question?" " _____ ."

(A) Go ahead   (B) Go beyond   (C) Go for   (D) Go through

(   ) **3.** The meat has _____ . Throw it away.

(A) gone bad   (B) hung up   (C) gone ahead   (D) gone through

(   ) **4.** Before Nick _____ the competition, he practiced very hard.

(A) went through   (B) went in for   (C) went with   (D) grew into

(   ) **5.** My grandfather _____ two wars. He had experienced horrifying cruelties in wartime.

(A) went for   (B) went ahead   (C) went through   (D) went with

(   ) **6.** The wooden earrings _____ your jeans well.

(A) go with   (B) go for   (C) go through   (D) go in for

(   ) **7.** Tom, as well as Maggie, doesn't _____ the horror films.

(A) go through   (B) go for   (C) hang up   (D) go with

(   ) **8.** _____ to do the job, or you won't be able to finish it on time.

(A) Hardly any   (B) Had better   (C) Go through   (D) Go to all lengths

(   ) **9.** It's already midnight. It's time to _____ .

(A) go ahead   (B) go with   (C) go bad   (D) go to bed

(   ) **10.** Jessica has _____ the man for months. They are in love with each other.

(A) grown into   (B) hung up   (C) gone out with   (D) gone in for

B *Guided Translation*

1. 這影片對這演員的影響很大。

The movie _____ _____ great _____ _____ the actor.

2. 你有什麼權利做那件事？

What _____ do you _____ to do that?

3. 幾乎沒有剩餘的時間了。

There is _____ _____ time left.

4. 我的右手碰巧放在桌子上。

My right hand _____ _____ be on the table.

5. 我們在通話時，Karen 把電話掛斷了。

Karen _____ _____ when we were talking on the phone.

5. 我們最好在天黑前離開森林。

We _____ _____ leave the forest before it gets dark.

7. 這宏偉的建築是從幾間廢棄的房屋發展而來的。

The magnificent building _____ _____ _____ some abandoned houses.

8. Wendy 漸漸長成一個漂亮的姑娘。

Wendy has _____ _____ a beautiful young lady.

9. Mark 十七歲時從高中畢業。

Mark _____ _____ high school at the age of 17.

10. 我想這星期天請你去看電影。

I'd like to invite you to _____ _____ _____ _____ this Sunday.

A D V A N C E D

A Matching

_____	**1.** go ahead	(A) to leave one's country to visit or live in another one
_____	**2.** go abroad	(B) to examine carefully
_____	**3.** go through	(C) to do an exam or take part in a competition
_____	**4.** go in for	(D) to start or continue to do something
_____	**5.** go to great lengths	(E) very few or little
_____	**6.** go with	(F) to become big enough to wear clothes
_____	**7.** grow into	(G) to often accompany or occur with something else
_____	**8.** have a right to	(H) to do or have something by chance
_____	**9.** happen to	(I) to do one's best to achieve something
_____	**10.** hardly any	(J) to be morally or legally allowed to do something

B Cloze Test

Fill in each blank with one of the idioms or phrases listed below. Make changes if necessary.

have an effect on	go to bed	graduate from	go bad	had better
hang up	go out with	go to the movies	grow out of	go for

1. You must not eat the sausage as it has already _____ .

2. Some dogs _____ the man. He got hurt.

3. Terry is _____ May. They are in love.

4. To get up at 5 a.m. tomorrow, I have to _____ early tonight.

5. Last Saturday evening, I _____ with my friends. We saw an action movie.

6. Linda became a lawyer after she _____ the University of Chicago.

7. Sports and games _____ people's everyday activities and work.

8. You _____ put on more clothes, for it's freezing outside.

9. The snow _____ the crops.

10. Those wet clothes _____ near a fire.

UNIT 14

261 **have an impact on** 對…有影響

Synonym　have an effect/influence on

■ Dr. Wang's speech **had a** tremendous **impact on** the audience.

　王博士的演說對聽眾有很大的影響。

■ Jim's return from abroad will **have a** great **impact on** the development of the

　company.　Jim 從國外回來將對這公司的發展有很大的影響。

Notice: have an impact on + N (sb/sth)

Explanation

此片語中修飾 impact 的字詞還可用 little、major、significant、profound、negative、serious 等。

另外，此片語相當於動詞片語 impact on。例如：

▶ Jim's return from abroad will greatly **impact on** the development of the company.

　Jim 從國外回來將會大大影響這公司的發展。

262 **have difficulty (in) + V-ing** 做…有困難

Synonym　have trouble (in) + V-ing

■ I **have** some **difficulty (in)** learning math.　我學習數學有些困難。

■ Do you **have** any **difficulty (in)** understanding spoken English?

　你在理解口語英語上有任何困難嗎？

Explanation

在此片語中，difficulty 為不可數名詞，要保持單數形，前面可以加 some、great、no、(a) little、

much、any 等字詞做修飾，表示做某件事的困難程度。後面接動名詞片語，介系詞 in 常省略。

Expansion

have difficulty with + N 也可以表示「做…有困難」，但後接名詞。例如：

▶ Nick **had difficulty with** his homework.

→ Nick **had difficulty (in)** doing his homework.　Nick 做功課有困難。

---

have...in common (with) （與…）有共同點

- The twins **have** a lot **in common**. 這對雙胞胎有許多共同點。

- Two proposals made to the Student Union **have** nothing **in common with** each other. 兩個向學生會提出的建議沒有任何共同點。

Notice: have...in common (+ with + N)

Explanation

have much/little/nothing in common 意為「有許多/沒什麼/毫無共同點」。

Expansion

in common with 表示「與 (某人／某事物) 一樣」。例如：

▶ **In common with** the other students, Jack studied hard.

和其他學生一樣，Jack 很用功讀書。

---

 have (something) to do with 與…有關

Synonym be related to

- These regulations only **have to do with** people under the age of eighteen.

這些規章只與 18 歲以下的人有關。

- The driver **has something to do with** the car accident. 這司機與這個車禍有關。

Notice: have (something) to do with + N (sth)

Expansion

① **have much to do with** 表示「與…有很大關係」。例如：

▶ Electricity **has much to do with** our everyday life. 電與我們的日常生活有很大關係。

② **have little to do with** 表示「與…關係不大」。例如：

▶ What Leo said **has little to do with** us. Leo 所說的與我們關係不大。

③ **have nothing to do with** 表示「與…無關」。例如：

▶ The student often asks some questions which **have nothing to do with** the lessons.

這學生經常問一些與課業無關的問題。

---

④ **be related to** 也可以表示「與…有關」。例如：

▶ Language and culture **are** closely **related to** each other.　語言與文化有密切的關係。

 have trouble (in) + V-ing　做…有困難

Synonym　have difficulty (in) + V-ing

■ Gina **has** much **trouble (in) doing** the work.　Gina 做這工作很有困難。

■ Allen **has** some **trouble (in) quoting** some English sayings to illustrate his points.

　Allen 要引用一些英文諺語來說明他的觀點有些困難。

Explanation

此片語中的 trouble 是不可數名詞，要保持單數形，前面可以加 some、much、no、(a) little、a lot of 等做修飾。此片語中的介系詞 in 常被省略，後接動名詞 (片語)。have trouble with 與此片語同義，但 with 後接名詞。例如：

▶ Gina **has** much **trouble (in)** doing the work.

　→ Gina **has** much **trouble with** the work.　Gina 做這工作很有困難。

 head toward　朝…前進，向…去

Synonym　head/make for

■ The firefighters **headed** straight **toward** the spot.　消防隊員直接朝出事現場前進。

■ When we saw Nicole **heading toward** us, we stepped forward to greet her.

　當我們看到 Nicole 朝我們走來，我們迎上前去和她打招呼。

Notice: head toward + N

Explanation

此片語中的介系詞亦可用 for 或 through；此外，也可用副詞：head east/west/south/north「朝東/西/南/北前進」。例如：

▶ The canoe is **heading east**.　獨木舟正朝東前進。

① head for 除了表示「向…去」之外，還可以表示「面臨，遭受」，常用進行式。例如：

▶ If you go on fooling around with those street gangs, you're **heading for** disaster.

如果你還繼續和那些街頭混混一起鬼混的話，你將會面臨災難。

② make for 也可以表示「朝…前進」。例如：

▶ They made for the shop.　他們朝商店前進。

267　**hear from**　①收到…的信；②得到…的消息

■ Have you **heard from** your aunt?　你收到伯母的信了嗎？

■ I haven't **heard from** my brother for three months.

我有三個月沒聽到我哥哥的消息了。

Explanation

hear from 不用進行式，且其後接表「人」的名詞或代名詞。

I look forward to hearing from you 用於寫信時，表示「盼儘早收到回信」。

268　**hear of**　①知道，聽說過；②得到有關…的消息

■ I have never **heard of** such a thing.　我從未聽說過這樣的事。

■ Tommy was last **heard of** in Singapore in 1986.

最後一次得到有關 Tommy 的消息是 1986 年他在新加坡。

Notice: hear of + N (sth/sb)

Explanation

hear of 表示「得到有關…的消息」時，可用被動語態。

have no idea of 表示「不知道…」。例如：

▶ The boy **has no idea of** what is going on in the world.　這男孩不知道世上發生了什麼事。

help(...)out 幫忙，幫（某人）解決問題

Synonym give/lend...a hand、come to one's aid/assistance

■ Can you **help** (me) **out** with my math homework? 你能幫忙我做數學作業嗎？

■ When I am in trouble, my friends often **help** me **out**.

當我有麻煩時，我的朋友們常幫我解決問題。

Notice: help (+ sb) out

Explanation

help out 、give/lend...a hand 和 come to one's aid/assistance 同義，均表「幫忙」。但 help out 和 give/lend...a hand 用於較不正式的英文，通常用於要做某具體工作但人手不足的情況下。而 come to one's aid/assistance 多用於某人處於危險或困境中而施予援助，屬較正式的用法。例如：

▶ Could you **give/lend** me **a hand** with clean-up? 你能幫忙我打掃嗎？

▶ Though the girl begged pathetically, no one **came to her aid/assistance**.

儘管那女孩苦苦哀求，但沒有人幫她。

 help sb with sth 幫某人做某事

■ My sister often **helps** me **with** my assignments. 我姐姐常幫我做作業。

■ Andy **helped** his mother **with** housework. Andy 幫他媽媽做家事。

Expansion

help sb to sth 表示「幫某人拿 (食物、飲料等)」。例如：

▶ Jane **helped** me **to** some ribs. Jane 幫我拿了一些肋排。

 hold a party 舉行派對、宴會

■ We are going to **hold a party** this Saturday evening. 本週六晚上，我們將舉行派對。

■ I will **hold a** birthday **party** next week. 下周我將舉行一個生日派對。

Explanation

此片語中的動詞亦可用 have、give、throw、host 等。

 hold on ①稍等，等等；②堅持下去；③握緊

Synonym ①②③hang on　　Antonym ③let go of

■ **Hold on** a second, please.　請稍等一下。

■ If you **hold on** a little longer, you'll succeed.　如果你再堅持久一點，你會成功。

■ **Hold on** to the rope; I'll help you out immediately.　握緊繩子，我會馬上救你出來。

Notice: hold on (+ N)

Explanation

此片語常做電話用語，意思是要求對方等一下，不要把電話掛上，其後常加 a moment、a minute、a second 等。

Expansion

① hang on 也可以表示「等等；堅持下去；握緊」之意。例如：

▶ **Hang on**; I will go get Peter.　等等，我去找 Peter。

▶ The tiring work really knocked Jack out; he couldn't **hang on** any longer.

令人厭煩的工作使 Jack 疲憊不堪；他再也堅持不下去了。

▶ **Hang on** to the stick!　握緊這根棍子！

② let go of 可作 hold on「握緊」的反義詞，表示「放手，鬆開」之意。例如：

▶ **Let go of** me!　放開我！

---

273 **hold up**　①攔截，搶劫；②舉起；③支撐；④耽擱，延誤

■ A man **held up** the old lady in the park and took her purse away.

一個男子在公園裡攔截老婦人並搶走了她的錢包。

■ If you have any questions, please **hold up** your hand.　如有問題請舉手。

■ Mark is overweight, and I am afraid that the ladder can't **hold up** his weight.

Mark 超重了，我怕梯子支撐不了他的重量。

■ They were **held up** on the road by a traffic accident.

由於一場交通事故，他們在路上被耽擱了。

Notice: hold up + N (sb/sth)

Explanation

hold up 表示「耽擱，延誤」時，常用被動語態。

hollow out 把…挖空，使…成中空

■ You can **hollow out** a pumpkin and make a jack-o'-lantern.

你可以把南瓜挖空做成南瓜燈。

■ The old man made a rough canoe by **hollowing out** the trunk of a tree.

老人把一棵樹幹挖空做成一艘簡陋的獨木舟。

Notice: hollow out + N 或 hollow + N + out

 hook up 連接（電器），接通

■ The printer is **hooked up** to the computer.　印表機連上了電腦。

■ We will send someone to **hook up** your telephone soon.

我們很快會派人將你的電話接通。

Notice: hook up (+ to) + N (sth)

Explanation

此片語常用被動語態。

 how about …如何，…怎麼樣

Synonym what about

■ **How about** a big party on December 5th?　十二月五日舉行個盛大的派對如何？

■ **How about** staying at the hotel overnight?　在這家旅館過夜怎麼樣？

Notice: how about + N/V-ing

> **Expansion**
>
> ① How about you? 表示「你呢？」，用來詢問他人的看法或需求。
>
> ② what about 也可以表示「…怎麼樣」，用來提出建議。例如：
>
> ▶ What about stopping to study the map?　我們停車仔細看看地圖，怎麼樣？

how far ①多遠；②到什麼程度

■ "**How far** is it from here to the station?" "About 5 kilometers."

「從這兒到車站有多遠？」「大約 5 公里。」

■ **How far** was this true?　這件事有多大程度的真實性？

> ### Expansion
>
> **how far have you got (with)** 表示「你進展得怎麼樣了，你 (做) …的進度如何」。例如：
>
> ▶ **How far have you got with** the report?　你的報告進度如何？

278 how long　①多久；②多長

■ **How long** have you lived here?　你在這兒住多久了？

■ **How long** are your pants?　你的褲子有多長？

Explanation

how long 表示「多久」時，可以用於多種時態，句中多用表持續性的動詞。例如：

▶ "**How long** did the war last?" "About 4 years."　「那場戰爭持續多久？」「大約四年。」

> ### Expansion
>
> **how soon** 表示「多久之後」，常用未來式。例如：
>
> ▶ "**How soon** will the dinner be ready?" "Around six o'clock."
>
> 　「晚飯多久之後會準備好？」「六點左右。」

279 how many　多少

■ **How many** students are there in your class?　你們班有多少學生？

■ **How many** people are going to attend Maggie's wedding?

　有多少人會參加 Maggie 的婚禮？

Notice: how many + 可數複數名詞

280 how much　多少

■ **How much** (money) is the book?　這本書多少錢？

■ "**How much** is four plus four?" "It's eight."　「4 加 4 等於多少？」「等於 8。」

Notice: how much + 不可數單數名詞

EXERCISE

BASIC

A Multiple Choice

( ) **1.** _____ will you stay in Paris ?

(A) How soon   (B) How far   (C) How long   (D) How often

( ) **2.** _____ minutes are there in an hour?

(A) How many   (B) How much   (C) How long   (D) How far

( ) **3.** "_____ is six times seven?" "It's forty-two."

(A) How many   (B) How long   (C) How often   (D) How much

( ) **4.** "_____ have we walked?" "Only a mile."

(A) How long   (B) How far   (C) How much   (D) How soon

( ) **5.** We will go to Kenting this summer. _____ you?

(A) How about   (B) How many   (C) How much   (D) How long

( ) **6.** The telephone will be _____ in a few days.

(A) hollowed out   (B) held on   (C) held up   (D) hooked up

( ) **7.** These boats are made of logs which were _____.

(A) held up   (B) hooked up   (C) held on   (D) hollowed out

( ) **8.** The beam _____ the roof.

(A) holds on   (B) hollows out   (C) holds up   (D) hooks up

( ) **9.** _____ a minute. My mother wants to speak to you.

(A) Hold on   (B) Hold up   (C) Hollow out   (D) Hook up

( ) **10.** Every Sunday George comes to _____ his grandma _____ with the housework.

(A) hold; on   (B) help; out   (C) hook; up   (D) hold; up

B Guided Translation

1. 總統訪日對世界和平有重大影響。

The president's visiting Japan _____ _____ major _____ _____

world peace.

2. 要完成這個工作我有很多困難。

I _____ much _____ finishing the job.

3. 我和 Tom 有很多共同點。

Tom and I _____ much _____ _____.

4. Ed 與這事無關。

Ed _____ nothing _____ _____ _____ the matter.

5. Alice 翻譯那本小說沒困難。

Alice _____ no _____ _____ translating that novel.

6. 水手們把船駛向岸邊。

The sailors made the ship _____ _____ the shore.

7. 你多久沒收到你女兒的信了？

How long haven't you _____ _____ your daughter?

8. 我從沒聽說過林先生這個人。

I have never _____ _____ Mr. Lin.

9. 當我弟弟有困難時，我必須幫助他。

I had to _____ my brother _____ when he was in trouble.

10. 我們為 Carl 舉行了歡送會。

We _____ _____ farewell _____ for Carl.

ADVANCED

A *Correction*

( )　**1.** The high unemployment rate is closely related <u>with</u> economic depression.

　　　(A) in　　　(B) at　　　(C) about　　　(D) to

( )　**2.** The researcher had some <u>difficulties</u> doing the experiment.

　　　(A) difficult　(B) difficulty　(C) difficult in　(D) difficulties in

( )　**3.** How about <u>listen</u> to music?

　　　(A) listened　(B) listens　(C) listening　(D) to listen

( )　**4.** "How <u>long</u> is it from here to the park?" "It's a long way."

　　　(A) much　　(B) many　　(C) far　　(D) soon

( )　**5.** How <u>much</u> deer can you see in the zoo?

　　　(A) many　　(B) far　　(C) long　　(D) about

( ) **6.** How long are you returning to London?

      (A) often   (B) soon   (C) much   (D) many

( ) **7.** How soon has Dora waited here?

      (A) long   (B) many   (C) far   (D) much

( ) **8.** How many milk do you want to buy?

      (A) much   (B) often   (C) soon   (D) long

( ) **9.** Please hook to the DVD player up the television.

      (A) up; with   (B) with; to   (C) up; into   (D) up; to

( ) **10.** The two brothers have nothing in common to each other.

      (A) about   (B) on   (C) with   (D) at

B Cloze Test

Fill in each blank with one of the idioms or phrases listed below. Make changes if necessary.

have trouble in	hold up	have a...impact on	hollow up	hear from
help...with	hold on	hold a party	head toward	have...to do with

1. T. S. Elliot's works _____ far-reaching _____ contemporary literature. Even today, he is still very influential.

2. A steep rise in the birthrate this year _____ something _____ a traditional belief that people born in the Pig year are destined to have good luck and a joyous life.

3. Frank _____ great _____ paying off the debt. He didn't have the money.

4. The climbers were _____ the mountain peak. They planned to get there before sunset.

5. Since Betty got married, she has dropped all her old friends and _____ none of them.

6. This ship _____ in spite of the fierce storm. It survived without a scratch.

7. The meeting is _____ because of the snow. It has to be postponed until next Monday.

8. The engineers and the workers _____ a tunnel through the mountain.

9. Michael is _____ his three-year-old sister _____ the jigsaw.

10. The baseball team will _____ tonight to celebrate their victory.

UNIT 15

281

hundreds of 數以百計的，幾百⋯

■ **Hundreds of** visitors come to see the exhibition every day.

　每天有數以百計的參觀者來看展覽。

■ **Hundreds of** years ago, the prisoners were banished to that island.

　幾百年前，囚犯被放逐到那個島上。

Notice: hundreds of + 複數可數名詞

Explanation

當 hundred、thousand 或 million 等前有表確定數量的詞時，字尾後不加 s。例如：

▶ **Three hundred** people were waiting there.　三百人在那裡等著。

> ### Expansion
>
> thousands of 表示「數以千計的」，millions of 表示「數以百萬的」，hundreds of thousands
> of 表示「成千上萬的」，hundreds of millions of 表示「數億的」。

282

in a sense 在某種意義上來說

`Synonym` in a way、in one sense/way、in some senses/ways

■ **In a sense**, Ivy may be right.　從某種意義上來說，Ivy 可能是對的。

■ Though Mr. Brown is my coach, he is, **in a sense**, my friend.

　雖然 Brown 先生是我的教練，但在某種意義上來說他又是我的朋友。

283

in addition 此外

`Synonym` what is more

■ Last month, an earthquake hit the area. **In addition**, there was a storm.

　上個月，這區域發生地震。此外，還有暴風雨。

■ While working in the U.S., I can earn some money and, **in addition**, I can experience

　a different culture.　在美國工作，我除了可以賺些錢，還可以體驗不同的文化。

Explanation

in addition 做副詞性，可置於句首或句中。

Expansion

in addition to 表示「除…之外」，後接名詞 (片語)。例如：

▶ Some states charge sale tax **in addition to** income tax.

　　除了收個人所得稅外，有些州還收消費稅。

---

 in advance 預先，事先

■ Tell your parents **in advance** what you are going to do.

　　提前告訴你的父母你要做什麼。

■ You'd better book the concert tickets two weeks **in advance**.

　　你最好兩個星期前事先訂好演唱會的票。

Explanation

in advance 做副詞性，可置於句中或句末。

Expansion

in advance of 表示「在…之前」，後接名詞 (片語)。例如：

▶ Stella is walking **in advance of** her brother.　　Stella 走在她弟弟前面。

---

 in all 總共，總計

Synonym in total、all told

■ That's £560 **in all**.　　總共是 560 英鎊。

■ **In all**, there are more than a thousand boats.　　總共有一千多艘小船。

Explanation

in all 做副詞性，可置於句首、句中或句末。

Expansion

in total 和 all told 均可以表示「總共，共計」之意。例如：

▶ **In total/All told**, a hundred companies went bust.　總計一百家公司破產了。

286　**in case**　①以防，免得；②假如，倘若

■ Take a stick with you **in case** the stray dog attacks you.

帶根棍子，以防那隻流浪狗攻擊你。

■ **In case** it is windy, the surfing will be cancelled.　假如風太大，衝浪將被取消。

Notice: in case + 子句

Explanation

1. in case 引導表「結果」的副詞子句，表示「以防，免得」之意時，主要子句的動作或情況發生在子句的動作之前，用在確保安全或為以後出現的情況做準備。in case 引導表「條件」的副詞子句，表示「假如，倘若」之意時，條件子句的動作則發生在主要子句的動作之前，即只有條件子句表示的動作或情況已經出現，才會有主句動作的產生。

2. in case 表示「以防，免得」之意時，也可以做副詞性。例如：

▶ Before you move to a strange city, you should put some money aside just **in case**.

在搬到一個陌生的城市之前，你應該存些錢以防萬一。

3. in case 前可以加 just，用來緩和語氣。

Expansion

in case of 後接名詞，表示「假如，倘若」。例如：

▶ **In case of** fire (= If there is fire), calm down and run to the emergency exit quickly.

如果發生火災，保持冷靜並且迅速跑至逃生出口。

287　**in connection with**　與⋯有關，關於

Synonym　in respect of、with respect/regard to

■ I'm writing to you **in connection with** your job application.

我寫此信是關於你求職一事。

■ Dr. Li's trip to the University of Chicago is **in connection with** his research.

李博士的芝加哥大學之行與他的研究有關。

Notice: in connection with + N (sth)

Expansion

① in respect of 與 with respect to 均可以表示「關於」之意，後接名詞。例如：

▶ **In respect of/With respect to** the advantages and disadvantages of living in the big cities, there was a heated debate. 關於住在大城市的優點和缺點，有場激烈的爭論。

② in/with regard to 也可以表示「關於」之意，後接名詞。例如：

▶ **In/With regard to** Andrew's rudeness, his colleagues all felt uncomfortable with it. Andrew 的同事們對他的粗魯都感到不舒服。

---

 in contrast 相形之下，相對之下

Synonym by contrast

■ Sara is a shy girl, but her younger brother, **in contrast**, is much shyer.

　Sara 是個害羞的女孩，但相對之下，她弟弟更害羞。

■ When I look at Carl's cozy studio, mine seems shabby **in contrast**.

　看到 Carl 舒適的工作室後，我的工作室相形之下似乎顯得破舊不堪。

Explanation

in contrast 做副詞性，可以置於句中或句末。

Expansion

① by/in contrast to/with 表示「與…形成對比，與…相反」，有時亦可與動詞用法 contrast with 做代換。例如：

▶ **By/In contrast to/with** his brother, Alex is much cleverer.

　和他哥哥相比，Alex 聰明多了。

▶ The blue curtain is **in** beautiful **contrast to** the white wall.

　→ The blue curtain **contrasts** beautifully **with** the white wall.

　藍色窗簾和白牆形成美麗的對比。

② **on the contrary** 可以表示「相反地」之意。例如：

▶ Bruce is not cold-blooded; **on the contrary**, he is a caring person.

Bruce 不冷酷；相反地，他是一個有愛心的人。

(290) **in danger (of)** 處於危險中

Synonym at stake　　**Antonym** out of danger

■ The house is burning. The boy's life **is in** great **danger**.

房子在燒，那男孩的生命處於很大的危險中。

■ In such a fierce storm, the ship was **in danger of** sinking.

在如此強烈的暴風雨下，這船隻有沉沒的危險。

Notice: in danger (+ of + N/V-ing)

Expansion

① **out of danger** 表示「脫離危險」。例如：

▶ The wounded man is **out of danger** now.　　那受傷的男子現在已經脫離險境了。

② **put sb/one's life in danger** 表示「讓某人 (的生命) 處於危險中」。例如：

▶ If you use drugs, you will **put your life in danger**.

如果你吸毒，你將讓你的生命處於危險中。

(290) **in exchange (for)** （作為）交換

■ I gave my little sister a pair of earrings, and she gave me a bracelet **in exchange**.

我給我妹妹一對耳環，她給我一隻手鐲作為交換。

■ Sam gave his digital camera **in exchange for** my new cellphone.

Sam 用他的數位相機來換我的新手機。

Notice: in exchange (+ for + N)

(291) **in the face of** ①面臨；②儘管

Synonym ②in spite of

■ **In the face of** danger, the firefighters showed great courage.

面臨危險時，消防隊員們展現出極大的勇氣。

■ They kept doing the job **in the face of** the worries.　儘管擔心，他們還是繼續工作。

Notice: in the face of + N (sth)

 in fact　事實上，實際上

Synonym　as a matter of fact、in effect/reality/truth

■ Alice doesn't like Larry much; **in fact**, she hates him.

　Alice 不喜歡 Larry；事實上，她討厭他。

■ I appeared alright—**in fact**, I felt even worse.　我看起來很好——實際上，我覺得糟透了。

 in favor of　①支持，贊成；②選擇

Synonym　①in support of

■ The youth are **in favor of** reform.　年輕人支持改革。

■ The downtown area was rejected **in favor of** the suburbs as the site for the new

　dome.　捨棄了市中心區，郊區被選為新巨蛋的場地。

Notice: in favor of + N (sth)

> ### Expansion
>
> vote in favor of 表示「投票支持」之意，後接名詞。例如：
>
> ▶ The citizens **voted in favor of** cutting property tax.　公民們投票支持削減財產稅。

 in front of　在…面前，在…前面

Antonym　in back of

■ Six students are standing **in front of** the class.　六個學生站在全班同學面前。

■ A black limousine was parked **in front of** the embassy.

　一輛黑色的豪華大轎車停在大使館前面。

Notice: in front of + N (sb/sth)

Explanation

in front of 是表示「在某物的外部的前面」，不屬於某物的一部份；而 in the front of 是表示「在某
物內部的前面」，是某物的一部份。例如：

▶ There is a pond **in front of** our classroom.

我們教室前面有個小池子。(池子不是教室的一部分)

▶ There is a platform **in the front of** our classroom.

我們教室前面有一個講臺。(講臺是教室的一部分)

Expansion

① **in back of** 表示「在…後面」。例如：

▶ There is a swimming pool **in back of** the building.　建築物的後面有一個游泳池。

② **in the middle of** 表示「在…中間」。例如：

▶ An old church stands **in the middle of** the modern buildings.

一座老教堂矗立在現代建築中間。

---

in honor of　向…致敬，紀念

Synonym　in memory of

■ The government held a ceremony **in honor of** those killed in battle.

政府舉行了一個儀式向戰場上的陣亡者致敬。

■ The country set up a monument **in honor of** the heroes.

這國家豎立了一個紀念碑紀念這些英雄們。

Notice: in honor of + N (sb/sth)

in memory of　懷念，紀念

Synonym　in honor of

■ The concert was held **in memory of** the great composer Mozart.

這場音樂會是為了紀念偉大的作曲家莫札特所舉辦的。

■ This documentary was made **in memory of** the director who had passed away last

year.　這部紀錄片的拍攝是為了紀念那位去年過世的導演。

Notice: in memory of + N (sb)

297　in need of　需要

Synonym　in want of

■ We are **in** bad **need of** money.　我們亟需要錢。

■ After the storm, the porch was **in need of** repair.　暴風雨過後，門廊需要修理了。

Notice: in need of + N (sth)

Expansion

in need 表示「在窮困中的」，常放在名詞後做修飾。例如：

▶ They try to help those families **in need**.　他們試著幫助那些窮困的家庭。

---

298 **in operation**　①運轉；②營運；③生效

Synonym　③take effect、come into effect

■ Be fully alert when the machine is **in operation**.　機器運轉時請保持警覺。

■ This factory has been **in operation** for three years.　這工廠已營運三年了。

■ When was the Industrial Relations Bill **in operation**?　勞資關係法案何時生效的？

Expansion

① come/go into operation 表示「開始生效」。例如：

▶ When does the new law **come/go into operation**?　這項新法規何時開始生效？

② bring/put...into operation 表示「實施、實行」。例如：

▶ The proposal was **brought/put into operation**.　這項提案已經實行了。

---

299 **in order that**　為了，以便

Synonym　so that

■ I got up early **in order that** I could catch the first bus.

為了趕上頭班公車，我很早起床。

■ Let's take the front seats **in order that** we can see more clearly.

我們坐前排吧，以便可以看得清楚一些。

Notice: in order that + 子句

Explanation

in order that 引導表「目的」的副詞子句，子句中通常搭配情態助動詞如 can、may、must 等。當
主要子句的主詞與副詞子句的主詞一致時，可與 in order to 或 so as to 代換；但是，in order to 和

so as to 後接原形動詞。此外，in order to 可以置於句首，so as to 則不可。例如：

▶ Let's take the front seats **in order to/so as to** see more clearly.

我們坐前排吧，以便可以看得清楚一些。

▶ **In order to** catch the first bus, I got up early.　為了趕上頭班公車，我很早起床。

當主要子句主詞與副詞子句主詞不一致時，in order that 不可與 in order to 和 so as to 做代換。例如：

▶ We sent the letter by airmail **in order that/so that** it might reach them in time.

我們航空郵寄這封信，以便他們能及時收到。

---

300 **in other words**　換言之，也就是說

Synonym　that is to say

■ Tony never made a donation to the poor—**in other words**, he fudged it.

Tony 從未捐款給窮人——換言之，他捏造這件事。

■ A sleepwalker is a person who walks around while sleeping. **In other words**, a sleepwalker can move around or do things while sleeping without thinking.

夢遊者是在睡夢中到處行走的人。也就是說，夢遊者可以不加思索地在睡夢中移動或做事情。

Explanation

in other words 用在句中做插入語。

E X E R C I S E

BASIC

A *Multiple Choice*

(　) **1.** When will the bill be put _____?

　　(A) in all　　　(B) in need　　　(C) in operation　　(D) in fact

(　) **2.** Before climbing the mountain, you should make a plan _____.

　　(A) in contrast　(B) in fact　　　(C) in all　　　(D) in advance

(　) **3.** _____, twenty people attended the meeting.

　　(A) In all　　　(B) In case　　　(C) In operation　　(D) In advance

(   ) **4.** Give me a call _____ you want a shower installed.

    (A) so that   (B) in order that   (C) in fact   (D) in case

(   ) **5.** The man's white teeth were _____ sharp _____ his dark skin.

    (A) in; connection with   (B) in; exchange for

    (C) in; favor of   (D) in; contrast to

(   ) **6.** The little Indian boy stayed calm even _____ danger.

    (A) in favor of   (B) in the face of   (C) in front of   (D) in connection with

(   ) **7.** The woman didn't murder her husband; _____ , she was innocent.

    (A) in case   (B) in contrast   (C) in fact   (D) in all

(   ) **8.** _____ the oranges you wanted, I bought you some bananas.

    (A) In addition   (B) In need   (C) In addition to   (D) In need of

(   ) **9.** The old man raises _____ sheep.

    (A) three hundreds   (B) hundreds of   (C) hundred of   (D) three hundred of

(   ) **10.** The front is _____ great _____ medical workers.

    (A) in; need of   (B) in; favor of   (C) in; honor of   (D) in; memory of

B *Guided Translation*

1. 媽媽拒絕了我的建議，而爸爸則支持我的想法。

Mom turned down my suggestion while Dad was _____ _____ _____ my idea.

2. 那男子的話在某種意義上帶有種族歧視的意味。

What the man said _____ _____ _____ carried racial discrimination.

3. 如果你要買這棟房子，你必須預先付一些錢。

If you want to buy the house, you have to pay some money for it _____ _____ .

4. Cindy 未經允許拿了我的車鑰匙。也就是說，她偷了它。

Cindy took the key to my car without permission. _____ _____ _____ , she stole it.

5. 這些問題與教育有關。

These problems are _____ _____ _____ education.

6. 一個小孩掉進井裡，他的生命處於危險中。

A child fell into the well. His life was _____ _____.

7. 我可以用這個換另一個嗎？

Can I give this one _____ _____ _____ another?

8. 公車站在超市前面。

The bus stop is _____ _____ _____ the supermarket.

9. 為了紀念海鷗，鹽湖城的人們立了一座紀念碑。

People in Salt Lake City set up a monument _____ _____ _____ seagulls.

10. Robert 已經決定去鄉村，以便可以享受一個安寧的週末。

Robert has decided to take off to the countryside _____ _____ _____ he may enjoy a peaceful weekend.

ADVANCED

A Matching

_____ **1.** in connection with
_____ **2.** in a sense
_____ **3.** in all
_____ **4.** in favor of
_____ **5.** in honor of
_____ **6.** in fact
_____ **7.** hundreds of
_____ **8.** in need of
_____ **9.** in addition
_____ **10.** in exchange for

(A) a large number of
(B) supporting someone or something
(C) in effect
(D) with regard to something
(E) in total
(F) besides
(G) in one way
(H) in order to show respect for someone or something
(I) in want of something
(J) giving something to someone and receiving something in return

B Cloze Test

Fill in each blank with one of the idioms or phrases listed below. Make changes if necessary.

| in addition to | in danger of | in order that | in need of | in the face of |
| in operation | in case of | in other words | in case of | in contrast to |

1. Iris walked into the room quietly _____ she might not wake the baby.

2. I can't afford this furnished apartment; _____ , it is too expensive for me.

3. Ray had no clue about when the law was _____ .

4. _____ giving Frank some advice, I asked him to turn to his parents.

5. _____ her sister, Sophie looks much prettier.

6. Go save the girl. She is _____ losing her life.

7. _____ fire, ring the alarm bell at once.

8. The soldier was very brave _____ the enemy. He fought courageously.

9. The ceremony is held _____ those who initiated the project.

10. The room is in a mess. It is _____ a thorough clean.

UNIT 16

301 **in place of** 取代，代替

Synonym instead of

■ The manager attended the meeting **in place of** her boss.　經理代替老闆出席會議。

■ In the village, the farmers now use tractors to work **in place of** horses.

在這村子裡，農夫們現在用曳引機取代馬來工作。

Notice: in place of + N (sb/sth)

Explanation

in place of sb/sth 也可以替換為 in sb's/sth's place。例如：

▶ The boss was very busy, so the manager attended the meeting **in his place**.

老闆十分忙碌，所以經理代替他參加會議。

Expansion

① **take the place of** 或 **take sb's/sth's place** 表示「取代」。例如：

▶ Computers can't completely **take the place of** humans.

→ Computers can't completely **take humans' place**.　電腦不能完全取代人。

② **give place to** 表示「被…取代」。例如：

▶ Spiritual welfare can never **give place to** material comforts.

精神幸福永遠不會被物質享受取代。

---

302 **in public** 在公共場合，公開地，當眾地

Antonym in private

■ Don't talk loudly **in public**.　不要在公共場合大聲交談。

■ Anna felt most insulted when her husband yelled at her **in public**.

當 Anna 的先生當眾對她大吼大叫時，她覺得受到最大的侮辱。

(303) in regard to　關於，有關

Synonym　with regard to、in relation to

■ I want to have a talk with you **in regard to** your low marks.

我想和你談談有關你成績不好的問題。

■ **In regard to** your parents, we'll take good care of them while you are away.

關於你的父母，你不在時，我們會好好照顧他們。

Notice: in regard to + N (sb/sth)

Expansion

in relation to 也可以表示「關於，有關」之意。例如：

▶ **In relation to** the electricity bill, I must give Mom a call to remind her of it.

關於電費帳單一事，我必須給媽媽打個電話提醒她。

(304) in return (for)　回報，以…為報答

■ Nicole praised the meal as the best she had ever had. The hostess gave her a hug **in return**.　Nicole 稱讚說這是她吃過最好的一頓飯，女主人擁抱她作為回報。

■ Ted didn't know what to say **in return for** the teacher's encouragement.

Ted 不知說什麼來回報老師的鼓勵。

Notice: in return (+ for + N)

(305) in search of　尋找，尋求

■ The police were making a thorough check of the car **in search for** smuggled goods.

警方對這車做徹底的檢查，尋找走私物品。

■ Elizabeth moved to the countryside **in search of** a quiet life.

為尋求安靜的生活，Elizabeth 搬到了鄉間。

Notice: in search of + N (sb/sth)

Expansion

① **carry out a search for** 表示「尋找」。例如：

▶ The police are **carrying out a search for** the missing twins.

警方正在尋找失蹤的雙胞胎。

② **make/conduct a search of** 表示「搜查 (某地)」。例如：

▶ The FBI were **making/conducting a search of** the factory.

美國聯邦調查局正在搜查那間工廠。

③ **abandon/call off a search**「停止尋找、搜尋」。例如：

The rescue team had to **abandon/call off their search** due to the bad weather.

由於惡劣的天氣，搜救隊不得不停止搜尋。

---

306 **in shape** 健康的，狀況良好的

Synonym in good condition Antonym out of shape、in bad/poor condition

■ The patient will be back **in shape** after a month's rest.

休息一個月，這病人就會恢復健康。

■ The football team was **in** good **shape** in the first half.

這支美式足球隊在上半場狀況良好。

Expansion

① **in good/bad/poor condition** 也可以表示「狀況良好/不好」之意。例如：

▶ Though my grandma is over eighty, she is still **in good condition**.

儘管我祖母已經 80 多歲了，她的健康狀況依然良好。

② **out of shape** 表示「身體狀況不佳的」。例如：

▶ Fiona was **out of shape** lately, so her boss gave her a few days off.

Fiona 最近身體狀況不佳，於是她的老闆給了她幾天假。

---

307 **in short** 簡言之，總之

Synonym in a word、in sum

■ Every Sunday, Mandy washes clothes, cleans her room, goes shopping, and cooks. She is, **in short**, very busy.　Mandy 周日時要洗衣、打掃房間、購物、煮飯。總之,她很忙。

■ The new system is cheap, more efficient, and easy to operate. **In short**, it is much better than the old one.

這個新系統便宜、比較有效率,而且容易操作。總之,它比舊的好太多了。

Explanation

in short 做副詞性,可置於句首、句末或句中,須用逗點與主句隔開。

 308 **in sight** ①在可見的範圍內;②在望

Synonym ①②within sight　　Antonym ①out of sight

■ The land came **in sight**.　陸地在可見的範圍內了。

■ Another rich harvest is **in sight**.　另一個豐收季在望。

Expansion

① **in sight of** 表示「(觀看者) 在看得見…的地方」。例如:

▶ We shall be soon **in sight of** the castle.　我們不久就能看到那個城堡了。

② **out of sight** 表示「看不見,消失」之意。例如:

▶ The two canoes were almost **out of sight**.　那兩隻獨木舟幾乎看不見了。

③ **catch sight of** 表示「看見」。例如:

▶ When Frank **caught sight of** Linda, he waved at her.

當 Frank 看見 Linda,就向她招手。

④ **lose sight of** 表示「看不見」。例如:

▶ David chased after the pickpocket until he **lost sight of** him.

David 追著扒手,直到看不見他。

---

309 **in spite of** 儘管

■ The farmers went on working **in spite of** the heavy rain.

儘管下大雨,農夫們還是繼續工作。

■ **In spite of** feeling exhausted, Jane went upstairs to check if her daughter was asleep.

儘管非常累,Jane 還是上樓去看看女兒睡著了沒。

Notice: in spite of + N/V-ing

Explanation

in spite of 所構成的片語一般放在句首或句中。

 in terms of　①用…的字眼、口吻；②從…的角度、觀點

■ The mother spoke of her daughter's progress **in terms of** praise.

這位母親以讚美的口吻談她女兒的進步。

■ We should consider problems and do things **in terms of** people's interests.

我們應該從人們利益的角度來考慮問題及做事情。

Notice: in terms of + N (sth)

 in the distance　在遠處

Synonym　far away

■ We can see the river **in the distance**.　我們可以看到遠處的河流。

■ The lightning rod can be seen **in the distance**.　在遠處就可以看到這避雷針。

> ## Expansion
>
> ① **at/from a distance** 表示「從遠處」。例如：
>
> ▶ The oil painting looks more beautiful **at/from a distance**.
>
> 　從一段距離外看這張油畫，會更漂亮。
>
> ② **keep one's distance (from)** 表示「與…保持距離」。例如：
>
> ▶ You'd better **keep your distance from** the watchdog.　你最好與那隻看門狗保持距離。

312 **in (the) future**　將來，未來

Antonym　in the past

■ What are you going to do **in (the) future**?　將來你打算做什麼？

■ We shall make our homeland more beautiful **in (the) future**.

未來我們會使我們的家鄉更美好。

Notice: in the future 常與未來式連用。

Expansion

① **in the past** 表示「在過去」。例如：

▶ They were very poor **in the past**.　過去他們很貧窮。

② **at present** 表示「目前」。例如：

▶ Sam can't talk to you, for he is very busy **at present**.

Sam 現在很忙，所以無法和你講話。

---

313 **in the hope that**　懷著…的希望

■ I went there **in the hope that** I might meet some old classmates.

我懷著可以遇見一些老同學的希望去到那裡。

■ Judy called **in the hope that** she could find her sister at home.

Judy 打電話給姊姊，希望她剛好在家。

Notice: in the hope that + 子句

Expansion

① **in the hope of** 也可以表示「希望，懷著…的希望」，後接名詞或動名詞片語，可與 in the hope that 的用法做代換。例如：

▶ Many poor migrants came to America **in the hope that** they might find a job.

→ Many poor migrants came to America **in the hope of** finding a job.

許多貧窮的移民者懷著找到工作的希望來到美國。

② **give/offer hope to** 表示「給…希望」。例如：

▶ The new treatment **gives/offers hope to** AIDS patients.

這新的療法為愛滋病患者帶來希望。

③ **lose/give up hope of** 表示「失去、放棄希望」。例如：

▶ The mother had almost **lost/given up hope of** finding her missing son.

那母親幾乎已失去找到失蹤兒子的希望。

---

314 **in the middle of**　①在…中間；②正在…的時候

Synonym ①②in the midst of

■ Tom is sitting **in the middle of** the classroom.　Tom 正坐在教室中間。

■ Grace got a phone call **in the middle of** breakfast.

　　Grace 在吃早餐的時候接到一通電話。

Notice: in the middle of + <u>N/V-ing</u>

 315 **in the name of**　①代表；②以…的名義，依…；③在…的名下

Synonym　①on behalf of

■ I greet you **in the name of** the chief manager of our company.

　　我代表我們公司的總經理來迎接您。

■ The police arrested the robber **in the name of** the law.　警方依法逮捕了那強盜。

■ The house is **in the name of** my mother.　這房子是在我媽媽的名下。

Notice: in the name of + N (sb/sth)

Expansion

① **in the name of God** 表示「看在上帝的分上，以神的名義」。例如：

▶ **In the name of God**, stop doing that.　看在上帝的分上，別再做那事了。

② **by the name of** 表示「名叫」。例如：

▶ The girl **by the name of** Alice is one of my sister's friends.

　　那個名叫 Alice 的女孩是我姊姊的一個朋友。

③ **on behalf of** 表示「代表」。例如：

▶ **On behalf of** the president, the professor hosted the banquet.

　　那教授代表校長主持了宴會。

---

316 **in turn**　①依次，輪流；②轉而，後來

Synonym　①one by one

■ The students answered the teacher's questions **in turn**.　學生們依次回答老師的問題。

■ We donated some goods to charities, and they in turn distributed these things to the earthquake victims.

我們將一些物資捐給慈善機構，而他們轉而將這些東西發派給地震災民們。

> **Expansion**
>
> ① **take turns** 表示「輪流」。例如:
>
> ▶ The students **take turns** to clean/cleaning the classroom every week.
>
>   學生們每週輪流打掃教室。
>
> ② **by turns** 表示「輪流,交替」。例如:
>
> ▶ The twin sisters took care of their mother **by turns**.
>
>   那對雙胞胎姊妹輪流照顧她們的母親。

317 in vain　徒勞,無效

■ I tried to persuade my brother to study hard, but **in vain**.

　我試著勸我弟弟努力學習,但徒勞無功。

■ Everybody advised Bob not to smoke, but all **in vain**.

　大家都勸 Bob 別吸煙,但還是無效。

318 insist on　堅持

Synonym　persist in、stick to

■ You should **insist on** your right.　你應該堅持自己的權利。

■ The general **insisted on** being sent to the front.　這將軍堅持要被派到前線去。

Notice: insist on + N/V-ing

Explanation

insist 後也可以接 that 引導的名詞子句,表示「堅持」。例如:

▶ Sarah **insisted that** we (should) go to the party by taxi.　Sarah 堅持我們搭計程車去派對。

> **Expansion**
>
> ① **stick to** 多用來指「堅持 (原則、計畫、決定、諾言、意見等)」。例如:
>
> ▶ One should always **stick to** his or her stand.　一個人應該永遠堅持自己的立場。
>
> ② **persist in** 也可以表示「堅持」,但有時用於指不合理的堅持。例如:
>
> ▶ Why do you **persist in** such folly?　你為何堅持做這樣的傻事?

319 instead of ①代替；②是…而不是…

Synonym ①in place of

■ We used candles **instead of** electric lights when there was a power failure.

停電的時候，我們用蠟燭代替電燈

■ Lora has been fooling around all afternoon **instead of** studying.

Lora 整個下午沒讀書，一直在混。

Notice: instead of + N/V-ing

Explanation

instead of 是片語介系詞，除了引導對等的名詞或動名詞，還可以用來引導其他對等的字詞，如形容詞、副詞、介系詞片語等。例如：

▶ Everything gets better **instead of** worse.　情況變得更好，而不是更壞。(引導形容詞)

▶ We will start out tomorrow **instead of** the day after tomorrow.

我們會明天出發，不是後天。(引導副詞)

▶ They went there on foot **instead of** by bike.

他們是走路，不是騎自行車去的。(引導介系詞片語)

320 join in 加入，參加

Synonym take part in、participate in

■ Will you **join in** the discussion with us?　你會和我們一起參加討論嗎？

■ All the kids **joined in** singing the song.　所有的孩子們加入一起唱歌。

Notice: join in + N/V-ing

EXERCISE

BASIC

A Multiple Choice

( )　**1.** They use plastic to make toys _____ wood or metal.

(A) in spite of　　(B) in terms of　　(C) in regard to　　(D) in place of

(   ) **2.** Politicians are used to appearing _____ .

     (A) in shape   (B) in public   (C) in sight   (D) in vain

(   ) **3.** The teacher wants to speak to the student _____ being late for school.

     (A) in spite of   (B) in terms of   (C) in regard to   (D) in return for

(   ) **4.** At midnight, there was no one _____ on the street.

     (A) in vain   (B) in sight   (C) in short   (D) in turn

(   ) **5.** Tim, my roommate, thinks only about himself. He never cares about others. _____ , he is a selfish person.

     (A) In short   (B) In return   (C) In turn   (D) In vain

(   ) **6.** Walking one mile a day will help you stay _____ .

     (A) in bad shape   (B) in good shape   (C) in short   (D) in vain

(   ) **7.** _____ what you say, I still believe Ray is an honest man.

     (A) In place of   (B) In terms of   (C) In regard to   (D) In spite of

(   ) **8.** There is an old temple _____ . We can see it on the top of the hill.

     (A) in return   (B) in the distance   (C) in shape   (D) in turn

(   ) **9.** I am going to be a scientist _____ .

     (A) at present   (B) in the future   (C) in the past   (D) in the middle

(   ) **10.** There was a knock at the door _____ the night.

     (A) in the midst   (B) in the middle of   (C) in spite of   (D) in terms of

B *Guided Translation*

1. 去年當我瀕臨破產時，Andy 借給我一大筆錢。我真不知道該怎樣報答他的慷慨。

Last year when I was on the verge of bankruptcy, Andy lent me a large sum of money. I really don't know what to do _____ _____ _____ his generosity.

2. 這老人回到他的家鄉尋求一種平靜的生活。

The old man moved back to his hometown _____ _____ _____ a peaceful life.

3. 以年齡的角度而言，David 正當壯年。

_____ _____ _____ age, David is in his prime.

4. 這病人懷著早日痊癒的希望動了手術。

The patient underwent an operation _____ _____ _____ _____

an early recovery.

5. 不是每一件事都可以藉由自由的名義而被允許

Not everything is permitted _____ _____ _____ _____ freedom.

6. 每個學生依次站起來發言。

Each student _____ _____ stood up and spoke.

7. 我設法使我妹妹改進學習方法，結果是徒勞。

I tried _____ _____ to make my sister improve her method of studying.

8. 那小男孩堅持要買那台玩具車。

The little boy _____ _____ buying that toy car.

9. 我將在書房做作業，而不在教室做。

I'll do my homework in my study _____ _____ in the classroom.

10. 讓我們全都一起加入這個遊戲吧。

Let's all _____ _____ the game.

ADVANCED

A Synonym

Match each idiom or phrase with the synonymous one correctly; ignore the tense or capitalization.

(A) In short   (B) in the distance   (C) in search of   (D) in sight   (E) In regard to

(F) In the name of   (G) in shape   (H) join in   (I) instead of   (J) In spite of

_____ **1.** Now writers use computers in place of typewriters.

_____ **2.** In relation to that matter, we have not discussed it fully.

_____ **3.** The old professor is still in good condition.

_____ **4.** Scientists are looking for a cure for AIDS.

_____ **5.** In a word, Andy is a wise, brave and kind man.

_____ **6.** The fire burned all the houses inside the area that you can see.

_____ **7.** The news came from the village far away.

_____ **8.** Despite our objections, Michael will do it just the same.

_____ **9.** On behalf of our company and our director, I thank you.

_____ **10.** Why don't you participate in the game?

B *Cloze Test*

Fill in each blank with one of the idioms or phrases listed below. Make changes if necessary.

in the future	insist on	in terms of	in vain	in the hope that
in turn	in the middle of	in public	in return	instead of

1. Hugo told me the secret in private, not _____. He didn't want others to know it.

2. Helen helped me when I was in trouble. I hoped I could do something for her _____.

3. Eric plans to go to the U.S. _____ he can speak English fluently someday.

4. People often estimate value _____ money. However, expensive things are not always worthy.

5. I will become a pianist _____. At present, I am still working on it.

6. While in class, the students told stories _____. One by one, they stepped onto and off the platform in the front of the classroom.

7. All the doctors' efforts to save the patient were _____. She died eventually.

8. Nancy _____ doing things in her own way, and no one wanted to work with her.

9. Bruce was late for class, so he was running _____ walking.

10. I received the letter _____ May, around May 15th.

UNIT 17

321 **keep one's mind on** 專心致力於…

Synonym be absorbed in、devote oneself to

- **Keep your mind on** your work. 專心致力於你的工作。

- Since my brother sat beside me playing computer games, I couldn't **keep my mind on** my thesis. 因為我弟弟坐在我旁邊玩電腦遊戲,我無法專心寫論文。

Notice: keep one's mind on + N/V-ing

Expansion

turn one's mind to 表示「把注意力轉向…」。例如:

▶ Don't **turn your mind to** other things. 不要把你的注意力轉向別的事情上。

322 **keep one's temper** 忍住怒氣

Synonym control one's temper   Antonym lose one's temper

- We should learn to **keep our temper**. 我們應學會忍住怒氣。

- Carl **kept his temper** during the entire argument. Carl 在整個爭執過程中忍住怒氣。

Expansion

① control one's temper 可以表示「忍住怒氣」。例如:

▶ Nick tried to **control his temper**, but he failed and yelled aloud.

Nick 試著忍住怒氣,但他沒能忍住反而大吼大叫。

② lose one's temper 表示「發脾氣」。例如:

▶ The father often **loses his temper** with his son. 這父親常對他兒子發脾氣。

③ fly/get into a temper 表示「發脾氣,發怒」。例如:

▶ Larry sometimes **flies/gets into a temper** due to some trivial things.

Larry 有時會為了瑣碎小事就發怒。

④ be in a (bad) temper 表示「心情壞,心情不好」。例如:

▶ Stella **is in a bad temper** now; we'd better leave her alone.

Stella 現在心情不好，我們最好讓她一個人靜靜。

 keep out 不讓進入，保持在外

Antonym keep in

■ Close the gate to **keep out** the stray dogs.　把門關上，不要讓野狗進來。

■ It is freezing outside; you'd better put on your coat to **keep out** the cold.

　外面太冷了，你最好穿上你的外套禦寒。

Notice: keep out + N

Expansion

① **keep...out of** 也可以表示「不讓…進入…」。例如：

▶ **Keep** the dog **out of** the room.　別讓狗進入房間。

② **keep(...)out of** 表示「不進入；不捲入」。例如：

▶ **Keep out of** my room! No one is allowed in there.

　不准進我的房間！誰也不可以進去。

▶ Kevin tried to **keep** his brother **out of** trouble.　Kevin 試著不讓他的弟弟捲入麻煩。

③ **keep(...)in** 表示「把…留在裡面，不讓…出去；抑制 (怒氣)」。例如：

▶ How long has the man been **kept in** prison?　那男子被關在牢裏多久了？

▶ When the teacher saw a student yawning in her class, she couldn't **keep** her anger **in**.

　當這個老師看到一個學生在上課時打呵欠，她便無法抑制怒氣。

 keep quiet about 對…保密、隱瞞

Synonym keep...a secret　　　Antonym let on

■ We must **keep quiet about** Tanya's illness.　我們必須對 Tanya 的病保密。

■ The manager has been released from duty; right now we should **keep quiet about** it.

　經理已被解除職務，我們目前應該隱瞞這件事。

Notice: keep quiet about + N (sth)

Expansion

① **keep...a secret** 也可以表示「對…保密」。例如：

▶ Please **keep** it **a secret** from John.　請把此事對 John 保密。

② **let sb in on a secret** 表示「向某人透露秘密」。例如：

▶ Sara has a big mouth, so never **let her in on a secret**.

Sara 是個大嘴巴，所以不要向她透露秘密。

③ **let on** 表示「洩漏秘密」。例如：

▶ Please don't **let on** to Mandy.　請不要洩露秘密給 Mandy 知道。

---

325 **keep up with**　跟得上

Synonym　catch up with

■ Could you pause for a while? I can't **keep up with** you.

你能停一會兒嗎？我無法跟上你。

■ Although Tommy was the youngest, he could **keep up with** others.

雖然 Tommy 年紀最小，但他能跟得上別人。

Notice: keep up with + N (sb/sth)

Expansion

catch up with 也可以表示「跟得上，趕上」。例如：

▶ Please go first; I will **catch up with** you.　請你先走，我會趕上你。

---

326 **know of**　①知道有（某事）；②聽說過（某人）

■ Do you **know of** any way to quit smoking?　你知道有什麼方法可以戒煙嗎？

■ I **know of** Paul, but I don't know him personally.　我聽說過 Paul，但不認識他本人。

Notice: know of + N (sth/sb)

---

327 **lay off**　①暫時解雇；②停止（做…）

■ Half of the workers were **laid off** because of the lack of new orders.

由於沒有新的訂貨，一半的工人暫時被解雇了。

■ The doctor advised the patient to **lay off** smoking.　醫生勸這病人停止抽菸。

Notice: lay off + <u>N</u>/<u>V</u>-ing

Expansion

dismiss from 表示「解雇」。例如：

▶ The assistant manager was **dismissed from** his post for neglect of duty.

副經理因怠忽職守而被解雇。

---

(328) lead to ①導致，引起；②通往

Synonym ①bring about、result in

■ What **led to** the accident?　什麼導致了這場事故？

■ The road **leads to** the train station.　這條路通往火車站。

Notice: lead to + N (sth)

Explanation

片語 lead to 中的 to 是介系詞，後面加名詞或動名詞，不加原形動詞。

(329) leave(...)for 前往，離開…去…

Synonym set out for、be bound for、go to

■ When will Judy **leave for** Chicago?　Judy 什麼時候前往芝加哥？

■ I'm **leaving** New York **for** London tomorrow morning.　明天上午我會離開紐約去倫敦。

Notice: leave for + N

Expansion

① **set out for** 也可以表示「前往，出發去」。例如：

▶ We **set out for** the beach at dawn.　我們拂曉出發去海灘。

② **be bound for** 也可以表示「前往，出發去」。例如：

▶ It is getting dark. We **are bound for** home.　天黑了，我們出發回家去。

---

(330) leave(...)off ①在（表）中遺漏、漏掉；②停止，結束

■ Jenny looked a bit angry when she found Tom had **left** her **off** the guest list.

當 Jenny 發現 Tom 的賓客表上漏掉她時，她看起來有點不悅。

■ The little girl **left off** crying.　這小女孩停止哭泣了。

Notice: leave off + N/V-ing

331 **lend...to**　把（某物）借給（某人）

Antonym　borrow...from

■ I have **lent** my book **to** Jack.　我已把我的書借給 Jack 了。

■ Don't **lend** the magazine **to** others.　不要把這本雜誌借給別人。

Notice: lend + N (sth) + to + N (sb)

Explanation

此片語也可以改為 lend sb sth。例如：

▶ I lent Bobby one hundred dollars.　我借給 Bobby 一百元。

Expansion

borrow...from 表示「向…借 (某物)」。例如：

▶ Sam **borrowed** a dictionary **from** the library.　Sam 從圖書館借了一本字典。

---

332 **less than**　少於，不到

Antonym　more than

■ I have lived here for **less than** two weeks.　我住在這裡不到兩個禮拜。

■ **Less than** 50 people attended the meeting.　不到 50 人參加這個會議。

Notice: less than + N

Expansion

① **less...than** 也可以表示「不如…」。例如：

▶ This movie is **less** interesting **than** that one.　這部電影不如那部電影有趣。

② **more than** 也可以表示「多於，超過」。例如：

▶ I have lived in this city for **more than** three years.　我住在這城市三年多了。

---

333 **let alone**　更不用說

`Synonym` not to mention

- David can't speak English, **let alone** Germany.　David 不會說英語，更不用說德語了。

- The patient can't stand, **let alone** walk.　這病人無法站立，更不用說走路。

Notice: let alone + N/V

Explanation

let alone 通常用於否定句。

Expansion

let...alone 也可以表示「不要管，別打擾 (某人)，讓 (某人) 單獨一個人」，也可以做 **leave...alone**。

例如：

▶ **Let/Leave** the girl **alone**.　別打擾那個女孩。

---

(334) let(...) go (of)　①放開；②讓…離開，釋放

- Don't **let go (of)** the rope.　不要放開繩子。

- Please **let** me **go**. I have something important to do.　請讓我離開，我有重要的事要做。

Notice: let go (of) + N 或 let + N + go

(335) let on　洩露 (秘密)

`Antonym` keep quiet about、keep...a secret

- Don't **let on** about the secret.　別洩露這秘密。

- Don't **let on** to George that we are going out tonight.

　不要把我們今晚要出去的事洩露給 George 知道。

Notice: let on (+ about + N) 或 let on (+ to sb) + 子句

(336) lie in　①位於；②在於

`Synonym` ①be located in

- The steel plant **lies in** the south of the city.　那個鋼鐵廠位於這城市的南部。

- The scientist's success **lies in** his perseverance.

　這科學家的成功在於他不屈不撓的努力。

Notice: lie in + N

Expansion

be located in 也可以表示「位於」。例如：

▶ The hospital **is located in** the center of the city.　醫院坐落於市中心。

---

337 **little by little**　一點一點地，逐漸地

■ The patient got better **little by little**.　這病人逐漸地好了。

■ **Little by little**, the player lost his confidence.　逐漸地，這球員失去了信心。

Explanation

此片語做副詞性，可置於句首、句中或句末。

---

338 **live on**　①以…為主食，吃…維生；②靠…過活；③（名聲等）永存，持續

■ People in Asia **lived** mainly **on** rice.　亞洲人以米飯為主食。

■ Leo **lives on** his salary—8,000 pounds a year.　Leo 靠他一年 8,000 英鎊的薪水過活。

■ Mother Teresa died, but her spirit **lives on**.　德蕾莎修女雖已過世，但她的精神永存。

Notice: live on (+ N)

Expansion

live by 表示「以…維生，賺錢」。例如：

▶ In the past, the man **lived by** hunting.　過去，這男子靠打獵維生。

---

339 **long for**　渴望，企盼

Synonym　be eager/thirsty for、yearn for

■ Dora **longed for** the vacation.　Dora 渴望假期。

■ We are **longing for** Frank to come early.　我們企盼 Frank 早來。

Notice: long for + N (sth/sb)

Expansion

be eager/thirsty for、**yearn for** 表示「渴望、企盼」的意思。例如：

▶ The children **are eager/thirsty for** a new computer.　孩子們渴望一台新電腦。

▶ Alan has been **yearning for** wealth.　Alan 一直渴望財富。

---

340 **look after** ①照料；②看管

Synonym ①②take care of

■ Ray **looked after** his sick father.　Ray 照料他生病的父親。

■ Sara **looked after** her uncle's old house.　Sara 看管她叔叔的舊房子。

Notice: look after + N (sb/sth)

E X E R C I S E

BASIC

A *Multiple Choice*

( )　**1.** "May I ＿＿＿＿ your notebook?" "Sorry, I have ＿＿＿＿ it to Mary."

　　(A) borrow; lent　　　　　　　　(B) borrow; borrowed

　　(C) lend; borrowed　　　　　　　(D) lend; lent

( )　**2.** Even though Frank was a professor, he still ＿＿＿＿ a chance of further study.

　　(A) longed for　　(B) led to　　(C) lived on　　(D) knew of

( )　**3.** The good result ＿＿＿＿ the correct method; that is to say, correct methods ＿＿＿＿ good results.

　　(A) leads to; result from　　　　(B) leads to; lie in

　　(C) lies in; lead to　　　　　　(D) results in; lead to

( )　**4.** It's hard to ＿＿＿＿ studying with all this noise going on.

　　(A) keep out　　　　　　　　　(B) keep my mind on

　　(C) keep quiet about　　　　　　(D) lay off

( )　**5.** If Luke had ＿＿＿＿, the quarrel might not have broken out.

　　(A) lost his temper　　　　　　(B) kept his mind on

(C) kept his temper   (D) kept quiet about

(   ) **6.** Don't _____ your puppies _____ in the cold and carry them in.

(A) lead; to   (B) let; on   (C) keep; up with   (D) keep; out

(   ) **7.** I have to study hard to _____ the other students.

(A) keep out   (B) know of   (C) keep up with   (D) keep quiet about

(   ) **8.** I _____ Mr. Brown, but I have never talked to him.

(A) lay off   (B) know of   (C) leave for   (D) leave off

(   ) **9.** The doctor told Linda to _____ smoking.

(A) long for   (B) lie in   (C) lay off   (D) live on

(   ) **10.** Clara came into a fair sum of money after her aunt died, but she _____ that. Even her husband didn't know about that.

(A) knew of   (B) kept up with   (C) kept out   (D) kept quiet about

B *Guided Translation*

1. 時間很晚了，所以 Molly 起身回家。

It was late, so Molly _____ _____ home.

2. 直到看到他們的媽媽，兩個男孩才停止了打架。

The two boys didn't _____ _____ fighting until they saw their mothers.

3. 不到一個月，Bob 就準備好一切了。

In _____ _____ a month, Bob got everything ready.

4. 連我們自己都沒有足夠的地方住，更不用說再容納三隻狗和一隻貓了。

There isn't enough room for us, _____ _____ three dogs and a cat.

5. 請放開我的手。

_____ _____ my hand, please.

6. 你知道什麼人能幫我修門廊嗎？

Do you _____ _____ anyone who can help fix my porch?

7. Wendy 沒向她媽媽透露這只錶多少錢。

Wendy didn't _____ _____ to her mother how much the watch cost.

8. 我父親的身體狀況逐漸好轉。

My father's health is improving _____ _____ _____.

9. Kelly 已三十歲了，還靠父母的收入過活。

Kelly is 30 years old, but she still _____ _____ her parents' income.

10. 誰來照料這些小雞？

Who will _____ _____ these chickens?

ADVANCED

A Synonym

Match each idiom or phrase with the synonymous one correctly; ignore the tense or capitalization.

(A) let alone   (B) look after   (C) let on   (D) long for

(E) keep one's temper   (F) lead to   (G) keep one's mind on   (H) lie in

(I) little by little   (J) lay off

_____ **1.** The mother <u>devotes herself to taking care of</u> her children.

_____ **2.** Lydia <u>didn't get angry</u> and said nothing.

_____ **3.** Misunderstanding <u>results in</u> conflicts.

_____ **4.** Jack couldn't even fix his chair, <u>not to mention</u> his house.

_____ **5.** The post office <u>is located in</u> the heart of downtown.

_____ **6.** The babies are <u>taken care of</u> by their mother.

_____ **7.** Nick hasn't lost his job. He is just <u>dismissed from his post</u> for a short time.

_____ **8.** Don't tell the news to others. <u>Keep it a secret.</u>

_____ **9.** The majority of people in the world <u>are eager for</u> peace.

_____ **10.** The snow disappeared <u>gradually</u>.

B Cloze Test

Fill in each blank with one of the idioms or phrases listed below. Make changes if necessary.

keep out	lend...to	less than	keep up with	leave for
lay off	keep quiet about	let...go	know of	live on

1. Let's _____ working for lunch and take a break.

2. The general passed away for several decades. However, as a great patriot, his spirit will

_____ .

3. Keep hold of the leash. Don't _____ the dog _____ .

4. It took _____ one year to build this monument. It was completed in 11 months.

5. Kevin _____ an English-Chinese dictionary _____ me. I borrowed it from him.

6. We are _____ London soon. We plan to arrive there tomorrow night.

7. I _____ Jane's ex-husband, but I don't know him personally.

8. We have fallen behind other groups. We'd better hurry to _____ them.

9. Please _____ those barking dogs; they will scare the children.

10. If I tell you a secret, you will _____ it, won't you?

341 **look about** ①環顧四周；②四處尋找

Synonym ①②look (a)round

■ Danny heard his name called. He **looked about**, but he saw nobody there.

Danny 聽到有人喊他的名字。他環顧四周，但沒看到任何人在那。

■ Although we've **looked about** the city, we haven't found a library.

雖然我們在城裡四處尋找，但還是沒找到圖書館。

Notice: look about (+ N)

342 **look back** ①回頭看；②回憶，回顧

Antonym ①look ahead

■ Ginny kept **looking back** as she walked in the dark.　在黑暗中 Ginny 邊走邊往後看。

■ Peter often **looks back** on his school days.　Peter 經常回憶學生時代。

Notice: look back (+ on/to + N)

> **Expansion**
>
> **look ahead** 表示「向前看；計畫未來」。例如：
>
> ▶ We have to learn to **look ahead** positively.　我們得學會積極向前看。

343 **look down on** 輕視，瞧不起

Synonym make light of　　Antonym make much of

■ Don't **look down on** the poor.　不要瞧不起窮人。

■ When Jack was down and out, he dropped all his friends in fear of being **looked down on** by them.　當 Jack 窮困潦倒時，他怕被朋友瞧不起而和他們斷絕了來往。

Notice: look down on + N (sb/sth)

> **Expansion**
>
> ① **make light of** 也可以表示「忽視，輕視」，後面接事物。例如：

▶ If Jason keeps **making light of** these problems, he will get into trouble.

如果 Jason 繼續忽視這些問題的話，他就會惹上麻煩。

② **make much of** 則表示「器重，重視」。例如：

▶ Mary's boss **made much of** her and always let her take charge during his absence.

Mary 的老闆很器重她，他不在的時候總讓她掌管一切。

(344) **look for** 尋找，尋求

Synonym   search for

■ Sara used the Internet to **look for** her lost bike.

Sara 利用網路去尋找她遺失的腳踏車。

■ I'm **looking for** my lost book everywhere, but I haven't found it.

我到處尋找我遺失的書，但我還沒找到。

Notice: look for + N (sb/sth)

(345) **look forward to** 期待，盼望

Synonym   hope for

■ The children are **looking forward to** the summer vacation.　孩子們期待暑假的到來。

■ We are **looking forward to** seeing you again.　我們盼望再見到你。

Notice: look forward to + N/V-ing

Explanation

此片語中的 to 是介系詞，後面要接名詞或動名詞。

Expansion

hope for 也可以表示「期待」。例如：

▶ We **hope for** your early reply.　我們期待您儘早回覆。

(346) **look into** 調查，研究

Synonym   inquire into

■ The police are **looking into** the cause of the fire.　警員正在調查引起這場火災的原因。

■ The company will **look into** the possibility of moving the factory elsewhere.

公司將研究把工廠遷移到其他地方的可能性。

Notice: look into + N (sth)

> ## Expansion
>
> **inquire into** 也可以表示「調查」。例如：
>
> ▶ They are **inquiring into** the matter.　他們正在調查那件事。

---

(347) **look over**　①巡視，視察；②瀏覽

Synonym　②look/skim/glance through

■ You'd better **look over** the apartment before you decide to rent it.

你最好在租公寓之前仔細視察一下。

■ I have **looked over** my history notes several times.

我已經把我的歷史筆記瀏覽過幾遍了。

Notice: look + N (sth) + over 或 look over + N (sth)

> ## Expansion
>
> **look /skim/glance through** 也可以表示「瀏覽」。例如：
>
> ▶ Frank **looked/skimmed/glanced through** the magazines to get inspiration.
>
> Frank 瀏覽雜誌想要得到靈感。

---

(348) **look through**　①瀏覽；②視而不見

Synonym　①look over、skim/glance through

■ Mr. Jones even had no time to **look through** the report before the meeting.

Jones 先生甚至在會議前都沒有時間瀏覽一下這個報告。

■ Leo came across his ex-girlfriend, but she just **looked** straight **through** him.

Leo 偶遇他的前女友，但她卻逕直對他視而不見。

Notice: look through + N (sth/sb)

(349) **make a conclusion** 下結論

Synonym draw/reach a conclusion

■ Before looking into the matter, don't **make a** hasty **conclusion**.

在沒調查這件事之前，不要倉促下結論。

■ Since we have made an in-depth analysis of all the evidence, let's **make a conclusion**. 既然我們已深入分析了所有證據，那我們就下結論吧。

> **Expansion**
>
> ① reach/come to/arrive at a conclusion 表示「達成結論，得出結論」。例如：
>
> ▶ Before we **reach/come to/arrive at a conclusion**, we need to take the details into consideration. 在達成結論之前，我們須要把細節都考慮進去。
>
> ② jump to conclusions 表示「遽下結論」之意。例如：
>
> ▶ Take your time; don't **jump to conclusions**. 慢慢來，不要遽下結論。

(350) **make a decision** 下決定

■ The manager **made a decision** to postpone the meeting. 經理決定將會議延後。

■ Since you have grown up, you should **make decisions** on your own.

既然你已成年，你應該自己做決定。

> **Expansion**
>
> reach/come to a decision 表示「做出決定」之意。例如：
>
> ▶ After the discussion, they **reached/came to a decision** on/about the matter.
>
> 經過討論之後，他們對這件事做出決定。

(351) **make a difference (to)** 有影響

Synonym have an effect/influence on　　Antonym make no/little difference (to)

■ Your attitude toward the project will **make a difference**.

你對這計畫的態度會是很有影響的。

■ Joe is a great player. Whether he joins or not **makes a difference to** the game.

Joe 是一個很棒的選手，他是否加入對比賽有影響。

Notice: make a difference (to + N)

Explanation

此片語的 difference 前面可以加 no、some、much、big、a great deal of、a lot of 等字詞修飾。

例如：

▶ What you say **makes** no **difference to** me.　你說什麼對我沒有影響。

Expansion

make all the difference 表示「有很大的影響」之意。例如：

▶ The manager is an assertive man, and his decisions will **make all the difference**.

這經理非常獨斷，他的決定會產生很大的影響。

---

(352) **make a judgment**　做判斷

- They **made an** unfair **judgment** about the matter.　他們對這件事做出不公正的判斷。

- We should **make a judgment** on the basis of what happens.

  我們應該根據實際發生的情況做判斷。

Notice: make a judgment + about/on + N (sth)

(353) **make a living**　謀生，過生活

Synonym　earn a living

- Steve had to **make a living** all by himself.　Steve 得自己謀生。

- Joanna **makes a living** as a nurse.　Joanna 以當護士來維持生計。

(354) **make a mistake**　犯錯

- Luke **made a** big **mistake** in the calculation.　Luke 算數時犯了一個很大的錯誤。

- To **make** as few **mistakes** as possible, you should be careful with your work.

  為了儘可能少犯錯，你應小心工作。

Expansion

① **learn from one's mistakes** 表示「從某人的錯誤中學習」。例如：

▶ You may **learn from your brother's mistakes**. 你可以從你哥哥的錯誤中學習。

② **by mistake** 表示「錯誤地」。例如：

▶ Mom put my sister's lunch box in my bag **by mistake**.

媽媽誤把妹妹的便當放在我的袋子裡。

355 make a plan 做計畫

■ **Make a plan**, and then make a difference. 做好計畫，才能與眾不同。

■ Last week, Julia and Ted **made a plan** for the tour.

上星期 Julia 和 Ted 訂了一個旅行計畫。

Notice: make a plan (+ for + N)

356 make a reservation 預訂

■ They have **made a** hotel **reservation** in the name of John Smith.

他們以 John Smith 的名義預訂了旅館房間。

■ Janet called the restaurant to **make a reservation** for two people.

Janet 打電話給那家餐廳預訂兩個位子。

357 make an agreement 達成協議

Synonym reach/come to an agreement

■ The employees **made an agreement** with their employer.

雇員與他們的雇主達成了協議。

■ The two companies **made an agreement** on the matter. 兩間公司對此事達成協議。

Notice: make an agreement + with sb + on sth

358 make an effort to + V 努力做

Synonym make efforts to + V　　Antonym make no/little effort to + V

■ Dennis decided to **make an effort to** pass the entrance exam.

Dennis 決定努力通過入學考試。

■ They **made a** good **effort to** rescue the miners under the mine.

他們做了一切努力營救礦井下的礦工。

Expansion

① **in an effort to** + V 表示「努力 (做…)」。例如：

▶ Sam is talking to Polly **in an effort to** persuade her to quit smoking.

Sam 正與 Polly 交談，努力說服她戒煙。

② **make every effort to** + V 表示「竭盡所能」。例如：

▶ The doctor had **made every effort to** save the patient's life, but failed.

這醫生竭盡所能拯救病人的生命，但失敗了。

---

359 **make an impression on** 給…留下印象

■ The dancer's performance **made a** great **impression on** the audience.

這舞者的表演給觀眾留下深刻的印象。

■ Knowing good table manners will help you **make a** good **impression on** others.

懂得好的餐桌禮儀將有助於你給其他人留下好的印象。

Notice: make an impression on + N (sb)

Expansion

① **leave sb with an impression** 表示「留給某人…印象」，也可以作 **leave an impression on sb**。例如：

▶ The lovely girl **left** me **with a** good **impression**.

→ The lovely girl **left a** good **impression on** me. 那可愛的女孩給我留下很好的印象。

② **have/get the impression that** 表示「有印象」，後面接子句。例如：

▶ I **have/get the impression that** Robert is a reliable man.

我有印象 Robert 是個可靠的男人。

---

360 **make (both) ends meet** 使收支平衡，量入為出

■ With small income, Jack can hardly **make (both) ends meet**.

以微薄的收入，Jack 很難使收支平衡。

■ Mr. and Mrs. Lin were out of work and they had a big family to support, so they found it difficult to **make (both) ends meet**.

林先生和林太太都失業了，而且他們還有一大家子要養，所以他們發現很難使收支平衡。

E X E R C I S E

BASIC

A Multiple Choice

(   ) **1.** _____ is easy, but carrying it out is difficult.

    (A) Making a mistake   (B) Making a plan

    (C) Making ends meet   (D) Making an impression

(   ) **2.** Never _____ workers. We should show some respect for them.

    (A) look about   (B) look over   (C) look into   (D) look down on

(   ) **3.** All the students are _____ this day. They feel happy and excited about it.

    (A) looking forward to   (B) looking down on

    (C) looking through   (D) looking over

(   ) **4.** Sara called the theater to _____ .

    (A) make a plan   (B) make a mistake

    (C) make a reservation   (D) make a judgment

(   ) **5.** The police _____ the case, investigating why and how the man was killed.

    (A) looked over   (B) looked into   (C) looked for   (D) looked through

(   ) **6.** The teacher was _____ the papers. She examined them quickly.

    (A) looking around (B) looking into   (C) looking back   (D) looking over

(   ) **7.** _____ on my childhood, I recall a lot of interesting things.

    (A) Looking over   (B) Looking down (C) Looking back   (D) Looking through

(   ) **8.** Before the test, Leo _____ his notes.

    (A) looked into   (B) looked through (C) looked back   (D) looked down on

(   ) **9.** The research team _____ carry out the project.

    (A) made an effort to   (B) made mistakes in

    (C) made an impression on   (D) made a difference to

(　　) **10.** The judge _____ that the women hadn't done anything wrong.

      (A) made a conclusion   (B) made a plan

      (C) made a difference   (D) made a living

B Guided Translation

1. 你應自立，沒有人會替你做決定。

You should learn to stand on your own feet, for no one is going to _____ _____ _____ for you.

2. Fiona 以教小孩彈鋼琴謀生。

Fiona gave children piano lessons to _____ _____ _____ .

3. 既然你知道你犯了錯，你就應該馬上承認並改正它。

Since you know you _____ _____ _____ , you should admit and correct it right away.

4. 雙方在價格方面未能達成協定。

The two sides failed to _____ _____ _____ on the price.

5. 新鮮空氣對 Nancy 的健康有很大的影響。

Fresh air _____ a lot of _____ _____ Nancy's health.

6. 上星期，他們對我的行為做出不公正的判斷。

Last week, they _____ _____ unfair _____ about my behavior.

7. 我得每天努力工作來使收支平衡。

I have to work hard every day to _____ _____ _____ _____ .

8. 救援者四下張望看不到一絲生命的跡象。

The rescuers _____ _____ and could see no sign of life.

9. 李教授的演講給聽眾留下深刻的印象。

Dr. Lee's speech _____ _____ great _____ _____ his audience.

10. 王先生打電話給旅館預訂兩個人的房間。

Mr. Wang called the hotel to _____ _____ _____ for two people.

ADVANCED

A Matching

_____	**1.** look about	(A)	to earn just enough money to buy what one needs
_____	**2.** make a difference	(B)	to pretend not to recognize someone you know
_____	**3.** look back	(C)	to have an effect on
_____	**4.** look through	(D)	to try very hard to do something difficult
_____	**5.** make an effort to	(E)	to make arrangements for something one wants to do
_____	**6.** look forward to	(F)	to think about a time or an event in the past
_____	**7.** make a plan	(G)	to search for
_____	**8.** make ends meet	(H)	to try to find the truth about a problem, crime, etc.
_____	**9.** look into	(I)	to walk around a place and see what is there
_____	**10.** look for	(J)	to feel excited about something that is about to happen

B Cloze Test

Fill in each blank with one of the idioms or phrases listed below. Make changes if necessary.

make every effort to	**make a reservation**	**make a conclusion**
look down on	**make a good impression**	**make mistakes**
look over	**make a decision**	**look for**
make a living		

1. Paul _____ his colleagues since he thinks he is better than they are.

2. My father _____ several newspapers after dinner. He always reads the headlines first quickly.

3. Finally, after discussion, the doctors _____. They suggested that the patient receive the new treatment.

4. After Mr. Chen _____, it's hard for us to change his mind.

5. John works as a bodyguard to _____.

6. On their first date, Jim tried to _____ on Cindy.

7. Keep practicing speaking English. Don't be afraid of _____.

8. Remember to _____ first before you go to the restaurant.

9. Jason is the man I'm _____. I have searched the building for him for two hours.

10. I will _____ arrive there on time. I will try my best.

361 **make friends with** 與⋯交朋友

■ Grace wants to **make friends with** Ted.　Grace 想與 Ted 交朋友。

■ Todd will never **make friends with** fussy girls.

　Todd 決不與挑剔的女孩子交朋友。

Notice: make friends with + N (sb)

362 **make room for** 騰出（空間），預留（位置）

■ Please **make room for** me.　請騰出個空間給我。

■ I need to **make room for** my new couch.　我必須給我的新沙發預留位置。

Notice: make room for + N (sb/sth)

Explanation

此片語中的 room 是不可數名詞，表示「空間」。

363 **make sure** 確定，確保

■ You'd better **make sure** if you have turned off the oven.

　你最好確定一下你是否關了烤箱。

■ **Make sure** you have locked the door.　確定你是否已鎖上了門。

Explanation

make sure、make certain 都可表示「確信，把⋯弄清楚」，make sure 比 make certain 的語氣更重一些。它們可以單獨使用，當不及物動詞；後面也可以接 of，再接名詞或動名詞；還可以接 that、if、whether 或 wh- 引導的名詞子句。例如：

▶ John's mother asked him to **make sure** of turning off all the lights when he went out.

　John 的母親要他在出門前確認所有的燈都已關上。

▶ We have to **make sure** whether the game will be cancelled.

　我們必須去確定比賽是否會取消。

364 **make up** ①捏造；②和好，和解；③化妝

■ Ray **made up** the story.　Ray 捏造了那故事。

■ Lily squabbled with her sister, but they **made up** soon.

　Lily 和她妹妹爭吵，但很快她們就和好了。

■ The performers **made up** before the performance.　演員們在表演前化好妝。

Notice: make up (+ N)

 make use of　利用

Synonym　take advantage of

■ You should **make** full **use of** your time.　你應該充分利用時間。

■ We must **make** good **use of** the money.　我們必須好好地利用這筆錢。

Notice: make use of + N (sb/sth)

Explanation

use 前可用 full、good、better、any、little、the best 等形容詞修飾。

Expansion

make the most of 表示「充分利用」。例如：

▶ The general **made the most of** the secret intelligence to win the battle.

　這將軍充分利用那秘密情報來打贏戰爭。

---

 mix(...)with　①混合；②結合

■ Oil doesn't **mix with** water.　油無法和水混合。

■ I'll be in Chicago for one month, **mixing** business **with** pleasure.

　我將要在芝加哥逗留一個月，結合工作和玩樂。

Notice: mix with + N 或 mix + N + with + N

Expansion

mix up 表示「將…充分攪拌；混淆；使困惑」。例如：

▶ **Mix up** flour and water.　將麵粉和水充分攪拌。

▶ Even the twin brothers' mother often **mixes** them **up**.

甚至這對雙胞胎兄弟的媽媽都經常把他們搞混。

▶ Now you have **mixed** me **up**.　現在你讓我很困惑。

(367) **move away**　搬家，遷居

Antonym　move into

■ The Lins have **moved away**.　林家已經搬走了。

■ Jerry doesn't live here. He **moved away** three months ago.

Jerry 不住這裡了，三個月前他就搬家了。

Expansion

move(...)into 表示「搬進」之意。例如：

▶ When do you plan to **move into** the new house?　你計畫什麼時候搬進新居？

▶ It's going to rain. Please **move** the coal **into** the basement.

要下雨了，請把煤搬進地下室。

(368) **neither...nor**　不⋯也不

■ **Neither** you **nor** your sister has the ability to deal with the problem.

你或你的妹妹都沒有能力處理這問題。

■ It's **neither** cold **nor** hot.　天氣既不冷也不熱。

Explanation

1. neither...nor 是對等連接詞，連接兩個或兩個以上詞性對等的字、詞或句子。例如：

▶ Polly **neither** drinks **nor** smokes.　Polly 不喝酒也不抽煙。

▶ Denny will come **neither** today **nor** tomorrow.　Denny 今天不來，明天也不來。

2. neither...nor 連接主詞時，動詞與靠近它的主詞一致。例如：

▶ **Neither** Sally **nor** I am wrong.　Sally 和我都沒錯。

3. neither...nor 連接子句，若 neither 放句首時，兩個子句都要部分倒裝。例如：

▶ **Neither** did the girl go to school **nor** did she stay at home. She went out with her friends.　那女孩既沒去學校也沒留在家。她跟朋友出去玩了。

369 **no longer** 不再

Synonym not...any longer/more、no more

■ I will **no longer** wait for Bill. 我不再等 Bill 了。

■ After Cindy dropped out of college, she **no longer** kept in touch with her classmates.

Cindy 被大學退學後，她不再和同學聯繫了。

Expansion

not...any longer/more 與 no more 也可以表示「不再」，但常置於句末。例如：

▶ I won't forgive Sam **any longer**. 我再也不原諒 Sam 了。

▶ Nancy's boyfriend will love her **no more**. Nancy 的男友不會再愛她了。

---

370 **no matter what/how/where/who(m)/whose/which** 無論什麼/如何/
到那裡/誰/誰的/哪個

■ **No matter what** you say, I believe you. 無論你說什麼，我都相信。

■ **No matter how** difficult the task is, we'll accomplish it.

無論這任務多麼難，我們也會完成。

■ **No matter where** the old man goes, his dog follows him.

無論這老人走到那裡，他的狗都跟著他。

■ **No matter who** you are, you have no right to speak to me like that.

無論你是誰，都沒有權力那樣和我說話。

■ **No matter whose** book it is, you shouldn't take it without asking.

無論這是誰的書，你都不應該未告知就拿走。

■ **No matter which** method you will use, just finish the work on time.

無論你會用哪種方法，只要準時完成這工作即可。

Explanation

從屬連接詞「no matter ＋疑問詞」的用法相當於「疑問詞＋ -ever」的用法，如 no matter who
= whoever、no matter whom = whomever、no matter whose = whosever、no matter which =
whichever、no matter what = whatever、no matter when = whenever、no matter where =

wherever、no matter how = however 等，均可以用來引導表「讓步」的副詞子句。例如：

▶ You cannot do this, **whoever** (= no matter who) you are.　不管你是誰，都不能做這種事。

▶ **No matter how** (= However) busy I am, I will find time to see you.

不管我多忙，我也會抽出時間去見你。

▶ **Whenever** (= No matter when) I am ill, Sophie takes care of me.

每當我生病的時候，Sophie 都會照顧我。

▶ Allen always carries a lot of cash, **wherever** (= no matter where) he goes.

無論 Allen 去到哪裡，他總是帶著很多現金。

▶ Renee will buy the ring, **no matter how** (= however) much it cost.

不管花多少錢，Renee 也要買這個戒指。

▶ **Whatever** (= No matter what) happens, I will support you.

不管發生什麼事，我都支持你。

此外，whether 和 if 也可以用在 no matter 之後。例如：

▶ I'll go to the party, **no matter whether** Josh will go or not.

不管 Josh 去不去，我都會去參加那舞會。

▶ Alice wanted to catch the first bus, **no matter if** she had to get up early.

就算要早起，Alice 也要趕上第一班公車。

(371) **no sooner...than**　一…就…

■ **No sooner** had Dennis declined Betty's invitation **than** she turned away.

Dennis 一拒絕 Betty 的邀請，她就轉過身去。

■ **No sooner** had the manager come back to his office **than** he was tied up on the phone.　經理一回到辦公室，就一直打電話。

Expansion

hardly/barely/scarcely...when 的意思也是「一…就…」，其所引導的子句通常用過去完成式，且否定詞置於句首時，要用倒裝句。例如：

▶ **Hardly/Barely/Scarcely** had they reached the top of the hill **when** they began to eat.

他們一到山頂，就開始吃起來。

---

372 **no wonder** 難怪

Synonym it is no wonder (that)

■ **No wonder** someone called Ted a genius. 難怪有人稱 Ted 是個天才。

■ Karen's parents died in a plane crash. **No wonder** she was afraid of flying.

Karen 的父母死於空難。難怪她害怕搭飛機。

Notice: no wonder + 子句

Explanation

no wonder 可視為 it is no wonder (that) 省略而來的非正式用法。例如：

▶ Paul broke Sara's favorite toy; **it is no wonder (that)** she was angry.

Paul 弄壞了 Sara 最喜歡的玩具，這也難怪她會生氣。

373 **not(...)at all** ①一點也不；②沒關係，別客氣

Synonym ①not...in the least、not...a bit

■ Harry does**n't** know French **at all**. Harry 一點也不懂法文。

■ I don't have difficulty **at all** answering the questions.

我回答這些問題一點困難也沒有。

■ "Sorry to have troubled you." "**Not at all.**" 「對不起，打擾你了。」「沒關係。」

■ "Thank you very much." "**Not at all.**" 「非常感謝。」「別客氣。」

Expansion

not in the least 可以表示「一點也不」；也可以用於口語簡答，表示允許，做「可以」解。例如：

▶ "I'm afraid I'm bothering you." "**Not in the least.**" 「我恐怕麻煩你了。」「一點也不。」

▶ "Would you mind carrying this case for me?" "**Not in the least.**"

「可以幫我拿這個箱子嗎？」「好的。」

374 **not only...but (also)** 不但…而且

■ Pearl is **not only** clever **but (also)** diligent. Pearl 不但聰明而且勤奮。

■ We **not only** sang **but (also)** danced at the party. 我們在晚會上不但唱歌而且跳舞。

Explanation

1. not only...but (also) 屬對等連接詞，連接兩個對等的字、詞或句子。

   ▶ **Not only** his brother **but (also)** his parents are to blame.

   不但他哥哥而且他父母都應受到指責。

   ▶ You can go there **not only** on foot **but (also)** by bus.

   你不但可以步行也可以搭公車去那。

   ▶ Vicky visited her grandma **not only** today **but (also)** yesterday.

   Vicky 不但昨天而且今天都去拜訪她奶奶。

2. not only...but (also) 連接主詞時，動詞與靠近它的主詞一致。例如：

   ▶ **Not only** Ron **but (also)** his parents are at home.　不但 Ron 在家而且他父母也在家。

3. not only...but (also) 連接兩個子句時，not only 放在句首，其所引導的子句要倒裝，而 but (also) 引導的句子則不須倒裝。例如：

   ▶ **Not only** did the man refuse the invitation **but** he **(also)** laughed at the host.

   這男子不但拒絕了邀請，而且還嘲笑了主辦者。

4. not only...but (also) 和 as well as 的區別在於 not only...but (also) 強調後者，而 as well as 強調前者。例如：

   ▶ Pearl is diligent **as well as** clever.　Pearl 不但聰明而且勤奮。

   ▶ We danced **as well as** sang at the party.　我們在晚會上不但歌唱而且跳舞。

375 **now (that)** 既然

■ **Now (that)** you are tired, you should have a rest.　既然你累了，就應該休息。

■ **Now (that)** it has stopped raining, let's go at once.　既然雨已經停了，我們立刻走吧。

Notice: now (that) + 子句

376 **of course** 當然

■ "Can I use your dictionary?" "**Of course**."　「我可以用你的字典嗎？」「當然可以。」

■ "Am I wrong?" "**Of course** not."　「我錯了嗎？」「當然沒有。」

377 **on a diet** 節食

■ The fat girl considers being **on a diet**.　這胖女孩考慮要節食。

■ Going **on a** strict **diet** can be harmful to health.　進行太嚴格的節食可能有害健康。

378　**on account of**　因為，由於

Synonym　because of、due to

■ **On account of** the bad weather, we have to put off our school sports meet.

因為天氣不好，我們得將校運延後。

■ Thomas has been absent from work for a few days **on account of** his father's death.

Thomas 因為父親去世，已經好幾天沒來上班了。

Notice: on account of + N (sb/sth)

379　**on average**　平均地，平均而言

■ **On average**, we walked 15 miles a day during the journey.

旅行中我們平均每天走 15 公哩。

■ The club members meet twice a month **on average**.　俱樂部成員平均一月聚會兩次。

Expansion

above average 表示「在一般水準之上」，below average 則表示「在一般水準之下」。例如：

▶ Tom's work at school is **above average**, while Paul's is **below average**.

Tom 的學校功課在一般水準之上，而 Paul 的在一般水準之下。

380　**on board**　在車、船、飛機上

■ The captain demands loyalty from everyone **on board**.　船長要求船上每一個人對他忠誠。

■ The airplane crashed and all the passengers **on board** died.

這架飛機墜毀了，機上所有的乘客都喪生。

EXERCISE

BASIC

A Multiple Choice

( ) **1.** Joseph's best friend _____ when he was eleven; he hasn't seen her since then.

  (A) moved away   (B) moved into   (C) made up   (D) mixed with

( ) **2.** _____ you have turned off the tap.

  (A) Make up   (B) Make use of   (C) Make sure   (D) Mix up

( ) **3.** _____ had the man got the army pension _____ he bought a house.

  (A) No sooner; than   (B) Neither; nor

  (C) Not; at all   (D) No matter; when

( ) **4.** It is a shame that Ted didn't _____ good _____ his money. He wasted it on many useless things.

  (A) make; friends with   (B) make; use of

  (C) make; sure of   (D) make; room for

( ) **5.** _____ Kitty _____ I like natural science. Both of us don't like it.

  (A) Not; any longer (B) Either; or   (C) Neither; nor   (D) Not; at all

( ) **6.** _____ difficult the assignment may be, we must finish it on time.

  (A) No matter what (B) No matter how (C) No matter who (D) No matter when

( ) **7.** _____ was the article difficult to understand, _____ it was too long.

  (A) Either; or   (B) Neither; nor   (C) Not only; but   (D) No sooner; than

( ) **8.** _____ you have seen through Jason, I believe it is time for you to leave him.

  (A) Now that   (B) No sooner   (C) On account of   (D) No matter how

( ) **9.** "Can I use your computer?" " _____ ."

  (A) Not in the least (B) Not at all   (C) Of course   (D) No longer

( ) **10.** In the final exam, our class got 108 marks out of 150 for English _____ .

  (A) on board   (B) not at all   (C) on a diet   (D) on average

B Guided Translation

1. 這公車已滿，我們騰不出空間給別人了。

The bus was crowded; we couldn't _____ _____ _____ anyone else.

2. 能有機會去國外學習我感到非常幸運，我會好好利用這機會。

I am blessed with this opportunity to go abroad to study; I will _____ good _____ _____ it.

3. 這對新婚夫婦為小事吵架，但是現在他們和好了。

The newly-wed couple quarreled over trifles, but now they _____ _____ .

4. 你和你的新同事交朋友了嗎？

Have you _____ _____ _____ your new colleagues?

5. Sam 說他根本沒錢。

Sam said he did _____ have any money _____ _____ .

6. 我不會再支持你。

I will _____ _____ support you.

7. Lillian 的貓上禮拜不見了，難怪她看起來那麼難過。

Lillian's cat was lost last week; _____ _____ she looked so sad.

8. Yvonne 在為了減肥而節食。

Yvonne is going _____ _____ _____ to try to lose weight.

9. 由於颱風，商店都關門了。

All the stores are closed _____ _____ _____ the typhoon.

10. 當所有乘客都上車了，火車開出了車站。

When all the passengers were _____ _____ , the train pulled out of the station.

ADVANCED

A Matching

_____	**1.** mix with	(A) to combine something with something else
_____	**2.** make sure	(B) to make space for
_____	**3.** make room for	(C) to go to live in a different place
_____	**4.** move away	(D) to eat only a limited amount of food
_____	**5.** on a diet	(E) because of

_____	**6.** on account of	(F) at a level which is usual	
_____	**7.** on board	(G) since	
_____	**8.** no longer	(H) no more	
_____	**9.** now that	(I) on a ship, plane, train, etc.	
_____	**10.** on average	(J) to take action so that one is certain that something happens or is true	

B Cloze Test

Fill in each blank with one of the idioms or phrases listed below. Make changes if necessary.

make use of	**make up**	**not...at all**	**no matter what**
make sure	**mix with**	**not only...but also**	**neither...nor**
no wonder	**make friends with**		

1. I don't believe Troy's story. I think he _____ it _____.

2. Successful people know how to _____ full _____ their time. They know how to spend their time efficiently.

3. Karen called the hotel to _____ if the room was available.

4. The bride's parents _____ bore all the cost of the wedding, _____ bought her a house.

5. Daniel _____ everyone in the village. However, their friendship didn't last long.

6. Dora _____ knows _____ cares what happens to her ex-boyfriend. He is nothing to her any more.

7. Bill does _____ like classical music _____. He hates it.

8. If you _____ business _____ pleasure, you may spoil everything.

9. _____ happens, I know my parents will always be there for me.

10. Hebe thinks logically; _____ she studies math well.

381 on edge 緊張不安的，焦躁的

Antonym at ease

■ The students were **on edge**, waiting for their exam results.

學生們緊張不安地等待他們的考試結果。

■ They seemed a bit **on edge** as they listened to the radio for news of the election

results. 他們似乎有點緊張不安地聽著收音機轉播選舉結果的新聞。

Expansion

at ease 表示「安心的，自在的，悠閒的」。例如：

▶ Grandma was knitting a sweater **at ease**. 祖母悠閒地織著一件毛衣。

382 on foot 步行

■ "How does Leo go to school every day?" "**On foot**." 「Leo 每天怎麼去上學？」「步行。」

■ Do you go to work by bike or **on foot**? 你是騎車還是步行上班？

383 on one's own 獨自地，一個人地，自立更生地

Synonym by oneself

■ Today Owen is all **on his own**. 今天 Owen 獨自一個人。

■ I can do my homework **on my own**. 我可以自己一個人做功課。

Expansion

① by oneself 也可以表示「一個人地，獨自地」。例如：

▶ Eventually, I solved the problem **by myself**. 最後，我一個人解決了問題。

② of one's own 表示「自己的」。例如：

▶ The scientist built a lab **of his own**. 這科學家建造了自己的實驗室。

384 on one's way ①在…的途中、路上；②就要去…，即將要去…

■ **On her way** to the bank, Lisa bumped into her roommate.

在去銀行的途中，Lisa 偶遇她的室友。

■ Sorry. I will have a party at eight. I should be **on my way**.

抱歉，我八點有個聚會。我該離開了。

Notice: on one's way (+ to N)

Expansion

① **on the way out** 表示「正要出門、離開」。例如：

▶ When Andy finally showed up, I was being **on my way out**.

當 Andy 終於出現時，我正要出門。

② **all the way** 表示「長途跋涉，大老遠」。例如：

▶ Peter went **all the way** from the States to Taiwan to learn Chinese.

Peter 大老遠從美國到台灣來學中文。

---

(385) **on sale**　①出售的，上市的；②廉價出售的，特價出售的

Synonym ①for sale

■ There are all kinds of clothes **on sale** in the shop.　那家商店出售各式各樣的衣服。

■ These eighty-dollar pants are now **on sale** for sixty.

這些一條 80 美元的褲子現在以一條 60 美元的特價出售。

(386) **on the go**　忙個不停

■ I've been **on the go** recently.　我最近一直很忙。

■ Dad has been **on the go** ever since seven o'clock this morning.

爸爸從早上七點起就一直忙個不停。

Expansion

① **busy...with** 表示「使…忙於」。例如：

▶ Ophelia **busied** herself **with** the rehearsal for her recital.　Ophelia 忙於獨奏會的彩排。

② **bustle about/around** 表示「忙碌」。例如：

▶ Larry has just started his store, **bustling about/around** every day.

Larry 剛開了一家商店，每天忙忙碌碌。

387 on the other hand 另一方面

Antonym on the one hand

■ If you want to grow taller, on the one hand, you must have enough sleep; **on the other hand**, you should eat more vegetables and fruit.

想要長高，一方面你必須有充足的睡眠；另一方面，你應該多吃蔬菜和水果。

■ My piano teacher never smiles, but **on the other hand**, she takes a detached view of my performance.　我的鋼琴老師從來不笑，但另一方面，她對我的表現給予公正的評價。

388 on time 準時，按時

■ Please be present at the meeting **on time**.　請準時出席會議。

■ The plane arrived **on time** at six o'clock sharp.　這班飛機準時六點整抵達。

Explanation

on time 的前面可加副詞 right 或 bang 做修飾，表示「正好，恰好」之意。例如：

▶ The train arrived right/bang **on time**.　火車到站非常準時。

Expansion

① in time 表示「及時」。例如：

▶ Fortunately, the wounded driver was sent to the hospital **in time**.

幸運地是，那受傷的司機及時被送到醫院。

② **on schedule** 也可以表示「準時地，按照預定計畫地」，ahead of／behind schedule 則表示「比預定計畫早／晚地」。例如：

▶ The project was completed one month **behind schedule**.

這工程比預定時間晚了一個月完工。

---

389 out of control 失去控制，不受控制

Antonym under control

■ The car went **out of control** and crashed into the tree. 汽車失去控制，撞上了大樹。

■ The children are **out of control**, running around in the classroom.

這些孩子不受控制，在教室中跑來跑去。

Explanation

此片語的搭配動詞尚有 get、run 等。例如：

▶ The wild horse **got out of control**. 那匹野馬不受控制。

Expansion

① **under control** 表示「在控制之下，受到控制」。例如：

▶ Don't worry. Everything's **under control**. 別擔心，一切都在控制之下。

② **gain/lose control of** 表示「得以/失去控制」。例如：

▶ The local government decided to build a dam so as to **gain control of** the flood.

地方政府決定建個水壩以控制洪水。

---

 pass away ①去世；②（時間）消逝

Synonym ①pass on

■ The man **passed away** at ninety-three. 那男子 93 歲去世。

■ Some young people have no concept of time, so that the time **passes away** before they realize it. 有些年輕人沒有時間觀念，結果時間就在不知不覺中消失了。

Explanation

pass away 表示「去世」時，是比 die 委婉的用語。

---

 pass out ①昏倒，失去知覺；②分發

Synonym ②give/hand out   Antonym ①come to/around

■ The old woman **passed out** when she heard the news that her daughter died.

當老太太聽到女兒去世的消息時，她便昏倒了。

■ The monitor began to **pass out** the books. 班長開始分發書本。

Notice: pass out (+ N)

Expansion

① give／hand out 表示「分發」。例如：

▶ The director is **giving／handing out** the scripts.　導演正在分發劇本。

② come to／around 表示「甦醒過來」。例如：

▶ It was one week after the operation that the patient **came to／around**.

手術一週後病人才甦醒過來。

---

392 **pass through** ①穿過，通過；②經過，路過；③經歷

Synonym ②pass by; ①③go through

■ A bullet **passed through** the soldier's chest.　一顆子彈穿過這士兵的胸膛。

■ They are not staying in the village; they just **pass through**.

他們不會在這個村莊停留，他們只是路過這裡。

■ We **passed through** a difficult time.　我們經歷了一段困難時期。

Notice: pass through (+ N)

Expansion

① pass by 也可以表示「經過」。例如：

▶ I saw a fancy car **passing by**.　我看見一輛很高級的車經過。

② go through 也可以表示「穿過；經歷」。例如：

▶ We **went through** the forest and reached the lake.　我們穿過森林，到達湖畔。

▶ The old man **went through** two wars.　這老人經歷了兩次戰爭。

---

393 **patch up** ①修補，縫補；②平息（爭吵），消弭（分歧）

■ One of the tires of my bike is broken. I have to leave it **patched up**.

我的自行車的一個輪胎破了，我得讓人家修補它。

■ The differences among the people in this country have been **patched up** recently.

最近這個國家人民之間的分歧已經平息了。

Notice: patch up + N (sth)

pay attention to 注意

Synonym give attention to

■ **Pay attention to** the coach. He is going to show how to kick the ball.

注意教練。他將要示範如何踢球。

■ The mother **pays** close **attention to** the baby's needs.　這母親十分注意寶寶的需求。

Notice: pay attention to + N (sb/sth)

Explanation

此片語中的 attention 是不可數名詞，前面可以加 more、special、close 等形容詞做修飾。而此片語中的 to 是介系詞，後接名詞 (片語)。

Expansion

① **attract/catch** one's attention 表示「吸引某人的注意」。例如：

▶ The pretty girl **attracted/caught** everyone's **attention**.

那漂亮女孩吸引每個人的注意。

② **call/draw** one's attention to 表示「使某人注意到…」。例如：

▶ The doll in the window **called/drew** my **attention to** that shop.

櫥窗裡的娃娃使我注意到那家店。

③ **come to** one's attention 表示「引起某人的注意」。例如：

▶ The issue **came to their attention**.　這議題引起他們的注意。

④ **distract** one's attention from 表示「分散某人的注意」。例如：

▶ The noise **distracted Tom's attention from** his study.

噪音分散了 Tom 學習的注意力。

---

 pay(...)for ①付（款），支付；②付出代價，賠償

■ I **paid** $30 **for** this book.　我付了 30 美元買這本書。

■ You have to **pay for** what you damaged.　你必須賠償你損毀的東西。

Notice: pay + money + for N (sth) 或 pay for + N (sth)

Expansion

① **pay...back** 表示「還 (錢)；報答」。例如：

▶ Yesterday I **paid** the money **back** to Kent. 昨天我把錢還給了 Kent。

② **pay(...)off** 表示「還清 (債務等)」。例如：

▶ Soon after Kelly got the new job, she **paid off** all her debts.

Kelly 剛得到新工作後不久，她就還清了所有的債務。

③ **spend...on** 表示「花費」。例如：

▶ I **spent** $30 **on** this book. 我花了 30 美元買這本書。

---

396 **pick(...)up** ①開車去接（人），搭載；②撿起；③學習；④加快（速度）；⑤收拾

Synonym ⑤put(...)away   **Antonym** ①drop...off; ②put down; ④slow down; ⑤mess up

■ I'll **pick** you **up** at the school gate at 4 p.m. 下午四點，我會開車去校門口接你。

■ Your pen is on the floor. **Pick** it **up**. 你的筆在地上。把它撿起來。

■ One effective way to **pick up** a foreign language is to speak to the native speaker.

學習外語的一種有效方法是和母語人士講話。

■ After taking off, the plane began to **pick up** speed. 起飛之後，飛機開始加速。

■ **Pick** your room **up** after getting up. 起床後把你的房間收拾乾淨。

Notice: pick + N (sb/sth) + up 或 pick up + N (sb/sth)

Expansion

① **drop...off** 表示「讓某人 (從交通工具中) 下來」。例如：

▶ Do you want me to **drop** you **off** at your apartment? 要我讓你在你的公寓下車嗎？

② **put down** 表示「放下」。例如：

▶ **Put down** the luggage. 請將行李放下。

③ **mess up** 表示「弄亂」。例如：

▶ The mother told her son not to **mess up** the room. 媽媽要她的兒子別把房間弄亂。

④ **put(...)away** 也可以表示「收拾」。例如：

▶ **Put away** the tools after you finish using them. 用完工具後，請把它們收拾好。

397 play a role ①扮演…角色；②起…作用

Synonym ①②play a part

■ Julia **played** a minor **role** in Shakespeare's plays.

Julia 在莎士比亞的戲劇中扮演一個小角色。

■ Electricity **plays an** important **role** in our everyday life.

電在我們每天生活中起了重要的作用。

398 play a trick on 開玩笑，惡作劇

Synonym play a joke on、make fun of

■ Adam decided to **play a trick on** the informer. Adam 決定要對打小報告的人惡作劇。

■ The naughty boy often **plays tricks on** others. 這個淘氣的男孩經常拿別人開玩笑。

Notice: play a trick on + N (sb)

Explanation

1. 此片語也可以做 play sb a trick。例如：

   ▶ Ida is very shy, so please don't **play her a trick**.

   Ida 非常羞澀，所以請不要開她的玩笑。

2. 此片語中的 trick，可以在前面加形容詞做修飾。例如：

   ▶ We **played** harmless **tricks on** each other. 我們彼此並無惡意地開玩笑。

   ▶ Andrew **played a** low/mean/shabby/dirty **trick on** me.

   Andrew 對我開了個低劣的玩笑。

Expansion

make fun of 也可以表示「開玩笑」。例如：

▶ Whenever Judy wears that hat, we **make fun of** her.

每當 Judy 戴上那頂帽子，我們就開她的玩笑。

---

399 prevent...from 使不能，阻止

Synonym stop/keep...from

■ The heavy rain **prevented** us **from** arriving on time.　大雨使我們無法準時到達。

■ To **prevent** the fire **from** spreading, some of the trees nearby had been cut down.

為了阻止火勢蔓延，附近一些樹已經被砍掉了。

Notice: prevent + N (sb/sth) + from + V-ing

Expansion

① stop/keep...from 也可以表示「使不能，阻止」。例如：

▶ The storm **stopped/kept** us **from** going hiking.　這場暴風雨使我們不能去遠足。

② hold...back 也可以表示「阻止」。例如：

▶ The police can't **hold** the crowd **back**.　警方無法阻止人群。

400 **protect...from**　保護，以防

Synonym　keep...from

■ Betty put up an umbrella to **protect** herself **from** the rain.　Betty 撐傘以防雨淋。

■ Put on the hat to **protect** yourself **from** the sunlight.　戴上帽子以防日曬。

Notice: protect + N (sb/sth) + from + N (sth)

E X E R C I S E

BASIC

A *Multiple Choices*

(　) **1.** I'll _____ you _____ at the corner of the street at 3 p.m. Don't be late.

(A) patch; up　　(B) pick; up　　(C) pass; away　　(D) pay; for

(　) **2.** Though the student had prepared himself for the exams, he was still a bit _____ before taking them.

(A) on edge　　(B) on sale　　(C) on time　　(D) on foot

(　) **3.** They went to visit the Science and Technology Institute _____.

(A) on edge　　(B) on foot　　(C) on sale　　(D) on the go

(　) **4.** _____ to school, I bought some pencils and pens.

(A) On my own　　(B) On my way　　(C) On the go　　(D) On foot

(　　) **5.** This kind of TV set that is usually sold for $800 is now _____ for $400.

(A) on the go　　　(B) on foot　　　(C) on sale　　　(D) on edge

(　　) **6.** Jane is always _____. She has little time to spend with her family.

(A) on edge　　　(B) on time　　　(C) on the go　　　(D) on foot

(　　) **7.** "How much did you _____ that bike?" "2,000 NT dollars."

(A) patch up　　　(B) pass through　　(C) pick up　　　(D) pay for

(　　) **8.** This morning, I have _____ your shirt _____.

(A) patched; up　　(B) paid; for　　　(C) passed; on　　(D) prevented; from

(　　) **9.** We'll call on you when we _____ your town.

(A) pick up　　　(B) pass on　　　(C) pass away　　(D) pass through

(　　) **10.** Yesterday I saw a car get _____ and knock into a tree.

(A) under control　　(B) on time　　　(C) out of control　　(D) on edge

B　Guided Translation

1. 從今以後，你就得自力更生了，你父親不會再幫你了。

From now on, you have to be _____ _____ _____. You can get no more help from your father.

2. Larry 非常自律，但另一方面，他也非常隨和。

Larry is very self-disciplined, but _____ _____ _____ _____, he is very easygoing.

3. Joseph 被要求準時參加宴會。

Joseph is asked to be present at the dinner party _____ _____.

4. David 的祖父母在他考進大學的那年雙雙去世了。

David's grandparents _____ _____ in the year when he was admitted into college.

5. 老先生覺得他好像要昏倒了。

The old man felt as if he were going to _____ _____.

6. 他們穿過森林來到河邊。

They _____ _____ the forest and reached the river.

7. 你必須注意餐桌禮儀。

You must _____ _____ _____ table manners.

8. 在資訊時代，電腦在我們的生活中扮演非常重要的角色。

In the age of information, the computer _____ _____ extremely important _____ in our daily life.

9. 這些淘氣又沒禮貌的男孩常對這個聾人惡作劇。

These naughty and bad-mannered boys often _____ _____ _____ the deaf man.

10. 沒有什麼可以阻止歷史的車輪前進。

Nothing can _____ the wheel of history _____ advancing.

A D V A N C E D

A Synonym

Match each idiom or phrase with the synonymous one correctly; ignore the tense or capitalization.

(A) pick up   (B) on her own   (C) pass out   (D) on the go   (E) protect...from

(F) pass away (G) on edge   (H) pay for   (I) prevent...from   (J) play a trick on

_____ **1.** You should wear a pair of sunglasses to keep your eyes from the sun.

_____ **2.** Those soldiers tried to stop the plane from landing on the runway.

_____ **3.** Don't make fun of the fat boy.

_____ **4.** I am terribly nervous as the college entrance exams are approaching.

_____ **5.** Before going to bed, the boy put away his toys.

_____ **6.** How much did Dora spend on the computer?

_____ **7.** Kent has been very busy all week.

_____ **8.** After Allan's grandpa died three years ago, he left the village.

_____ **9.** When the doctor saw the wounded man, he had lost consciousness.

_____ **10.** Judy got the job done all by herself.

B Cloze Test

Fill in each blank with one of the idioms or phrases listed below. Make changes if necessary.

patch...up	on time		prevent...from	pay attention to	on sale
on foot	out of control	protect...from	play a role		on the other hand

1. America _____ important _____ in ending World War II.

2. Many products are _____ as the department stores are holding the end-of-season sales.

3. There is a hole in my jeans. Can you _____ it _____ ?

4. On the one hand, I must go out to work. _____, I have to look after my sick mother.

5. The train arrived right _____ . It was neither behind nor ahead of schedule.

6. The fire was _____, and in an instant, the whole building was burnt to the ground.

7. Now people are _____ more and more _____ a healthy diet.

8. Bob wore a pair of wool gloves to _____ his hands _____ the cold.

9. My house is very close to the post office, so I am thinking of going there _____ .

10. The mother _____ her boys _____ going out because it was raining outside.

401 provide...with 提供，供給

Synonym supply...with

- Australia **provides** the world **with** much wool.　澳洲為世界提供大量的羊毛。

- Parents **provided** their children **with** food and clothing.　父母供給子女衣食。

Notice: provide + N (sb) + with + N (sth)

Explanation

此片語也可以作 "provide + N (sth) + for/to + N (sb)"。例如：

▶ Australia **provides** much wool **for/to** the world.　澳洲為世界提供大量的羊毛。

Expansion

supply...with 也可以表示「提供，供給」。例如：

▶ The company **supplied** the manager **with** a car.　公司為經理提供了一輛車。

---

402 put emphasis on 重視，強調

Synonym lay/place emphasis on、put/lay/place stress on

- The mayor **puts emphasis on** the city construction.　這市長重視城市建設。

- Some schools **put** great **emphasis on** students' academic performance.

　一些學校十分重視學生的學業表現。

Notice: put emphasis on + N (sth)

403 put...into operation 實施，生效

Synonym put...into effect

- When will the plan be **put into operation**?　這項計畫將在什麼時候實施？

- The new law will be **put into operation** on July 1, 2006.

　這項新法律將於 2006 年 7 月 1 日生效。

Notice: put + N (sth) + into operation

Expansion

① go/come into operation 表示「開始實施,開始生效」。例如:

▶ The new law will **go/come into operation** next month.

這項新的法律下個月開始生效。

② **carry out** 也可以表示「實施」。例如:

▶ We decided to **carry out** the plan together. 我們決定一起實施這計畫。

③ **put...into effect** 也可以表示「實施,生效」。例如:

▶ The mayor's proposal to remodel the city hall has been **put into effect**.

市長要改建市政廳的提議已經實施了。

---

(404) **put(...)off** ①延期;②拖延;③使分心,使無法專心;④讓…下車

Synonym ④drop...off **Antonym** ③call/draw one's attention; ④pick...up

■ The match will be **put off** due to the typhoon. 比賽因颱風而延期。

■ Never **put off** till tomorrow what can be done now.

不要把現在可以做的事拖延到明天。

■ The news of his mother's death **put** the player **off** the game.

母親去世的消息使這球員無法專心比賽。

■ Please **put** me **off** at the bus stop. 請讓我在公車站下車。

Notice: put + N (sth/sb) + off 或 put off + N (sth/sb)

---

(405) **put(...)on** ①穿上,戴上;②演出,上演;③開(燈);④(體重)增加;⑤
假裝

Synonym ①pull on; ③turn on **Antonym** ①take off; ③turn off

■ It's cold outside. **Put on** your sweater. 外面很冷,穿上你的毛衣。

■ A new play will be **put on** in this theater tonight. 今晚這家劇院將上演一齣新戲。

■ Please **put** the light **on**. 請開燈。

■ Eating too much greasy food will make people **put on** weight.

吃太多油膩食物會使人們體重增加。

■ The man is not really poor; he's only **putting on**.

那男子並不是真的很窮,他只是在假裝。

Notice: put + N (sth) + on 或 put on + N (sth)

Expansion

pull on 表示「(很快地)穿上」。例如:

▶ Ella **pulled on** her coat and went downstairs quickly. Ella 很快地穿上外套並下樓了。

---

 put up with 忍受

■ I can't **put up with** the noise. 我無法忍受這噪音了。

■ While watching the soap opera, you have to **put up with** loads of TV ads.

看這肥皂劇時,你得忍受一大堆電視廣告。

Notice: put up with + N (sb/sth)

---

 radiate from ①從⋯散發;②流露

Synonym ①give off

■ Heat **radiates from** the fireplace. 從壁爐散發出熱氣。

■ Confidence **radiated from** the dancer's posture. 從舞者的姿態中流露出了自信。

Notice: radiate from + N (sth/sb)

---

408 **rather than** 而不是⋯

Synonym instead of

■ I will e-mail Monica **rather than** discuss with her face to face.

我將發電子郵件給 Monica 而不當面和她討論。

■ Andy went to the library **rather than** the shopping mall yesterday.

Andy 昨天去圖書館,而不是購物中心。

Explanation

1. rather than 用來連接詞性對等的句子成分,除了連接動詞和名詞之外,還可以連接動名詞、副詞或介系詞片語。而 rather than 所構成的部分也可以提到句首。例如:

▶ I'll let you know my final decision tomorrow **rather than** now.

明天我會讓你知道我最後的決定，而不是現在。

▶ I will go to Chicago in spring **rather than** in winter.

我會在春天去芝加哥，而不是在冬天。

▶ **Rather than** staying at home, I went to the movies last night.

昨晚，我去看電影，而不是留在家裡。

2. instead of 的用法相當於 rather than，故可以代換。但代換時要注意的是，因為 instead of 是介系詞片語，後面接動詞時要改為動名詞。例如：

▶ Amy decided to go out on a date with Henry **rather than** go to the museum with us.

→ Amy decided to go out on a date with Henry **instead of** going to the museum with us.

Amy 決定和 Henry 約會而不跟我們去博物館。

 409　react to　回應，反應

Synonym　respond to

■ How did the employees **react to** the new policy?　員工們對這個新政策有何反應？

■ Teresa **reacted to** the news by bursting into tears.

Teresa 對那個消息的反應是失聲痛哭。

Notice: react to + N (sth)

 410　receive...from　收到

Synonym　get...from

■ I've **received** a letter **from** one of my good friends.　我剛收到了一個好友的來信。

■ Tony **received** a gift **from** his uncle in the U.S.　Tony 收到他叔叔從美國寄來的禮物。

Notice: receive from + N (sb)

 411　recover from　①從…恢復，復原；②拿回，取回

■ Have you quite **recovered from** your illness?　你從病中恢復過來了嗎？

■ Paul has **recovered** his suitcase **from** the station.　Paul 從車站取回了他的手提箱。

Notice: recover (+ N) from + N (sth)

 412　refer to　①意指；②提到，說到；③參照，查閱

■ The word "downtown" **refers to** the central business district of a city.

「downtown」這個字意指一個城市的中心商業區。

■ I had no idea what Lily **referred to**.　我不知 Lily 說的是什麼。

■ For the usage of the phrase, please **refer to** Note 6.

關於這個片語的用法，請參照注釋六。

Notice: refer to + N (sth)

Expansion

refer to...as 表示「把⋯認為」。例如：

▶ Meditation is often **referred to as** the best way of relaxation.

冥想常被認為是最好的放鬆方式。

413 **regard...as**　把⋯視為，認為⋯是⋯

Synonym　view/see/think of...as

■ Dr. Sun Yat-sen is **regarded as** one of the greatest leaders in history.

孫中山被認為是史上最偉大的領袖之一。

■ Slandering others is **regarded as** an unforgivable sin.

誹謗他人被認為是不可原諒的過錯。

Notice: regard + N (sb/sth) + as + N (sb/sth)

Expansion

view/see/think of...as 也可以表示「把⋯視為，認為⋯是⋯」。例如：

▶ Some people **view/see/think of** Bob **as** a freak.　有些人認為 Bob 是個怪人。

414 **relate(...)to**　與⋯有關，把⋯與⋯聯繫起來

Synonym　be related/relative/relevant/connected to　　Antonym　be irrelevant to

■ The lecture **relates to** the effects of globalization.　這演講是有關全球化的影響。

■ We **relate** these principles **to** our everyday work.

我們把這些原則與日常工作聯繫起來。

Notice: relate to + N (sth)

Expansion

① **be related/relative/relevant/connected to** 也可以表示「與…有關，把…與…聯繫起來」

之意。例如：

▶ Joe's remarks **are related/relative/relevant/connected to** what we are discussing

today.　Joe 說的話與我們今天討論的有關。

② **be irrelevant to** 表示「與…無關」。例如：

▶ The evidence **is irrelevant to** this case.　這證據與本案無關。

---

415 **remind...of**　使記起，使想起

■ This picture **reminds** Amy **of** her life in the countryside.

這幅畫使 Amy 想起她在鄉下的生活。

■ The woman **reminded** Joe **of** his mother.　那女人讓 Joe 想起了他的母親。

Notice: remind + N (sb) + of + N (sb/sth)

Explanation

remind 後面也可以用不定詞或子句。例如：

▶ Please **remind** Daddy to mow the lawn.　請提醒爸爸刈草坪。

▶ Betty **reminded** her mother that they hadn't got any food left.

Betty 提醒她媽媽，他們沒有吃的了。

---

416 **resort to**　訴諸於，藉助於

Synonym　appeal to

■ **Resorting to** violence cannot be condoned.　訴諸暴力是不可被原諒的。

■ You shouldn't have **resorted to** cheating to solve the problem.

你不應該藉助欺騙的手段來解決問題。

Notice: resort to + N/V-ing

Explanation

resort to 中的 to 是介系詞，後接名詞或動名詞。

result from　由⋯引起,出自,起因於

Antonym　result in

■ The damage **resulted from** carelessness.　這損失是由粗心引起的。

■ The car accident **resulted from** drunk driving.　這起車禍起因於酒後駕車。

Notice: result from + N/V-ing

Explanation

result from 用於句子中時,通常用簡單式,主詞表示結果,from 的受詞表示起因。

Expansion

① **result in** 表示「導致」,用於句子中時,不用被動語態,主詞表示起因,in 的受詞表示結果。

例如:

▶ Carelessness **resulted in** the damage.　粗心導致這損失。

② **come about** 表示「發生,起因於,由⋯引起」。例如:

▶ How did this embarrassing situation **come about**?

　這種令人難堪的局面是怎麼發生的?

▶ Many great changes have **come about** with the development of technology.

　隨著科技的發展,發生了許多重大的變革。

 revolve around　①繞著⋯旋轉;②以⋯為中心

■ The earth **revolves around** the sun.　地球繞著太陽旋轉。

■ The mother's life **revolves around** her family.　這位母親的生活以家庭為中心。

Notice: revolve around + N (sth/sb)

 right away　馬上,立即

Synonym at once

■ We'll set off **right away**.　我們將馬上出發。

■ Tell Frank to call me up **right away**.　叫 Frank 馬上打電話給我。

420 **run away** 逃走，跑開

■ The boy rang the neighbor's doorbell and **ran away**.

這男孩按響鄰居的門鈴，然後跑開。

■ Jimmy often **ran away** from school when he was a boy.　小時候 Jimmy 常翹課。

E X E R C I S E.

BASIC

A *Multiple Choice*

(　) **1.** Last Saturday, I went swimming in the river _____ worked at my office.

(A) instead of (B) rather than (C) related to (D) in preference to

(　) **2.** My parents _____ me _____ food and clothes.

(A) put; on (B) resort; to (C) provide; with (D) revolve; around

(　) **3.** Judy _____ her clothes in a hurry and went out.

(A) provided with (B) put up with (C) put off (D) put on

(　) **4.** Jack always messes up the room; we can't _____ him any longer.

(A) put up with (B) put off (C) receive from (D) react to

(　) **5.** Joy _____ the girl's eyes.

(A) radiates from (B) receives from (C) relates to (D) reacts to

(　) **6.** All the colleagues _____ Joshua's decision to quit the job with shock.

(A) resulted from (B) reacted to (C) referred to (D) related to

(　) **7.** Tina hasn't _____ the disappointment of not getting an airplane ticket.

(A) received from (B) reacted to (C) recovered from (D) reminded of

(　) **8.** If you don't know the precise meaning of this word, please _____ the dictionary.

(A) relate to (B) remind of (C) recover from (D) refer to

(　) **9.** I can't _____ what Eric said _____ what he did.

        (A) regard; as   (B) result; from   (C) relate; to   (D) resort; to

(   ) **10.** The deaths and injuries of many people _____ the firemen's neglect of duty.

        (A) resulted from   (B) resulted in   (C) resorted to   (D) reacted to

B   *Guided Translation*

1. 這十三歲的男孩昨天逃家。

    The 13-year-old boy _____ _____ from home yesterday.

2. 我們必須馬上出發，否則趕不上第一班火車。

    We must start _____ _____, or we won't catch the first train.

3. 輪子繞輪軸旋轉。

    The wheel _____ _____ its axis.

4. 無論發生何事，訴諸暴力不是一個明智的解決辦法。

    No matter what happens, _____ _____ violence is not a wise solution.

5. 新的個人所得稅法將實施。

    The new income tax law will be _____ _____ _____.

6. 那些小孩把我當成他們的老師。

    Those kids _____ me _____ their teacher.

7. 這首歌使我回想起我的童年。

    This song _____ me _____ my childhood.

8. 我們的老師特別注重我們的品德教育。

    Our teachers _____ great _____ _____ our moral education.

9. 由於天氣不好會議將被延期。

    The meeting will be _____ _____ because of the bad weather.

10. 你收到你姑姑的信了嗎？

    Have you _____ a letter _____ your aunt?

ADVANCED

A   *Synonym*

Match each idiom or phrase with the synonymous one correctly; ignore the tense or capitalization.

(A) recover from   (B) rather than   (C) regard...as   (D) provide...with

(E) react to   (F) run away   (G) put...into operation   (H) put...emphasis on

(I) put on   (J) right away

_____ **1.** The father in a traditional society had to supply his family with food and clothes.

_____ **2.** The new law will be put into effect in 2014.

_____ **3.** The boy wearing a green coat is my little brother.

_____ **4.** Instead of taking a bus, I will walk to school.

_____ **5.** How do they respond to the news?

_____ **6.** Sarah hasn't got well from the bad cold.

_____ **7.** The people thought of the mayor as an honest, wise and great leader.

_____ **8.** The dog left with a piece of meat in its mouth.

_____ **9.** I want the paper to be typed at once.

_____ **10.** The school lays too much stress on athletics.

B Matching

_____	**1.** put off	(A)	instead of
_____	**2.** refer to	(B)	to be caused by something
_____	**3.** put up with	(C)	to be connected to someone or something
_____	**4.** radiate from	(D)	to speak or mention about something or someone
_____	**5.** rather than	(E)	to bear or tolerate
_____	**6.** relate to	(F)	to give off
_____	**7.** remind...of	(G)	to appeal to
_____	**8.** resort to	(H)	to make someone remember something
_____	**9.** result from	(I)	to go around in a circle
_____	**10.** revolve around	(J)	to delay

UNIT 22

---

421 **run down** ①（機械）停止，（電池）用完；②撞倒；③（使）衰減，衰退

■ My watch **ran down** because I forgot to wind it. 因為我忘了上發條，所以我的錶停了。

■ The battery has **run down**; it needs recharging. 這電池沒電了，須要充電。

■ The careless driver **ran down** a girl. 粗心的駕駛撞倒了一個小女孩。

■ The tourist industry of this country was gradually **running down** after 911 attacks.

這個國家的旅遊業在九一一攻擊事件後逐漸衰退。

Notice: run down + N (sb/sth)

---

422 **run out** ①用光，耗盡；②到期，過期

Synonym ①use up

■ They were unable to continue their plan to travel around the world since their money

had **run out**. 因為錢已經用光，所以他們沒辦法繼續環遊世界的計畫。

■ This player's contract will **run out** this summer。 這個球員的合約今年夏天就到期了。

Notice: run out (+ of + N)

Explanation

表示「（某物）用光」，「人」當主詞時，片語用 run out of。例如：

▶ On the way to New York, we **ran out of** our gas. 在去紐約的路上，我們用光了汽油。

---

423 **run over** ①輾過；②快速閱讀（或練習）；③溢出，漫過

■ The car drove so fast that it **ran over** a dog. 這車開得太快了，結果輾過一隻狗。

■ The professor **ran over** her notes before she gave her lecture.

教授在演講前，快速地瀏覽了她的筆記。

■ Don't make the kettle too full, or it will **run over**. 不要把壺裝得太滿，否則水會溢出來。

Notice: run over + N (sb/sth)

---

424 **search(...)for** 找尋，搜查

Synonym look for

■ The police **searched** every house in that community **for** the escaped prisoner.

警方為了找脫逃的囚犯，搜查了那社區的每棟房子。

■ Lily was **searching for** her wool scarf.　　Lily 正在找尋她的羊毛圍巾。

Notice: search for + N (sb/sth) 或 search + N (sb/sth) + for + N (sb/sth)

> ### Expansion
>
> 介系詞片語 **in search of** 也可以表示「找尋，搜尋」。例如：
>
> ▶ George stepped into a big bookstore in New York **in search of** some books that he wanted.
>
> George 走進紐約一個大書店裡去找尋他想要的一些書。

425　**see out**　①送⋯到門口；②持續到⋯結束

■ Will you **see** my friend **out**, please?　　請你把我朋友送到門口好嗎？

■ Those refugees didn't have enough supplies to **see** the winter **out**.

那些難民沒有足夠的補給品過冬。

Notice: see + N (sb/sth) + out 或 see out + N (sb/sth)

> ### Expansion
>
> **see(...)off** 表示「為⋯送行」。例如：
>
> ▶ Grace will go to the train station to **see** you **off**.　　Grace 將去火車站為你送行。

426　**sell out**　①賣光；②背叛，出賣

■ These books **sold out** fast in one day.　　這些書在一天之內很快就賣光了。

■ This man can't be trusted. He may **sell out** his friends for his own interests.

這人不可信任，他會為了自己的利益出賣朋友。

Notice: sell out (+ N)

Explanation

表示「某商店賣光某物」時，此片語多作 "sell out of + sth"。例如：

▶ They have **sold out of** movie tickets.　　他們已經賣光電影票了。

427　**set off**　①出發；②施放（煙火），引爆（炸彈），使爆炸；③襯托

Synonym ①set out、start off/out

■ Last night, Gina **set off** on a trip to the U.S.　昨晚，Gina 出發去美國。

■ The naughty boy struck a match and **set off** the firecrackers.

這淘氣的男孩劃了一根火柴，引爆了鞭炮。

■ The huge agate **sets off** the diamond.　巨大的瑪瑙把鑽石襯托得更美。

Notice: set + N + off 或 set off (+ N)

428 **set up**　①建立，創立；②架起，豎起

Synonym ②put up

■ They are planning to **set up** a church in this area.

他們正計畫在這個地區建立一個教堂。

■ Have you **set up** your tent?　你已經把帳篷架起來了嗎？

Notice: set up + N (sth)

429 **settle down**　①定居，移居；②安靜下來；③開始認真從事…

■ After years' travel, they decided to **settle down** in Australia.

在旅行多年後，他們決定在澳洲定居。

■ The teacher told the students to **settle down** and do the test.

老師叫學生們安靜下來考試。

■ You'd better **settle down** to do your work.　你最好開始認真工作。

430 **shake hands**　握手

■ In this country, friends usually **shake hands** when they meet.

在這國家，朋友們見面時，通常會握手。

■ The two presidents were **shaking hands** with each other.　兩個總裁相互握手。

Notice: shake hands (+ with sb)

431 **show respect for**　對…表示尊敬

■ As a student, you should **show respect for** your teachers.

身為學生，你應該對老師表示尊敬。

■ We should **show respect for** our national flag.　我們應該對國旗表示尊敬。

Notice: show respect for + N (sb/sth)

432　show up　①出現，現身；②揭露，暴露

Synonym　①turn up

■ The president promised to come, but hasn't **showed up** yet.

總裁答應要來，可是還沒出現。

■ The mother tried not to **show** her son **up** as a thief.　這媽媽設法不暴露他兒子是個賊。

Notice: show up (+ N) 或 show + N + up

433　side by side　①並肩，並排；②一起，共同

■ The road is wide enough for ten persons to walk **side by side**.

這條路很寬，足夠十個人並肩而行。

■ As teammates, you should work **side by side**.　身為隊友，你們應該一起努力。

434　sink in　①被充分理解；②滲入、滲透

■ I heard what the teacher said, but it didn't **sink in** till some time later.

我聽到了老師說的話，可是過了一會我才充分理解他的意思。

■ When I watered the flowers, water **sank in** the soil quickly.

我澆花時，水很快滲入土壤裡。

Notice: sink in (+ N)

435　sit up　①熬夜；②坐起來，坐直

Synonym　①stay up

■ Many students often **sit up** late studying.　很多學生熬夜讀書。

■ When the teacher came into the classroom, all the students **sat up**.

教師進入教室時，所有學生都坐直了。

436　slow down　①減速；②放慢

Synonym　①②slow up　　Antonym　①speed up

■ The policeman asked the driver to **slow down** and pull over.

警察要求那司機減速，把車靠邊停下。

■ The doctor advised me to **slow down** for a time, and have a good rest.

醫生建議我生活節奏放慢一陣子，並且好好休息。

437 so that　為了，以便

Synonym　in order that

■ Annie worked hard **so that** she could finish the work on time.

Annie 努力工作，為了可以準時完成工作。

■ We must study harder **so that** we may pass the final exams.

我們必須更加努力地學習，以便能通過期末考。

Notice: so that + 子句

Explanation

1. so that 和 in order that 用來引導表「目的」的副詞子句，子句中用 can、could、may、might
   等助動詞；主句和子句的主詞一致時，可以用片語 so as to 或 in order to 接原形動詞來做代換。
   例如：

   ▶ We must study harder **so as to/in order to** pass the final exams.

   我們必須更加努力地學習，以便能通過期末考。

2. so that 也可以用來引導表示「結果」的副詞子句，作「所以，因此」之意解。例如：

   ▶ It was very cold **so that** the river was frozen.　天氣很冷，所以河凍結了。

438 so...that　如此⋯以致於

■ Peter was **so** satisfied with the results **that** he sprang up from the seats.

Peter 對結果如此滿意，以致於他從座位上跳了起來。

■ The roller coaster rotated **so** quickly **that** we all felt dizzy.

雲霄飛車轉動得如此快，以致於我們都感到頭暈。

Notice: so + adj/adv + that + 子句

Explanation

1. so...that 中的 that 引導的是表「結果」的子句，可與 too...to「太⋯以致於⋯」或 enough...to「夠
   ⋯可以⋯」的用法做代換。例如：

▶ The rock is **so** huge **that** I can't move it.

→ The rock is **too** huge for me **to** move.　這石塊太巨大，以致於我無法搬動它。

▶ The room is **so** big **that** it can hold 70 people.

→ The room is big **enough to** hold 70 people.　這房間夠大到可以容納 70 人。

2. 除了用形容詞與副詞，此片語還可以用 "so + many/few + 複數可數名詞 + that"，表示「如此多／少的…以致於…」。而 "so + much/little + 單數不可數名詞 + that"，表示「如此多／少的…以致於…」。例如：

▶ There are **so** many people in the room **that** it is very crowded.　房裡有如此多的人，以致於非常擁擠。

▶ There was **so** much noise **that** I couldn't go to sleep.　那麼多噪音以致我無法入睡。

3. so...that 有時也可以與 "such + (a/an) + adj + N + that" 做代換。例如：

▶ It is **such** a big room **that** it can hold 70 people.

→ The room is **so** big **that** it can hold 70 people.

這房間是如此大，以致於可以容納 70 人。

439　**soon after**　之後不久

Synonym　shortly after

■ **Soon after** the manager left the meeting room, we started to discuss what to do next.
經理離開會議室之後不久，我們就開始討論接下來該怎麼做。

■ I arrived early and had to wait for the others, but **soon after** two o'clock, they appeared.　我到得早，得等候其他人，但是在過了兩點之後不久，他們便出現了。

Notice: soon after + N/clause

440　**specialize in**　專攻，專門經營

■ Dr. Wang **specializes in** political economics.　王博士專攻政治經濟學。

■ The small company **specializes in** importing black tea.

這間小公司專門經營進口紅茶生意。

Notice: specialize in + N (sth)

EXERCISE

BASIC

A Multiple Choice

(　) **1.** Dad went up to my teacher and ＿＿＿＿ with her.

　　(A) settled down　　(B) showed respect　(C) saw out　　　　(D) shook hands

(　) **2.** People ＿＿＿＿ a monument in memory of those who died in the war.

　　(A) set off　　　　(B) settled down　　(C) set up　　　　(D) showed up

(　) **3.** The Lins ＿＿＿＿ for England last month. They are in London now.

　　(A) set off　　　　(B) set up　　　　(C) saw out　　　　(D) ran out

(　) **4.** The clock on the tower has ＿＿＿＿. It is out of order.

　　(A) slowed down　　(B) sold out　　　(C) run down　　　(D) run over

(　) **5.** The police ＿＿＿＿ the man ＿＿＿＿ the illegal drugs.

　　(A) ran; over　　　(B) searched; for　　(C) saw; out　　　(D) sank; in

(　) **6.** After the party, we ＿＿＿＿ our guests ＿＿＿＿.

　　(A) showed; up　　(B) saw; out　　　(C) set; off　　　(D) sat; up

(　) **7.** I didn't get the tickets for the movie because they all had ＿＿＿＿.

　　(A) sold out　　　(B) seen out　　　(C) run down　　　(D) run over

(　) **8.** Mr. Jones plans to ＿＿＿＿ in the countryside after he retires.

　　(A) settle down　　(B) see out　　　(C) slow down　　　(D) set up

(　) **9.** The patient was ＿＿＿＿ weak ＿＿＿＿ he couldn't stand up.

　　(A) too; to　　　(B) such; that　　　(C) so; that　　　(D) enough; to

(　) **10.** Ten thousand people ＿＿＿＿ for the music concert in Paris.

　　(A) settled down　　(B) specialized in　　(C) sank in　　　(D) showed up

B Guided Translation

1. Tom 和 John 是鄰居，他們並排住在同一條街上。

Tom and John are neighbors. They lived ＿＿＿＿＿＿ ＿＿＿＿＿＿ ＿＿＿＿＿＿ on the

same street.

2. 要理解 Joe 在說什麼需要花些時間。

It took some time for what Joe was saying to _____ _____.

3. 孩子們，不要趴在桌子上，坐起來。

Boys and girls! Don't bend over your desks. _____ _____.

4. 現在人口成長的速度已經慢下來了。

The population growth has now _____ _____.

5. 他們很早離開家，以便能夠及時到那裡。

They left home early _____ _____ they might get there in time.

6. 這男孩沒禮貌，他不尊敬長輩。

The boy was impolite. He _____ no _____ _____ the elderly.

7. Nicole 打電話後不久，救護車就到了她家。

The ambulance came to her home _____ _____ Nicole called up.

8. 我們的教授專研英美文學。

Our professor _____ _____ English and American literature.

9. 我想洗澡時，熱水已經用完了。

The hot water had _____ _____ when I wanted a bath.

10. 那男子被一輛卡車輾過去，當場斃命。

The man was _____ _____ by a truck and killed immediately.

ADVANCED

A Synonym

Match each idiom or phrase with the synonymous one correctly; ignore the tense or capitalization.

(A) side by side	(B) show up	(C) so that	(D) run out of	(E) specialize in
(F) soon after	(G) run over	(H) run down	(I) set up	(J) slow down

_____ **1.** The woman has used up her savings, so she cannot afford her daughter's tuition.

_____ **2.** The actor went through his lines again and again before going onstage.

_____ **3.** Edison built a small laboratory of his own when he was twenty.

_____ **4.** We had waited for Andy for two hours, but he didn't turn up.

_____ **5.** The twin sisters played together all morning.

_____ **6.** I hurried <u>in order that</u> I wouldn't be late for class.

_____ **7.** The patient came to himself <u>shortly after</u> the doctor gave him an injection.

_____ **8.** The teacher <u>is an expert in</u> English.

_____ **9.** Please <u>reduce the speed</u>. There is a lot of traffic ahead.

_____ **10.** My laptop has <u>stopped working</u> for a couple of days. I will have it fixed tomorrow.

B Cloze Test

Fill in each blank with one of the idioms or phrases listed below. Make changes if necessary.

show respect for	sit up	shake hands	sell out	set off
search for	so...that	see out	sink in	settle down

1. The police were _____ the forest _____ the kidnapped girl.

2. The mine could be _____ by the slightest touch.

3. Ken _____ his guests _____ and said goodbye to them.

4. The man _____ with my uncle, exchanged greetings and sat down.

5. The kids have been shouting and running about. It's time for them to _____ to do their homework.

6. The children bowed to their grandfather to _____ him.

7. If the oil or ink _____, it'll be hard to remove the stains.

8. The writer often _____ deep into the night writing.

9. The singer was sensational; her CDs _____ overnight.

10. The job was _____ difficult _____ Frank couldn't complete it by himself.

441 **speed up** 加速，提高速度

Antonym slow down/up

■ Some trains will **speed up** from August 1. 從 8 月 1 日起，一些火車將提高速度。

■ We **speed up** our work and hope we can finish it in time.

我們加速工作，希望可以及時完成。

Notice: speed up (+ N) 或 speed + N + up

442 **spread(...)over** ①分…付款；②分佈；③覆蓋，塗抹

■ You can **spread** the payment **over** three months. 你可以分三個月付款。

■ The aborigines **spread over** five islands. 這些原住民分佈在五個島嶼上。

■ We wiped down the table and then **spread** a cloth **over** it.

我們把桌子擦乾淨後，在上面覆蓋一塊布。

Notice: spread over + N 或 spread + N + over

443 **stamp on** ①踩踏；②在…上蓋印；③銘記

Synonym ①tread on

■ I **stamped on** the cockroach. 我用腳踩蟑螂。

■ The company's name was **stamped on** the picture. 圖片上蓋有這公司的戳印。

■ The date is **stamped on** Lisa's memory forever. 那個日子讓 Lisa 永遠銘記。

Notice: stamp on + N (sth)

444 **stand for** ①代表，象徵；②支持，主張；③容忍，容許

Synonym ③put up with

■ The word "AI" **stands for** "Artificial Intelligence." 「AI」這個字代表「人工智慧」。

■ People all **stand for** democracy and freedom. 人們都支持民主和自由。

■ The father can't **stand for** his naughty son. 這父親不能容忍他頑皮的兒子。

Notice: stand for + N (sth/sb)

445 **start from** ①從…開始；②從…出發；③從（價錢）起跳

■ Our morning exercise **starts from** seven. 我們的早晨練習從七點開始。

■ They **started from** the school gate at 8 this morning. 他們今早 8 點從校門口出發。

■ Prices for the pullovers **start from** $50. 毛衣的價錢從五十美金起跳。

Notice: start from + N (sth)

446 **start with** 以…開始

Synonym begin with　　Antonym end with/in

■ Eric's career **starts with** an inspiration from his wife.

Eric 的事業是從他太太的一個靈感開始的。

■ This book **starts with** a biblical allusion. 這本書以一個聖經典故開始。

Notice: start with + N (sth)

Expansion

① to start with 表示「首先，起初」，在句子中作插入語，多放在句首，相當於 to begin with。

例如：

▶ To start/begin with, we don't have enough hands, and secondly, we don't have

enough money. 首先，我們沒有足夠的人手；第二，我們沒有足夠的錢。

② end in/with 也可以表示「以…結束」。例如：

▶ The party ended in/with a song. 這宴會以一首歌結束。

447 **stay away from** ①缺席；②與…保持距離，不打擾

Synonym ①absent oneself from; ②keep away from

■ David has to **stay away from** school for a month to take care of his sick mother.

David 必須跟學校請一個月的假，好照顧生病的母親。

■ Tell Sam to **stay away from** my sister.　叫 Sam 不要打擾我妹妹。

Notice: stay away from + N (sth/sb)

 448　**succeed in**　成功

■ David has **succeeded in** his attempt.　David 的嘗試成功了。

■ Angela tried hard, but still couldn't **succeed in** making herself understood.

　Angela 很努力了，但仍然不能讓自己被人明瞭。

Notice: succeed in + N/V-ing

Expansion

succeed to 後接名詞，表示「繼承（王位、財產等）」；而 succeed...as 後接名詞，表示「繼任，成功地成為（從事某種職業的人）」。例如：

▶ Carl **succeeded to** his father's estate and became a millionaire overnight.

　Carl 繼承了父親的產業，一夜之間成了百萬富翁。

▶ Michael **succeeded** Joseph **as** the President of the Board of Trade.

　Michael 接替 Joseph 繼任貿易委員會主席。

 449　**such(...)as**　例如，像是

■ This store sells every kind of stationery, **such as** pencils, pens, erasers, etc.

　這商店販賣各種文具，例如鉛筆、鋼筆、橡皮擦等。

■ The boy has never heard **such** jokes **as** his grandma tells.

　這男孩從未聽過像是他奶奶講的那種笑話。

Notice: such as + N (sth/sb)

Explanation

such as 構成的片語可視為同位語，置於名詞之後作補充說明。但若該名詞在句子中作主詞時，可將 such as 構成的同位語移到句末，以避免頭重腳輕的結構。例如：

▶ Many professors attended today's meeting, **such as** Professor Martin, Professor Peterson, etc.　許多教授出席了今天的會議，例如 Martin 教授、Peterson 教授等。

 450　**suffer from**　①受…之苦，蒙受（損失等）；②罹患，受（病痛）困擾

■ The refugees **suffered from** hunger. 難民們受饑餓之苦。

■ Paul has been **suffering from** headaches these days. 這些天 Paul 遭受頭痛的困擾。

Notice: suffer from + N (sth)

(451) take a rest 休息

Synonym have/take a break

■ Sit down and **take a rest**. 坐下來休息。

■ We have worked for two hours. Let's **take a rest**.

我們已經工作兩個多小時了，讓我們休息一下吧。

> **Expansion**
>
> have/take a break 也可以表示「休息」。例如：
>
> ▶ **Having/Taking a** tea **break** is a good way to ease the tension.
>
> 喝下午茶休息一下是緩解壓力的一個好的方法。

(452) take a shot ①拍照；②開槍；③嘗試

Synonym ①take a photo/picture; ③give...a try、have a go

■ I **took a shot** of the sports star. 我給那個體育明星拍了一張照片。

■ The soldier **took a shot** at the enemy. 這士兵向敵人開槍。

■ I didn't think I could do the work, but I would be glad to **take a shot** at it.

我沒把握我可以做這件工作，但我樂意嘗試。

(453) take a shower 淋浴

Synonym have a shower

■ The players are **taking a shower** now. 球員們正在淋浴。

■ It's comfortable to **take a shower** after a hard day's work.

在辛苦工作一天後淋浴真舒服。

> **Expansion**
>
> take a bath 表示「(在浴缸) 洗澡，泡澡」。例如：

▶ **Taking a bath** is a great relaxation.　泡澡是非常好的放鬆。

 454 take a walk 散步

■ Dad has a habit of **taking a walk** after dinner.　爸爸有晚飯後散步的習慣。

■ **Taking a walk** is good for health.　散步對健康有益。

Expansion

go for a walk 表示「出去散步」。例如：

▶ It's such a fine day that we've decided to **go for a walk**.　天氣真好，我們決定出去散步。

455 take action ①採取行動；②提出訴訟

■ The government **took** immediate **action** to stop SARS from spreading.

政府採取立即行動阻止 SARS 蔓延。

■ They will **take** legal **action** to fight back against the rumormongers.

為了反擊造謠者，他們將提出訴訟。

456 take advantage of ①利用；②占⋯的便宜

Synonym ①make use of

■ If people there **take** full **advantage of** the local natural resources, they will get rid of

the poverty soon.　如果那裡的人充分利用當地的自然資源，他們將會很快脫離貧窮。

■ The street vendor **took advantage of** travelers.　這攤販占遊客的便宜。

Notice: take advantage of + N (sth/sb)

Expansion

make use of 也可以表示「利用」，use 之前可以用 best、frequent、full、good、great、much、no、poor、some 等形容詞做修飾，表示對某物的利用程度。例如：

▶ If you **make** full **use of** your time, you will achieve your goal.

如果你充分利用你的時間，你會實現你的目標。

take after 像，貌似

Synonym look like

■ The boy **takes after** his uncle in looks. 這男孩長相像他的舅舅。

■ Larry **takes after** his parents, who are honest and hardworking people.

Larry 像他的父母，都是誠實勤勞的人。

Notice: take after + N (sb)

Explanation

take after 後面一般接人，常指在面貌、舉止、性格上像某人。而 look like 則用來指相貌上的相像。

 take...as an example 以…作為例子、榜樣

■ My brother is a straight A student, so my parents always **take** him **as an example** to

encourage me. 我哥哥是優等生，所以我父母總是以他為榜樣來鼓勵我。

■ We **take** Tom **as an example** of keeping the traffic rules.

我們以 Tom 作為遵守交通規則的榜樣。

Notice: take + N (sb/sth) + as an example

Expansion

① **set an example** 表示「樹立榜樣」。例如：

▶ Our principle always comes to school early. He **sets a** good **example** for us.

我們校長總是早到學校。他為我們樹立了好榜樣。

② **make an example of** 表示「懲罰…以儆戒他人」。例如：

▶ The teacher **made an example of** the student who bullied his classmates.

老師懲罰了那個欺侮同學的學生以儆戒他人。

---

 take away ①拿走，帶走；②奪走

■ These books must not be **taken away** from the library. 這些書禁止被帶出圖書館。

■ Never allow others to **take away** your freedom to be an independent thinker.

絕對不要允許他人奪走你獨立思考的自由。

Notice: take away + N (sth)

460 **take...by surprise** ①奇襲；②使吃驚

Synonym ①②catch...by surprise

■ The soldiers **took** the enemy **by surprise**. 士兵們奇襲敵人。

■ Anne's decision completely **took** us **by surprise**. Anne 的決定完全使我們大吃一驚。

Notice: take + N (sb) + by surprise

EXERCISE

BASIC

A Multiple Choice

( ) **1.** Mechanization is the key to _____ our agricultural development.

(A) speeding up   (B) slowing down   (C) spreading over (D) standing for

( ) **2.** John _____ a passenger's foot by accident.

(A) stamped on   (B) took after   (C) stood for   (D) took away

( ) **3.** Do you know what "NEC" _____ ?

(A) starts from   (B) stands for   (C) stamps on   (D) spreads over

( ) **4.** In general, an English dictionary _____ the letter A.

(A) takes after   (B) starts with   (C) spreads over   (D) stands for

( ) **5.** If you don't _____ those fair-weather friends, you'll get into trouble.

(A) take away   (B) start with   (C) stay away from (D) take after

( ) **6.** I hope I'll _____ passing the entrance examinations for college.

(A) start from   (B) stand for   (C) succeed in   (D) suffer from

( ) **7.** _____ heart problems for more than four years, the great philosopher passed away in 1878.

(A) Taking after   (B) Starting with   (C) Suffering from (D) Taking advantage of

( ) **8.** Nick _____ many things that people had never seen under the sea. He is a great submarine photographer.

(A) took shots of   (B) took advantage of

(C) took action against   (D) stayed away from

(   ) **9.** It's a fine day. Would you like to _____ along the river?

     (A) take a shower   (B) take a bath   (C) take action   (D) take a walk

(   ) **10.** Jenny should _____ the opportunity to go abroad to study.

     (A) stay away from   (B) succeed in

     (C) take advantage of   (D) take after

B   *Guided Translation*

1. Joe 的女兒在性格上像他。

Joe's daughter _____ _____ him in character.

2. 市政府正在實施政策加速城市建設。

The municipal government is carrying out the policy to _____ _____ the urban construction.

3. 服務生過來把髒盤子拿走了。

The waiter came over and _____ the dirty dishes _____ .

4. 這消息使我大吃一驚。

The news _____ me _____ _____ .

5. 想買去巴黎的便宜機票，你得現在就行動。

To get a cheaper airplane ticket to Paris, you need to _____ _____ now.

6. Eric 每天早上沖冷水澡。

Eric _____ _____ cold _____ every morning.

7. 讓我們在樹下休息一會，因為我太累了。

Let's _____ _____ _____ under the tree, for I'm too tired.

8. 我喜歡吃水果，像是蘋果、柳丁和香蕉。

I like eating fruit, _____ _____ apples, oranges and bananas.

9. 我們應該早點從家裡出發，以便及時到達機場。

We should _____ _____ home early in order to get to the airport in time.

10. 許多湖泊散佈在這個地區。

Many lakes _____ _____ this region.

ADVANCED

A   *Matching*

_____	**1.** take...by surprise	(A)	to not go near someone or something
_____	**2.** take advantage of	(B)	to resemble
_____	**3.** take action	(C)	to achieve something that one planned to do
_____	**4.** start from	(D)	to begin to do something to solve a problem
_____	**5.** succeed in	(E)	to make use of
_____	**6.** stay away from	(F)	to put one's foot down hard on something
_____	**7.** spread over	(G)	to begin a trip from a place
_____	**8.** stamp on	(H)	to pay in installment
_____	**9.** stand for	(I)	to shock someone by unexpected behavior
_____	**10.** take after	(J)	to represent

B Cloze Test

Fill in each blank with one of the idioms or phrases listed below. Make changes if necessary.

take away	**start with**	**take a shower**	**take a shot**
stand for	**take a rest**	**take a walk**	**suffer from**
take...as an example	**such as**		

1. "TLA" _____ the "Three-Letter Acronym."

2. Julia often buys toys, _____ teddy bear, for her daughter.

3. This book _____ an introduction.

4. This country has always _____ floods and droughts. People there lead a hard life.

5. They've walked for ten miles. They want to sit down and _____.

6. It's very hot. I want to _____ cold _____.

7. After lunch they _____ pleasant _____ across the field.

8. David's sisters all _____ him _____ of keeping self-disciplined.

9. The man pounced on the burglar and _____ the knife _____ from him immediately.

10. Even though Nicky was not sure of a profit if she invested, she decided to _____ at it.

461 **take care of** ①照顧，關心；②處理，解決

Synonym ①look after、care for ②deal with

■ In order to **take** good **care of** her ill mother, Cindy had to drop out of school.

為了照顧好生病的母親，Cindy 不得不輟學。

■ Amy would **take care of** the manager's email when he was away.

經理不在時，他的信件由 Amy 來處理。

Notice: take care of + N (sb/sth)

Expansion

① **take care** 表示「注意，當心」。例如：

▶ **Take care** to lock the door before you leave home. 離家前注意要鎖門。

② **take care of oneself** 表示「自己照顧自己，自己保重」。例如：

▶ They say you're going to New York for further study. Just **take care of yourself**.

他們說你要到紐約讀書。你自己得保重。

---

462 **take a chance** 冒險

Synonym take a risk

■ You should never **take a chance** while driving. 開車時你絕不應該冒險。

■ Please don't **take** any **chances** when going hunting. 打獵時請不要冒險。

Expansion

① **take a risk** 也可以表示「冒險」。例如：

▶ I know it's risky, but I also know that I can't make it without **taking a risk**.

我知道這是冒險的，但我也知道我不冒險是不能成功的。

② **at the risk of + V-ing** 表示「冒著做…的危險」。例如：

▶ The young man saved the girl's life **at the risk of** losing his own life.

這年輕男子冒著生命危險救了那女孩。

---

463 **take...for granted** 把…視為理所當然

■ Don't **take** our help **for granted**.　不要把我們的幫助視為理所當然。

■ Mr. Wang never thanked his wife for her support; he just **took** her **for granted**.

　王先生從未感謝過妻子的支持，只把她的存在視為理所當然。

Notice: take + N (sth/sb) + for granted

> ### Expansion
>
> **take it for granted that** 也可以表示「把…視為理所當然」，其中 it 是虛受詞，真正的受詞是 that 引導的名詞子句。例如：
>
> ▶ We shouldn't **take it for granted that** our parents do everything for us.
>
> 我們不應該把父母為我們所做的一切視為理所當然。

 464 **take in** ①領會，理解；②使上當，欺騙；③包括，包含；④收養，收留

Synonym ①figure out、make of、make out、make sense of

■ I can't **take in** what the teacher says in class.　我不能理解老師課堂上講的內容。

■ The lady was **taken in** by the beggar's pitiful lies.　這位女士被乞丐卑劣的謊言欺騙了。

■ The thesis **took in** all effects of smoking.　這論文包含了所有吸煙的後果。

■ Who will **take in** the orphan?　誰將收養這個孤兒？

Notice: take in + N (sth/sb) 或 take + N (sth/sb) + in

Explanation

take in 表示「使上當，欺騙」時，通常用被動語態 be taken in。

> ### Expansion
>
> ① **make of** 也可以表示「理解，了解」。例如：
>
> ▶ What do you **make of** the teacher?　你對於這位老師有何看法？
>
> ② **make out** 也可以表示「理解，了解（尤指某人的性格、想法、需要或感受）」。例如：
>
> ▶ Could you **make out** why the man set fire to the house?
>
> 你能明白那男子為什麼放火燒了那房子嗎？

③ **make sense of** 表示「理解，了解（尤指困難或複雜的事物）」。例如：

▶ Can you **make sense of** this painting?　你能了解這幅畫嗎？

---

 take...into consideration　考慮

■ Before going to Tibet, you should **take** your state of health **into consideration**.

去西藏前，你應該考慮你的健康狀況。

■ Cultural conflicts should be **taken into consideration**.　文化衝突應該被列入考慮。

Notice: take + N (sth) + into consideration

> **Expansion**
>
> ① **give consideration to** 表示「考慮（某事）」。例如：
>
> ▶ We will **give** careful **consideration to** our plans for the holidays.
>
> 我們要仔細考慮我們的度假計畫。
>
> ② **under consideration** 表示「在考慮中」。例如：
>
> ▶ The proposal is still **under consideration**.　這建議仍在被考慮中。

---

 take it easy　放輕鬆，從容，別緊張

Synonym feel at ease　　　**Antonym** feel ill at ease

■ **Take it easy**; I will go and get the key.　別緊張，我去拿鑰匙。

■ It's no big deal. Just **take it easy**.　沒什麼大不了的，放輕鬆。

> **Expansion**
>
> ① **feel at ease** 也可以表示「感到輕鬆」。例如：
>
> ▶ Tim never **feels at ease** when he is in the office.　Tim 在辦公室中從沒感到輕鬆過。
>
> ② **feel ill at ease** 表示「感到不安」。例如：
>
> ▶ Julia **felt ill at ease** with strangers.　Julia 和陌生人在一起時感到不安。

467　**take measures**　採取措施

Synonym take action/steps

■ If we don't **take measures** to solve the problem of pollution, we'll ruin our planet.

　如果我們不採取措施解決污染的問題，我們就會毀了這個星球。

■ Effective **measures** have to **be taken** in order to save the hostages.

　必須採取有效措施才能拯救人質。

 468 **take medicine** 吃藥

■ **Take** your **medicine** twice a day.　你每天要吃兩次藥。

■ If you don't **take medicine**, you will have to have an injection.

　如果不吃藥，你就得打針。

Expansion

take one's medicine 表示「甘願受罰，沒有怨言地忍受自己引起的不愉快的事」。例如：

▶ Nick knew he was wrong; he would **take his medicine**.

　Nick 知道自己錯了，並甘願受罰。

 469 **take note of** 注意，留意

Synonym　pay attention to、take notice of、watch out for

■ Did you **take note of** the sign on the wall?　你注意到牆上的標誌了嗎？

■ I didn't **take note of** what Elsa said.　我沒留意 Elsa 說的話。

Notice: take note of + N/wh-clause

Expansion

① **take notes (of)** 表示「記筆記，把⋯記下來」。例如：

▶ Debby **took notes of** everything she heard in the meeting.

　Debby 記下她在會議中聽到的一切。

② **watch out for** 也可以表示「注意」。例如：

▶ When you are in an alien country, you'd better **watch out for** deceivers.

　在國外，你最好注意騙子。

470 **take(...)off** ①脫掉；②起飛；③請假

①put on

■ It was very hot, so Bob **took off** his sweater.　天氣很熱，所以 Bob 脫掉了毛衣。

■ The airplane **took off** at 7 a.m. from New York.　飛機上午七點從紐約起飛。

■ Mrs. Jones **took** two days **off** because her son was ill.

　Jones 太太請了兩天假，因為她兒子生病了。

Notice: take off + N (sth) 或 take + N (sth) + off

471　take on　①承擔；②開始呈現、具有（特徵或面貌）；③開始雇用

■ Luke is always ready to **take on** his duty.　Luke 總是樂於承擔責任。

■ My hometown has **taken on** a new look today.　如今我的家鄉開始呈現出一片新面貌。

■ The factory will **take on** two more workers.　這工廠將多雇用兩個工人。

Notice: take on + N (sth/sb)

472　take one's time　慢慢來，不用急

Antonym　hurry up

■ **Take your time**. There is no hurry.　慢慢來。不急。

■ You can **take your time** having breakfast.　你可以慢慢吃早飯。

Notice: take one's time + V-ing

Explanation

take one's time 後還可以接介系詞 over，再接名詞。例如：

▶ Michael likes to **take his time over** his homework.　Michael 喜歡慢慢寫他的作業。

Expansion

hurry(...)up 表示「使快一點，使趕緊」。例如：

▶ **Hurry** her **up**!　催她快一點！

473　take orders　①聽從命令，接受命令；②接受點餐

①give orders

■ It's important for a soldier to **take orders**.　對一個士兵而言，聽從命令是重要的。

■ May I **take** your **orders** now? 您現在可以點餐了嗎？

> **Expansion**
>
> **be under orders to + V** 表示「奉命 (做…)」。例如：
>
> ▶ The guard **was under orders to** let the visitors show their passes before they entered the hall. 警衛奉命讓所有參觀者在進入大廳之前出示入場證。

474 **take(...)out** ①取出，拿出；②帶…出去（吃飯、看電影）

■ Bill **took out** his wallet and paid the bill. Bill 拿出皮夾，付了帳單。

■ To celebrate his girlfriend's birthday, Peter **took** her **out** for dinner.

為了慶祝女朋友的生日，Peter 帶她出去吃晚餐。

Notice: take out + N (sth) 或 take + N (sb/sth) + out

475 **take over** ①接管；②接手，接任

■ Mr. Wang has **taken over** the company. 王先生接管了這個公司。

■ I **took over** the cooking while Mom answered the phone. 媽媽接電話時，我接手煮菜。

Notice: take over + N (sth)

Explanation

1. take over 後可以接介系詞 as，再接表示職稱的名詞，表示「接任（職位）」之意。例如：

   ▶ Mr. White's son will **take over as** president after his departure.

   White 先生離開後，他兒子將接任總裁的職位。

2. take (sth) over from sb 表示「從某人那接手（某事）」之意。例如：

   ▶ After the oil tycoon died, his sister **took** the business **over from** him.

   這石油大亨去世後，他妹妹從他手中接手了生意。

476 **take part in** 參加，參與

Synonym participate in

■ John is fond of **taking part in** school activities. John 喜歡參加學校活動。

■ I had no idea why my sister **took part in** the argument.

我不明白為什麼我妹妹參與這爭論。

Notice: take part in + N (sth)

 take place ①發生；②舉行

Synonym ①come about

■ When did the car accident **take place**? 車禍何時發生的？

■ The meeting will **take place** at 4 p.m. this Saturday. 會議將在本週六下午四點舉行。

Explanation

take place 與 happen 語意大致相同，均可表示「發生」，是不及物動詞（片語），後面不接受詞。但 happen 多用於偶然發生的狀況；take place 則常用於事先計畫或預想到的事物，沒有偶然之意。

Expansion

come about 也可以表示「發生」，尤指不受控制的狀況。例如：

▶ How did the quarrel between the two girls **come about**?

這兩個女孩之間的爭吵是如何發生的？

 take the place of 取代，接替

Synonym fill in for、substitute for

■ How can I find a person to **take the place of** my former assistant?

我怎能找到一個取代我原來助手的人？

■ Carol wondered whether Arthur was willing to **take the place of** her.

Carol 不知 Arthur 是否願意接替她。

Notice: take the place of + N (sb/sth)

Explanation

take the place of sb 也可作 take one's place。例如：

▶ If Ron is absent, I'll **take the place of him/take his place**.

如果 Ron 不在，我將代替他。

Expansion

① **fill in for** 表示「臨時代替」。例如：

▶ The driver got sick, so we had to find someone to **fill in for** him.

司機病了，所以我們得去找個人臨時代替他。

② **substitute for** 表示「代替」。例如：

▶ Judy will be in London next week on business; Joseph will **substitute for** her.

Judy 下禮拜將到倫敦出差，Joseph 將代替她的職位。

 take the shape of 呈…的形狀

Synonym be in the shape/form of

■ The gate of the garden **takes the shape of** the moon.　花園的門呈現月亮的形狀。

■ The marble sculpture **takes the shape of** a boot.　這大理石雕塑呈現靴子的形狀。

Notice: take the shape of + N (sth)

Expansion

① **be in the shape/form of** 也可以表示「呈…的形狀」。例如：

▶ The mountain **is in the shape/form of** M.　這座山呈 M 形。

② **lose its shape** 和 **be out of shape** 均表示「變形，走樣」。例如：

▶ The castle built in Victorian era has **lost its shape/been out of shape**.

那維多利亞時代建造的城堡已經變形了。

③ **take shape** 表示「成形」。例如：

▶ The new library began to **take shape** after one year went by.

一年後，新圖書館開始成形。

 take turns 輪流

■ The students **take turns** to clean up the classroom.　學生們輪流打掃教室。

■ When Mom was in hospital, we **took turns** (in) looking after her.

媽媽住院時，我們輪流照顧她。

Notice: take turns + to V/(in) V-ing

Expansion

① **in turn** 表示「輪流地」。例如：

▶ The students clean the classroom **in turn**.　學生們輪流打掃教室。

② **it is one's turn + to V** 表示「輪到某人 (做⋯)」。例如：

▶ **It is Jane's turn** to feed her bedridden grandma.　輪到 Jane 餵臥病在床的奶奶。

E X E R C I S E.

BASIC

A *Multiple Choice*

( ) **1.** Make a list of things that should be ＿＿＿＿ when buying a laptop.

　　(A) taken for granted 　　　　　(B) taken chances

　　(C) taken care of 　　　　　　　(D) taken into consideration

( ) **2.** Ed was so conservative that he was afraid of ＿＿＿＿ and trying new things.

　　(A) taking chances 　(B) taking orders 　(C) taking place 　(D) taking measures

( ) **3.** If you ＿＿＿＿ what I said, nod your head please.

　　(A) take on 　　　(B) take out 　　　(C) take over 　　　(D) take in

( ) **4.** ＿＿＿＿. Everything will work out itself.

　　(A) Take place 　　(B) Take turns 　　(C) Take it easy 　　(D) Take care

( ) **5.** The government has ＿＿＿＿ to fight crime.

　　(A) taken measures 　(B) taken medicine 　(C) taken orders 　(D) taken chances

( ) **6.** You have had a bad cold so you should ＿＿＿＿ and take a rest.

　　(A) take chances 　　(B) take medicine 　(C) take care of 　(D) take time

( ) **7.** Please ＿＿＿＿ the warnings on the sign and keep away from the lake.

　　(A) take care of 　　(B) take note of 　　(C) take on 　　(D) take off

( ) **8.** When we got to the airport, the plane had ＿＿＿＿.

　　(A) taken in 　　　(B) taken on 　　　(C) taken off 　　　(D) taken out

( ) **9.** Ted is always willing to ＿＿＿＿ responsibilities. He is a reliable man.

　　(A) take on 　　　(B) take in 　　　(C) take over 　　　(D) take out

( ) **10.** As a soldier, you should learn to _____ .

      (A) take turns   (B) take measures   (C) take orders   (D) take chances

B *Guided Translation*

1. Kathy 把手放進口袋，拿出她的手機，按了通話鍵。

Kathy put her hand into her pocket, _____ _____ her cellphone and pressed the "talk" key.

2. Joe 離職後，我接任了業務經理。

I _____ _____ as sales manager after Joe quit.

3. 1989 年 10 月 17 日，在舊金山發生了一個大地震，造成 60 多人死亡。

On October 17th, 1989, a strong earthquake _____ _____ and killed over sixty people in San Francisco.

4. 這些樹葉呈針狀。

These tree leaves _____ _____ _____ _____ needles.

5. 最後，他們同意輪流做飯、洗碗。

Finally, they agreed to _____ _____ cooking and doing the dishes.

6. Andy 充滿活力，總是積極參加體育活動。

Andy is full of energy and always actively _____ _____ _____ the sporting activities.

7. 你能幫我找到一位代替我秘書的人嗎？

Could you help me find a person to _____ _____ _____ _____ my secretary?

8. 這位母親好好地照顧她的孩子們。

The mother _____ good _____ _____ her children.

9. 不要認為什麼事都是理所當然的。

Don't _____ everything _____ _____ .

10. 你慢慢來，我會等你。

_____ _____ _____ . I'll wait for you.

ADVANCED

A *Matching*

_____ 1. take part in	(A) to do something slowly without hurrying
_____ 2. take care of	(B) to participate in an activity, etc.
_____ 3. take chances	(C) to relax and not do very much
_____ 4. take...for granted	(D) to replace someone or something
_____ 5. take the place of	(E) to expect something always to happen in a certain way
_____ 6. take one's time	(F) to pay attention to something or someone
_____ 7. take note of	(G) to take a risk
_____ 8. take it easy	(H) to come about
_____ 9. take out	(I) to deal with
_____ 10. take place	(J) to take someone to a restaurant, theater, etc.

B Cloze Test

Fill in each blank with one of the idioms or phrases listed below. Make changes if necessary.

take medicine	take over	take the shape of	take turns
take in	take on	take...into consideration	take off
take orders	take measures		

1. Recently, Cindy took up gardening. But when she _____ everything _____, she felt she actually had no interest in it.

2. Sam is a liar. If you trust him, you'll certainly be _____.

3. The plastic stuff which _____ an apple looks so real that I have an itch to smell it.

4. You've got a cold. Just _____ and you'll be all right.

5. We must _____ effective _____ to avoid the recurrence of such an accident.

6. My boots are too tight, so I can't _____ them _____.

7. The word "love" began to _____ different meanings as time went by.

8. The army conquered the city and _____ it _____.

9. They _____ telling stories to keep themselves awake.

10. When the waitress came to _____ our _____, we told her what we wanted to eat and drink.

481 **take up** ①占去（地方、時間等）；②開始（做…）；③接受（建議或挑戰）

■ This table **takes up** much space in my room.　這桌子占去我房間很多空間。

■ After Lillian retired from her work, she **took up** horticulture.

　Lillian 退休後開始從事園藝。

■ I will **take up** your offer of driving me to the airport.　我會接受你送我去機場的提議。

Notice: take up + N (sth)

482 **talk...into**　說服…（做…）

Antonym　talk...out of

■ I **talked** my father **into** buying me a car.　我說服父親給我買輛車。

■ I didn't want to go shopping with Diane, but she **talked** me **into** it.

　我不想跟 Diane 一起去購物，不過她說服了我。

Notice: talk + N (sb) + into + N/V-ing

Expansion

talk sb out of (+ V-ing) sth 表示「說服某人不要…」。例如：

▶ Dad tried to **talk** me **out of** going out late at night.　爸爸試著說服我不要太晚出門。

---

483 **tear(...)off** ①撕破；②迅速脫掉（衣服）

Synonym　①tear apart、tear up; ②throw off

■ The boy **tore off** the wrapping to see what was inside the box.

　這男孩撕破包裝，看看盒子裡面是什麼。

■ The boy **tore off** his clothes and jumped into the pool.

　這男孩迅速脫掉衣服，跳入池子裡。

Notice: tear off + N (sth)

Expansion

tear...into pieces 表示「把…撕成碎片」。例如：
▶ Bob angrily **tore** the note **into pieces**. Bob 生氣地把字條撕成碎片。

484 **tell...apart** 分辨，區分

Synonym tell/distinguish...from   Antonym mix...up

■ The twin sisters in our class are so alike that sometimes our teachers can't **tell** them **apart**. 我們班上的這對雙胞胎姊妹倆長得如此像以至於有時我們老師無法分辨她們。

■ Here are two paintings—one is a work of art and the other a fake. Can you **tell** them **apart**? 這有兩幅畫——一件是藝術品，一件是贗品。你能區分它們嗎？

Notice: tell + N (sb/sth) + apart

Expansion

① tell...from 或 distinguish...from 也可以表示「分辨，區分」。例如：
▶ I can't **tell/distinguish** David **from** his elder brother—they look alike.
我分辨不出 David 和他哥哥——他們看起來很像。

② mix...up 表示「混淆，弄混」。例如：
▶ My teacher always **mixes** me **up** with my twin sister.
我的老師總是把我和我的孿生妹妹弄混。

485 **thanks to** 由於，多虧

Synonym because of、due to、owing to

■ **Thanks to** your help, I passed the exam. 由於你的幫忙，我通過了考試。

■ **Thanks to** your stupidity, we lost the game. 多虧你的愚蠢，我們輸了比賽。

Notice: thanks to + N (P)

Explanation

because of、owing to、due to 和 thanks to 都可以表示「因為，由於」，後面均可接名詞（片語），也都可以放在句首或句末。但 owing to 及 due to 稍微比較正式，常用於官方的公告或聲明中。because of 則多用於口語中。而 thanks to 是用來解釋某件好事是如何發生的，但是有時也用於諷刺，譯為「多虧」。

486 **that is** 即，也就是說，換言之

Synonym that is to say

■ This coin was used for the next 2,000 years, **that is**, from 221 B.C. to 1779 A.D.

這硬幣之後使用了 2,000 年，即從西元前 221 年到西元後 1779 年。

■ Bob is not interested in anything and does nothing except eating and sleeping; **that is**, he is kind of a living corpse.

Bob 對任何事都不感興趣，除了吃飯、睡覺外什麼也不做；也就是說，他差不多是行屍走肉。

 487 **think of** ①想起，記起；②考慮；③認為；④想出

Synonym ①call...to mind; ②take...into consideration, think over; ④think up

■ I'm sorry. I can't **think of** your name.　對不起，我想不起你的名字了。

■ Lily is selfish and **thinks of** nobody but herself.　Lily 很自私，除了她自己誰也不考慮。

■ What do you **think of** this movie?　你認為這部電影怎樣？

■ Can you **think of** a good way to solve the problem?　你能想出解決這個問題的好方法嗎？

Notice: think of + N (sth/sb)

> ### Expansion
>
> ① **call...to mind** 也可以表示「想起，記起」。例如：
>
> ▶ The boy can't **call to mind** what his mother asked him to buy in the grocery store.
>
> 男孩想不起他母親叫他到雜貨店買什麼。
>
> ② **think over** 也可以表示「考慮」。例如：
>
> ▶ **Think** it **over** before you make the final decision.　在做最後決定之前考慮一下。
>
> ③ **think up** 也可以表示「想出」。例如：
>
> ▶ The teacher has to **think up** some interesting games for the kids to play.
>
> 這老師得想出一些有趣的遊戲給孩子們玩。

 488 **think out** （認真、仔細）考慮

Synonym think of/over、take...into consideration

■ All possible ways have been **thought out**.　所有可能的辦法都被考慮過了。

■ Ted dreamed of sailing across the Pacific Ocean, but he **thought out** the adventure and decided not to.　Ted 夢想橫渡太平洋，但是仔細考慮這個冒險之後，還是決定放棄。

Notice: think out + N (sth) 或 think + N (sth) + out

489 throw(...)away　①扔掉，拋棄；②浪費（優勢），錯失（機會）

Synonym　①throw out、get rid of

■ After leaving school, Alex **threw** all his textbooks **away**.

離開學校後，Alex 把他的教科書都扔掉了。

■ What a shame you **threw away** such a good opportunity!

你失去這樣一個好機會多可惜啊！

Notice: throw away + N (sth) 或 throw + N (sth) + away

490 to one's disappointment　令某人失望的是

■ **To Paul's disappointment**, he didn't pass the exam.

令 Paul 失望的是，他沒有通過考試。

■ **To my** great **disappointment**, I have no capability of solving the problem.

令我很失望的是，我沒有解決那問題的能力。

Explanation

to one's disappointment 在句中作插入語，常用逗號與主句隔開。此外，相關用法尚有 to one's joy/delight/regret/surprise/annoyance/horror/satisfaction 「令某人欣喜/高興/遺憾/驚訝/氣惱/震驚/滿意的是」等。例如：

▶ **To my regret**, you didn't tell the truth.　令我遺憾的是，你沒說實話。

▶ **To her joy**, the guests finish up everything on the table.

令她高興的是，客人把桌上所有的食物都吃光了。

491 to the point　中肯的，切題的，扼要的

Antonym　beside the point

■ The announcement should be brief and **to the point**.　公告應當是簡明、扼要的。

■ There is little time left. Your speech should be concise and **to the point**.

沒時間了，你的講演應該要簡明、扼要。

492 **try one's best** 盡最大努力

Synonym do one's best

■ The new president **tried his best** to carry out reforms. 新總裁盡最大努力進行改革。

■ We are **trying our best** to solve the problems of air and water pollution.

我們正在盡最大的努力解決空氣和水污染的問題。

Notice: try one's best (+ to V)

Explanation

此片語只有主動形式。

493 **turn a deaf ear to** 不聽，對…充耳不聞、置若罔聞

Synonym be deaf to

■ Owen **turned a deaf ear to** his friends' advice. Owen 不聽他朋友們的勸告。

■ Ms. Lin asked Carl to listen to her attentively in class, but he **turned a deaf ear to** the request. 林老師要 Carl 上課時注意聽講，但他對這要求充耳不聞。

Notice: turn a deaf ear to + N (sb/sth)

② **close/shut one's ears to** 表示「不聽,拒絕聽 (尤指壞消息或討厭的消息)」。例如:

▶ The boss **closed/shut his ears to** Bob's request for resignation.

老闆不聽 Bob 辭職的請求。

③ **go in one ear and out the other** 表示「左耳進,右耳出;當耳邊風」。例如:

▶ The manager's warning to Paul **went in one ear and out the other**.

Paul 把經理的警告當耳邊風。

④ **lend an ear** 表示「願意傾聽」。例如:

▶ Vicky **lends an ear** to her friend's complaints. Vicky 願意傾聽她朋友的抱怨。

494 **turn(...)down** ①調低,關小(聲音、煤氣、燈光等);②拒絕;③摺下來, 翻下來

Synonym ③turn back　　Antonym ①turn up; ②take up

■ **Turn** the TV **down**, for the baby is sleeping. 小嬰兒在睡覺,把電視關小聲點。

■ The company did offer me a job, but I **turned** it **down**.

那公司確實給我一份工作,但我拒絕了。

■ After Larry put on the coat, he **turned** the collar **down**.

Larry 穿上外套後,把領子摺下來。

Notice: turn down + N (sth/sb) 或 turn + N (sth/sb) + down

Expansion

① **turn up** 表示「調大,開大」。例如:

▶ Could you **turn up** the radio? 可否把收音機音量調大些?

② **take up** 表示「接受」。例如:

▶ The manager **took up** his proposal to open a new store in Taichung.

經理接受他的提案,要在台中新開一家店。

495 **turn(...)in** ①交(作業、工作等);②告發;③交還,交給

Synonym ①③hand in

■ You must **turn in** your test paper before time is up.　你必須在時間到之前交卷。

■ The shop owner **turned** the man **in** to the police for stealing.

店主向員警告發這男子偷竊。

■ Mandy found a wallet and **turned** it **in** to the lost-and-found department.

Mandy 發現一個皮夾並把它交給失物招領處。

Notice: turn in + N (sth/sb) 或 turn + N (sth/sb) + in

Expansion

① **hand in** 也可以表示「交，交給」。例如：

▶ The students are required to **hand in** their essays tomorrow.

學生們被要求明天交短文。

② **turn...over** 表示「把（犯人）交給（警方等）」。例如：

▶ The security guard **turned** the pickpocket **over** to the police.　警衛把扒手交給了員警。

---

496 **turn(...)into** （把…）變成

Synonym　change/transform(...)into

■ If people go on cutting down trees, they will **turn** the forest **into** a desert.

如果人們繼續砍伐樹木，將會把這森林變成沙漠。

■ The caterpillar has **turned into** a beautiful butterfly.

那毛毛蟲已變成一隻漂亮的蝴蝶了。

Notice: turn + N (sb/sth) + into + N (sth) 或 turn into + N (sb/sth)

Expansion

transform(...)into 也可以表示「（把…）變成」。例如：

▶ The girl has been **transformed into** an elegant lady.　這女孩已變成了一位優雅的女士。

---

497 **turn(...)off** 關上，關掉（水電、煤氣等）

Synonym　switch off　　Antonym　turn on

■ Before you leave the lab, make sure to **turn off** the lights.

離開實驗室前，務必把燈關掉。

■ The burglar yelled, "**Turn** the alarm **off**."　竊賊咆哮：「關掉警報器。」

Notice: turn off + N (sth) 或 turn + N (sth) + off

> **Expansion**
>
> **turn(...)on** 表示「打開」。例如：
>
> ▶ Roy **turned on** the TV and watched the news about the World Cup.
>
> 　Roy 打開電視，看關於世界盃的消息。

498 **turn to**　①翻到；②求助於

■ Open your books and **turn to** page 90.　打開你們的書，翻到 90 頁。

■ Whenever Bruce is in trouble, he always **turns to** his grandma.

　每當 Bruce 有困難時，他總是求助於奶奶。

Notice: turn to + N (sth/sb)

499 **under the circumstances**　在這種情況下，既然如此

Synonym　in the circumstances

■ What can I say **under the circumstances**?　既然如此，我能說什麼？

■ My mother has got cancer. **Under the circumstances**, I must stay and look after her.　我母親得了癌症。在這種情況下，我必須留下來照顧她。

> **Expansion**
>
> **in／under no circumstances** 則表示「絕不，無論如何都不」。例如：
>
> ▶ **In／Under no circumstances** will I take Jane into my confidence.
>
> 　我絕不會把 Jane 視為心腹。

500 **up to**　①由…做主；②達到（標準）；③勝任；④（走）向，朝向；⑤（數量）高達，多達

■ Whether you accept this offer or not is **up to** you.　你是否接受這個提議完全由你決定。

■ Linda felt a bit frustrated since she wasn't **up to** her parents'expectations.

Linda 有點感到沮喪，因為她未能達到父母的期望。

■ Nancy is not **up to** (doing) the work.　Nancy 無法勝任這工作。

■ Bob went straight **up to** the entrance.　Bob 直直地朝門口走去。

■ The hall can hold **up to** about 2,000 people.　這大廳可容納多達 2,000 人。

Notice: up to + N/V-ing

E X E R C I S E

BASIC

A *Multiple Choice*

(　) **1.** The naughty boy ＿＿＿＿ the poster on the wall.

(A) told apart　　(B) tore off　　(C) turned down　　(D) turned in

(　) **2.** Make your announcement short and ＿＿＿＿.

(A) to the point　　　　　　(B) turn to

(C) take up　　　　　　　　(D) to your disappointment

(　) **3.** Nicole is very moody; ＿＿＿＿, she often becomes angry for no particular reason.

(A) thanks to　　(B) to the point　　(C) up to　　(D) that is

(　) **4.** If you ＿＿＿＿ this precious opportunity, it will never come back to you again.

(A) take up　　(B) throw away　　(C) turn in　　(D) tear off

(　) **5.** Some visitors ＿＿＿＿ what the guide said and fed the animals. Therefore, they were bitten by the animals.

(A) turned over　　(B) turned into　　(C) turned on　　(D) turned a deaf ear to

(　) **6.** Once the decision has been made, we must ＿＿＿＿ to carry it out.

(A) try our best　　(B) take up　　(C) think of　　(D) turn into

(　) **7.** They told Allen to ＿＿＿＿ the music ＿＿＿＿. It was noisy.

(A) turn; up　　(B) turn; in　　(C) turn; into　　(D) turn; down

(　) **8.** Bruce has ＿＿＿＿ a young man from a boy.

(A) turned off　　(B) turned on　　(C) turned down　　(D) turned into

(　) **9.** There was no one that Paul could ＿＿＿＿ when he was in trouble.

(A) turn down　　(B) turn to　　(C) turn up　　(D) turn in

(   ) **10.** Both sides have made their positions clear. The final judgment _____ you.

      (A) turns up   (B) turns into   (C) is up to   (D) turns off

B Guided translation

1. 在這種情況下，你必須鎮定。

_____ _____ _____ , you must keep calm.

2. 記得用完電腦後要關機。

Remember to _____ _____ the computer after you have finished using it.

3. 老師叫我們放學前交作業。

The teacher told us to _____ _____ our homework before school was over.

4. Andy 對他媽媽的話置若罔聞。

Andy _____ _____ _____ _____ _____ his mother.

5. 你今天的演講簡明又扼要。

Your lecture today was brief and _____ _____ _____ .

6. 令這男孩失望的是，他跑了五家書店都沒找到他想要的書。

_____ _____ _____ , the boy went through five bookstores but didn't find the book he wanted.

7. 每天人們扔掉很多垃圾。

Every day, people _____ _____ lots of garbage.

8. 他們花了許多時間想出一個過河的辦法。

They spent a lot of time _____ _____ a way to cross the river.

9. 我認為我能說服 Smith 先生和我們一起做實驗。

I think I can _____ Mr. Smith _____ joining us in the experiment.

10. 雖然這兩雙鞋子顏色一樣，不過他們的尺寸大小不同，所以你應該可以分辨出來。

Though these two pairs of shoes have the same color, they are in different sizes. Therefore, you can _____ them _____ .

A D V A N C E D

A Synonym

Match each idiom or phrase with the synonymous one correctly; ignore the tense or capitalization.

(A) tear off	(B) take up	(C) think out	(D) turn off	(E) talk...into
(F) thanks to	(G) turn down	(H) think of	(I) turn in	(J) turn...into

_____ **1.** The salesman persuaded John into buying a box of Christmas crackers.

_____ **2.** When I saw the photo, I recalled my life in New York.

_____ **3.** The magician changed the hat into a pigeon.

_____ **4.** Ted took off his sweater quickly and rushed into the kitchen.

_____ **5.** Because of your timely help, I completed my work in time.

_____ **6.** I'd like to accept your offer of a ride to the movie theater.

_____ **7.** Sally switched off the light and went out.

_____ **8.** Don't forget to return my laptop tomorrow.

_____ **9.** If you take us as friends, please don't refuse our offers of assistance.

_____ **10.** Could you consider our proposal?

B Cloze Test

Fill in each blank with one of the idioms or phrases listed below. Make changes if necessary.

try one's best	under the circumstances	think of	tell apart
up to	turn to	that is	take up
thanks to	to one's disappointment		

1. We are leaving on April 1st, _____, April Fool's Day.

2. This newly-built stadium can hold _____ 10,000 people.

3. _____ the stylist's help, I could find the shoes that went best with my gown.

4. "What do you _____ the book?" "I think it's interesting."

5. Please _____ page 101 and refer to note 10.

6. The forecast is for heavy rain and strong winds. _____, they decide to put off the meeting.

7. One of the twin brothers has put on 10 pounds recently, so now it is easy to _____ them _____.

8. _____, he made the same mistake again.

9. We'll _____ to win the game. We'll make every effort.

10. Betty's time is fully _____ with reading. She has no time to play.

UNIT 26

(501) used to 過去常（做…）

■ William **used to** get up early when he studied at school.　過去上學時，William 常早起。

■ Betty has changed a lot. She is no longer what she **used to** be.

　Betty 變很多，不再是過去的她了。

Notice: used to + V

Explanation

1. used to 的疑問句和否定句要用 did。例如：

　▶ " **Did** Eric **use to** come by bike?" "Yes, he did."

　　「Eric 過去常騎腳踏車來嗎？」「是，他過去常騎腳踏車來。」

　▶ Eric **didn't use to** come by bike.　Eric 過去不常騎腳踏車來。

　▶ Eric **used to** come by bike, **didn't/usedn't** he?"　Eric 過去常騎腳踏車來，不是嗎？

　在正式的英文中，used to 的否定式作 used not to，縮寫作多 usen't，有時也作 usedn't。例如：

　▶ Eric **used not to** come by bike.　Eric 過去不常騎腳踏車來。

2. used to + V 與 would + V 都有「過去常（做…）」之意，區別在於：used to + V 表示過去常做某事，現在沒有；而 would + V 只說明過去常做某事，並不涉及現在的狀況。

　used to 後的動詞原形既可以是表示動作的動詞，也可以是表示狀態的動詞。例如：

　▶ Amy **used to** like comic books.　Amy 過去喜歡漫畫書。

　▶ Bob **used to** be a model student.　Bob 過去是個模範生。

　而 would + V 中的動詞只能是表示動作的動詞，而不能是表示狀態的，故以上兩句不能用 would 代替 used to。

3. "There used to be..." 表示「過去有 ...」，疑問句作 "Did there use to be...?" 或 "Used there to be...?"。例如：

　▶ **There used to be** a school right there.　過去那裡有一所學校。

Expansion

be used to 後接動名詞或名詞，表示「習慣 (做…)」，可以作 <u>get</u>/<u>become</u> used to。例如：

▶ Mark **is/gets/becomes used to** taking a cold shower every morning.

Mark 習慣每天早晨沖冷水澡。

 502 use up 耗盡，用完

Synonym run out (of)

■ Milk has been **used up**. Let me go buy some.　牛奶已經喝完了，再讓我去買一些吧。

■ Amy **used up** her last dollar to buy the dress.

Amy 把她最後一塊錢花在那件洋裝上了。

Notice: use up + N (sth)

503 wait for 等待，等候

■ The wounded man lay on the ground and **waited for** help.　傷者躺在地上，等待幫助。

■ Gina has been **waiting for** her boyfriend for half an hour, but he hasn't showed up.

Gina 等她男友半小時了，但他還沒出現。

Notice: wait for + N (sth/sb)

Expansion

can't wait to + V 表示「等不及要…」。例如：

▶ Stella **can't wait to** have a vacation in America.　Stella 等不及要到美國度假。

 504 wake(...)up ①睡醒，醒來；②叫醒，覺醒；③開始注意

■ The boy **woke up** and found himself lying on the sofa.　男孩醒來發現自己躺在沙發上。

■ My mother **wakes** me **up** at six o'clock every morning.　媽媽每天早上六點把我叫醒。

■ **Wake up** and wise up!　覺醒吧，放聰明點！

Notice: wake + N (sb) + up

Expansion

wake up to 表示「開始意識到，覺醒」，後接名詞。例如：

▶ We **wake up to** the fact that the problem of global warming is getting worse.

我們開始意識到全球暖化問題逐漸嚴重的事實。

505 **warm up** ①（使）暖和；②加熱；③熱身；④（使）熱鬧、活潑

Synonym ②heat up

■ The weather has **warmed up**. 天氣已經暖和起來。

■ The soup had got cool, so I had to **warm** it **up**. 湯涼了，我得把它加熱。

■ You should **warm up** before swimming. 游泳之前，你應該先熱身。

■ As soon as the host and hostess went into the room, the party began to **warm up**.

男女主人一走進房間，這個派對就熱鬧了起來。

Notice: warm + N (sth) + up

Expansion

heat up 也可以表示「加熱」。例如：

▶ Could you help me **heat up** the soup? 你能幫我把湯加熱嗎？

506 **warn...of** 警告，告誡

■ The TV **warned** the people **of** tsunami. 電視警告人們有海嘯。

■ The tour guide **warned** the tourists **of** possible dangers. 導遊告誡遊客們可能的危險。

Notice: warn + N (sb) of + N (sth)

Explanation

warn 後也可以接不定詞，warn sb not to + V 相當於 warn sb aginst + V-ing，表示「告誡某人不要做某事」。例如：

▶ I have **warned** Ray **not to** go there.

→ I have **warned** Ray **against** going there. 我已告誡 Ray 別去那裡。

507 **wash out** ①洗淨；②（某物）洗掉；③（因下雨）被取消

■ Let me try this detergent. Hopefully, it can **wash out** the stain.

我來試試這個洗潔劑，希望它能洗掉這汙漬。

■ The ink may not **wash out**. 這墨水可能洗不掉。

■ The football match was **washed out** yesterday. 昨天橄欖球賽因下雨而被取消。

Notice: wash out (+ N)

> ### Expansion
>
> wash off 表示「將（某物表面的污垢）洗掉」。例如：
>
> ▶ It's easy to **wash off** the spots of mud on your skirt. 你裙子上的泥點很容易洗掉。

 wear out ①磨損；②使精疲力盡

■ I have **worn** my shoes **out**. 我鞋子已經穿破了。

■ After a long walk, I was **worn out**. 走了很長的路之後，我感到精疲力盡。

Notice: wear (+ N) + out

Explanation

wear out 表示「磨損」時，可以用物品當主詞。例如：

▶ My shoes have **worn out**. 我的鞋子已經磨損了。

> ### Expansion
>
> wear down 表示「磨耗，磨薄；使（意志、決心等）薄弱」。例如：
>
> ▶ The flower design on this vase has been **worn down**.
>
> 花瓶上的花卉圖案已經磨得看不清了。
>
> ▶ They were **worn down** by the delaying tactics 拖延戰術使他們的意志薄弱。

 what(...)for ①為什麼；②有何用

■ **What** do the workers dig the hole **for**? 工人們為什麼要挖這個洞？

■ **What** did they build this sealed lab **for**? 他們建造這個封閉的實驗室有何用？

Explanation

what for 可用於簡答。例如：

▶ "I have to go out at once." "**What for**?" 「我得馬上出去。」「為什麼？」

 what if ①如果…怎麼辦；②如果…怎麼樣；③即使…又有什麼要緊

■ **What if** an earthquake happens?　假如發生了地震，我們該怎麼辦？

■ **What if** we take some measures to protect the environment?

如果我們採取一些措施來保護環境會怎麼樣呢？

■ **What if** Larry is here?　即使 Larry 在這裡，又有什麼要緊呢？

Notice: what if + 子句

Explanation

what if 表示「如果…怎麼樣」之意，用於提出建議。what if 表示「如果…怎麼辦」之意，可視為 "What will happen if" 的省略句，用於問未來會發生什麼事，通常用於令人不愉快或害怕的事。而 what if 表示「即使…又有什麼要緊」之意時，用來表示說話者不認為某事是重要的。

511　what's more　而且，更有甚者

Synonym in addition

■ Karen is clever, and **what's more**, she is diligent.　Karen 聰明，而且勤奮。

■ The professor is a profound thinker, and **what's more**, she is very multitalented.

這位教授是一個學識淵博的思想家，而且還多才多藝。

Explanation

此片語在句中作插入語，用於補充說明。

512　what's worse　更糟糕的是

■ A few days later, the book was still missing, and **what's worse**, Sam lost more books.　幾天過後，那本書還沒找到；更糟糕的是，Sam 又遺失了一些書。

■ The use of e-mail does not help Peter work efficiently as he expected. **What's worse**, he now has to spend a lot of time filtering spam.

使用電子郵件並未如 Peter 預期的使工作更有效率；更糟糕的是，他現在得花很多時間過濾垃圾信件。

513　whether or not　是否

■ **Whether or not** to count on Molly to help is up to you.　是否靠 Molly 來幫助取決於你。

■ I don't know **whether or not** Sandy will attend the meeting.

我不知道 Sandy 是否會來參加會議。

Notice: whether or not + to V/clause

Explanation

whether or not 可與 whether...or not 的用法做代換。例如：

▶ I don't know **whether** Sandy will attend the meeting **or not**.

我不知道 Sandy 是否會來參加會議。

 with a view to 打算（做…），為了

Synonym in the hope of

■ Kent is decorating the house **with a view to** getting married.

Kent 正在裝修房子打算結婚。

■ Annie studied French ever day **with a view to** mastering it as soon as possible.

為了儘快精通法語，Annie 每天研讀。

Notice: with a view to + N/V-ing

 with regard to 關於

Synonym in regard to

■ **With regard to** this essay, I think it is a piece of inspirational writing.

關於這篇短文，我覺得非常鼓舞人心。

■ The design **with regard to** the new machine is in question.

關於新機器的設計正在討論中。

Notice: with regard to + N (sth)

 work out ①計算出；②制訂出，想出；③鍛練，健身；④（問題）逐漸解決、化解

Synonym ①figure out

■ Who can **work out** the math problem?　誰能計算出這道數學題目？

■ It won't be long before we **work out** our study plan.

不久我們就會制訂出我們的學習計畫。

■ They **work out** in the gym for two hours after school every day.

每天放學後，他們在體育館鍛練兩個小時。

■ The problem won't **work out**.　這問題解決不了。

Notice: work out (+ N)

---

517 **worry about**　擔心，焦慮

Synonym care about、be worried/concerned about

■ Parents often **worry about** their children's future.　父母常擔心孩子的未來。

■ Don't **worry about** the rumor; the truth will be known to everybody sooner or later.

別為這謠言而焦慮，大家遲早會知道事實的。

Notice: worry about + N (sb/sth)

---

518 **would like**　想要

■ **Would** you **like** something to eat?　你想要些吃的嗎？

■ I **would like** to go shopping.　我想要去購物。

Notice: would like + N/to V

Explanation

1. would like 可先後接受詞，再接不定詞。例如：

▶ I **would like** you to come to my house for dinner.　我想要你到我家吃晚飯。

2. would like 也可以用於禮貌性地表達願望或要求，也作「想要；願意」之意。例如：

▶ I**'d like** a holiday in Hawaii , but it's too expensive.　我想要在夏威夷度假，但太貴了。

▶ "**Would** you **like** to carry the box for me?" "With pleasure."

「你願意幫我搬這個箱子嗎？」「願意效勞。」

Expansion

How would you like...? 表示「你想要⋯嗎？」，也可以表示「你覺得/認為⋯如何？」。例如：

▶ **How would you like** a cup of coffee?　你想要一杯咖啡嗎？

▶ **How would you like** her new hairdo?　你覺得她的新髮型怎麼樣？

---

519 **would rather**　寧願，寧可

■ Kevin **would rather** go swimming this afternoon.　Kevin 寧可今天下午去游泳。

■ I **would rather** watch TV than go to the movies.　我寧可看電視也不去看電影。

Notice: would rather + V (+ than + V)

Expansion

would rather + V + than + V 相當於 prefer + V-ing + to + V-ing 或 prefer + to V + rather

than + V，均可表示「寧願⋯也不願⋯」。例如：

▶ I **would rather** go to a movie **than** go shopping.

　→ I **prefer** going to a movie **to** going shopping.

　→ I **prefer** to go to a movie **rather than** go shopping.　我寧願看電影也不願逛街。

---

520 **write(...)down**　記下，寫下

Synonym　take down

■ **Write down** your name and address.　寫下你的名字和地址。

■ What the chairman said has been **written down**.　主席所說的話已被記下來了。

Notice: write down + N (sth) 或 write + N (sth) + down

E X E R C I S E

BASIC

A *Multiple Choice*

(　) **1.** Jack ＿＿＿＿ come to see me on weekends, but now he is too busy to do so.

　　(A) was used to　　(B) used to　　(C) used up　　(D) got used to

(　) **2.** Don't make any noise in case you should ＿＿＿＿ the sleeping baby.

　　(A) warn of　　(B) wait for　　(C) wake up　　(D) warm up

(　) **3.** The swimmer did some exercises to ＿＿＿＿.

　　(A) wake up　　(B) wash out　　(C) wear out　　(D) warm up

(　) **4.** I ＿＿＿＿ go with you than stay here.

　　(A) prefer　　(B) would like　　(C) would rather　　(D) used to

(　) **5.** ＿＿＿＿ you ＿＿＿＿ to go mountain-climbing with us?

(A) Would; like   (B) Would; rather   (C) What; for   (D) Whether; or not

(   ) **6.** The shirt has _____. I am going to buy a new one for you.

     (A) waken up   (B) worked out   (C) washed out   (D) worn out

(   ) **7.** Afraid that the precious diamond would be stolen, the owner of that boutique had a

     new security system installed and _____, he hired extra guards.

     (A) whether or not   (B) what's more   (C) what for   (D) what if

(   ) **8.** They bought plenty of sand and stones _____ building a house.

     (A) what if   (B) with regard to   (C) with a view to   (D) what for

(   ) **9.** _____ the show, I think it's great.

     (A) With regard to   (C) With a view to   (B) Whether or not   (D) What for

(   ) **10.** You can easily _____ the answer if you add all the numbers.

     (A) warn of   (B) warm up   (C) work out   (D) write down

B *Guided Translation*

1. 我最擔心的是醫生能否很快到達。

What I am _____ _____ most is whether the doctor can arrive soon.

2. 我不確定 Emma 是否喜歡這洋裝。

I am not sure _____ _____ _____ Emma likes the dress.

3. 我奶奶一直身體不好，更糟糕的是，腿又斷了。

My grandma had been in poor health, and _____ _____, she broke her leg.

4. 如果 Jack 明天不來怎麼辦？

_____ _____ Jack doesn't come tomorrow?

5. 你為何不遵守諾言？

_____ did you break the promise _____?

6. 不要把墨水濺到白襯衫上，否則污漬會洗不掉的。

Don't spatter the ink over the white shirt, or the stains won't _____ _____.

7. 你父親曾警告過你危險，不是嗎？

Your father has _____ you _____ the risk, hasn't he?

8. 已經等了那歌手兩個小時，歌迷們開始感到生氣。

Having been _____ _____ the singer for two hours, the fans began to feel

upset.

9. Carl 的錢一花光，他就回家去要更多。

As soon as Carl _____ _____ his money, he went home to ask for more.

10. 員警記下那輛汽車的號碼。

The policeman _____ _____ the car's number.

ADVANCED

A Matching

_____ **1.** work out (A) to stay somewhere until someone comes

_____ **2.** with a view to (B) in addition

_____ **3.** wait for (C) to take information down on a piece of paper

_____ **4.** warm up (D) to tell someone something dangerous may happen

_____ **5.** warn...of (E) to get rid of something with water

_____ **6.** wash out (F) with the intention or hope of doing something

_____ **7.** wear out (G) to become excited or cheerful

_____ **8.** write down (H) to make someone feel very tired

_____ **9.** whether or not (I) to make someone's body fit and strong

_____ **10.** what's more (J) used when someone doesn't know which of two possibilities is true

B Cloze Test

Fill in each blank with one of the idioms or phrases listed below. Make changes if necessary.

what...for	use up	would rather	worry about	with regard to
what if	wake up	used to	what's worse	would like

1. _____ Lora's article, I think she needs to polish it.

2. "_____ you _____ some coffee?" "Yes, please."

3. The refugee _____ starve than beg for food.

4. My hometown is no longer what it _____ be. It has changed from a fishing village to a tourist spot.

5. Ron has _____ all his savings and has to borrow some money from his friends.

6. The government had been sharply criticized for _____ the economic crisis too late.

7. "_____ did you get up so early _____?" "To catch the first bus."

8. "_____ it rains tomorrow?" "If it does rain, we will put off the trip."

9. George was late for school, and _____, he forgot to bring his books.

10. The mother is _____ the safety of her children. She is afraid something bad may happen to them.

Answer Key

BASIC

A 1. A   2. C   3. A   4. D   5. C   6. D   7. B   8. C   9. B   10. D

B 1. agree; (up)on   2. a; number/couple; of   3. dozen; of   4. a; kind; of   5. A; group; of   6. a; large; quantity; of   7. A; sense; of   8. According; to   9. accused; of   10. Above; all

ADVANCED

A 1. C   2. A   3. B   4. E   5. F   6. G   7. J   8. D   9. H   10. I

B 1. B   2. D   3. A   4. C   5. D   6. C   7. B   8. C   9. C   10. D

BASIC

A 1. B   2. C   3. B   4. C   5. D   6. A   7. A   8. C   9. C   10. B

B 1. As; a; result   2. and; so; on   3. Apart; from   4. along; with   5. appeals; to   6. any; more   7. around; the; corner   8. applied; for   9. as; well   10. applies; to

ADVANCED

A 1. E   2. I   3. A   4. J   5. C   6. H   7. G   8. F   9. B   10. D

B 1. as for   2. applies to   3. Apart from   4. as if   5. As a result   6. all sorts of   7. arguing with   8. as much as   9. As long as   10. arrive in

BASIC

A 1. C   2. B   3. D   4. A   5. D   6. B   7. C   8. C   9. B   10. A

B 1. attracted/caught/got; attention   2. at; the; same; time   3. At; first   4. at; the; risk; of   5. at; the; expense; of   6. at; stake   7. At; one; time   8. at; midnight   9. associated; with   10. at; that; time

ADVANCED

A **1.** B **2.** H **3.** D **4.** I **5.** F **6.** G **7.** E **8.** C **9.** J **10.** A

B **1.** A **2.** B **3.** C **4.** D **5.** D **6.** A **7.** B **8.** D **9.** C **10.** A

BASIC

A **1.** A **2.** B **3.** B **4.** A **5.** C **6.** D **7.** B **8.** A **9.** A **10.** C

B **1.** back; and; forth **2.** backed; up **3.** were/got/grew/became; accustomed; to **4.** be; addicted; to **5.** is; afraid; of **6.** is; allergic; to **7.** is; famous; for **8.** is; composed; of **9.** are; concerned; about **10.** is; about; to

ADVANCED

A **1.** G **2.** A **3.** I **4.** E **5.** H **6.** D **7.** F **8.** C **9.** J **10.** B

B **1.** H **2.** E **3.** I **4.** B **5.** A **6.** F **7.** J **8.** D **9.** G **10.** C

BASIC

A **1.** B **2.** D **3.** A **4.** D **5.** D **6.** B **7.** D **8.** A **9.** B **10.** C

B **1.** are; made; of **2.** be; responsible; for **3.** are; ready; for **4.** are; opposed; to **5.** are; related; to **6.** is; likely/liable; to **7.** are; liable; to **8.** am; fond; of **9.** is; filled; with **10.** is; ripe; for

ADVANCED

A **1.** C **2.** E **3.** H **4.** B **5.** G **6.** F **7.** J **8.** I **9.** D **10.** A

B **1.** is identical to **2.** was...interested in **3.** is jealous of **4.** is liable to **5.** are...likely to **6.** is made of **7.** be responsible for **8.** is rich in **9.** is ripe for **10.** is...sensitive to

BASIC

A **1.** B **2.** A **3.** C **4.** A **5.** B **6.** D **7.** A **8.** C **9.** D **10.** A

B **1.** is; suitable; for **2.** Am; supposed; to **3.** am; sure; that **4.** because; of **5.** before; long **6.** believe; in **7.** belong; to **8.** benefited; from **9.** broke; down **10.** break;

in; on

A 1. F 2. J 3. G 4. I 5. D 6. B 7. H 8. C 9. E 10. A

B 1. B 2. C 3. A 4. D 5. B 6. D 7. A 8. C 9. C 10. B

BASIC

A 1. B 2. A 3. C 4. B 5. D 6. C 7. A 8. D 9. B 10. C

B 1. by; the; way 2. call; off 3. called; on 4. can't; afford 5. burst; into 6. couldn't; help 7. care; for 8. bumped; into 9. care; about 10. couldn't; wait

ADVANCED

A 1. B 2. H 3. I 4. F 5. E 6. G 7. D 8. C 9. J 10. A

B 1. bumped into 2. Bring in 3. brought...to 4. By all means 5. by nature 6. By the time 7. by the way 8. can't afford 9. bursting into 10. caring for

BASIC

A 1. A 2. C 3. B 4. C 5. A 6. C 7. B 8. C 9. A 10. D

B 1. caught; a; cold 2. cause; damage; to 3. change; into 4. check; in 5. caught; a; bus 6. came; down; with 7. come; from 8. came; to 9. come; up; with 10. Compared; to/with

ADVANCED

A 1. F 2. I 3. D 4. B 5. J 6. C 7. A 8. E 9. H 10. G

B 1. I 2. C 3. H 4. F 5. D 6. G 7. A 8. E 9. J 10. B

BASIC

A 1. C 2. A 3. B 4. A 5. D 6. B 7. D 8. C 9. C 10. A

B 1. developed; from 2. devote; to 3. died; of/from 4. differs; from 5. disagree; with 6. disapproved; of 7. consists; of 8. convert; into 9. cope/deal; with 10.

count/depend; on

ADVANCED

A 1. G 2. I 3. C 4. B 5. E 6. H 7. J 8. A 9. D 10. F

B 1. converted...into 2. convince...of 3. cut...into 4. deprived...from 5. is made up of 6. covered...with 7. cope with 8. depends on 9. derived...from 10. developed from

BASIC

A 1. B 2. A 3. C 4. D 5. B 6. B 7. A 8. C 9. B 10. D

B 1. does; harm; to 2. escape; from 3. dropped; by/in/round 4. due; to 5. either; or 6. were; engaged; in 7. enjoys; company 8. Enjoy; yourselves 9. enter; into 10. ever; since

ADVANCED

A 1. F 2. C 3. B 4. E 5. D 6. G 7. H 8. A 9. J 10. I

B 1. D 2. A 3. B 4. A 5. C 6. D 7. C 8. B 9. D 10. A

BASIC

A 1. A 2. C 3. D 4. B 5. D 6. A 7. D 8. B 9. C 10. D

B 1. for; fear; that 2. fooling; around 3. fitted; into 4. find; out 5. filled; out 6. For; lack; of 7. falls; out 8. falling; asleep 9. exist; in 10. for; example

ADVANCED

A 1. B 2. J 3. A 4. I 5. F 6. D 7. H 8. G 9. C 10. E

B 1. B 2. I 3. F 4. J 5. E 6. D 7. A 8. G 9. C 10. H

BASIC

A 1. B 2. A 3. C 4. D 5. D 6. C 7. A 8. B 9. C 10. A

B 1. gave; off 2. for; some; reason 3. get; along 4. get; around 5. got; away; from

6. got; in; touch; with **7.** get; through **8.** get; up **9.** gave; away **10.** gave; comments; on

ADVANCED

A **1.** H **2.** F **3.** E **4.** B **5.** D **6.** C **7.** A **8.** I **9.** J **10.** G

B **1.** I **2.** G **3.** J **4.** F **5.** B **6.** H **7.** C **8.** A **9.** D **10.** E

UNIT 13

BASIC

A **1.** D **2.** A **3.** A **4.** B **5.** C **6.** A **7.** B **8.** D **9.** D **10.** C

B **1.** has; a; effect; on **2.** right; have **3.** hardly; any **4.** happened; to **5.** hung; up **6.** had; better **7.** grew; out; of **8.** grown; into **9.** graduated; from **10.** go; to; the; movies

ADVANCED

A **1.** D **2.** A **3.** B **4.** C **5.** I **6.** G **7.** F **8.** J **9.** H **10.** E

B **1.** gone bad **2.** went for **3.** going out with **4.** go to bed **5.** went to the movies **6.** graduated from **7.** grow out of **8.** had better **9.** had an effect on **10.** are/were hung up

UNIT 14

BASIC

A **1.** C **2.** A **3.** D **4.** B **5.** A **6.** D **7.** D **8.** C **9.** A **10.** B

B **1.** has; a; impact; on **2.** has; difficult/trouble **3.** have; in **4.** had; to; do; with **5.** has; difficult/trouble; in **6.** head; toward **7.** heard; from **8.** heard; of **9.** help; out **10.** held; a; party

ADVANCED

A **1.** D **2.** B **3.** C **4.** C **5.** A **6.** B **7.** A **8.** A **9.** D **10.** C

B **1.** have a...impact on **2.** has...to do with **3.** had...trouble in **4.** heading toward **5.** heard from **6.** held on **7.** held up **8.** hollowed out **9.** helping...with **10.** hold a party

BASIC

A **1.** C **2.** D **3.** A **4.** D **5.** D **6.** B **7.** C **8.** C **9.** B **10.** A

B **1.** in; favor; of **2.** in; a; sense **3.** in; advance **4.** In; other; words **5.** in; connection; with **6.** in; danger **7.** in; exchange; for **8.** in; front; of **9.** in; memory; of **10.** in; order; that

ADVANCED

A **1.** D **2.** G **3.** E **4.** B **5.** H **6.** C **7.** A **8.** I **9.** F **10.** J

B **1.** in order that **2.** in other words **3.** in operation **4.** In addition to **5.** In contrast to **6.** in danger of **7.** In case of **8.** in the face of **9.** in honor of **10.** in need of

BASIC

A **1.** D **2.** B **3.** C **4.** B **5.** A **6.** B **7.** D **8.** B **9.** B **10.** B

B **1.** in; return; for **2.** in; search; if **3.** In; terms; of **4.** in; the; hope; of **5.** in; the; name; of **6.** in; turn **7.** in; vain **8.** insisted; on **9.** instead; of **10.** join; in

ADVANCED

A **1.** I **2.** E **3.** G **4.** C **5.** A **6.** D **7.** B **8.** J **9.** F **10.** H

B **1.** in public **2.** in return **3.** in the hope that **4.** in terms of **5.** in the future **6.** in turn **7.** in vain **8.** insisted on **9.** instead of **10.** in the middle of

BASIC

A **1.** A **2.** A **3.** C **4.** B **5.** C **6.** D **7.** C **8.** B **9.** C **10.** D

B **1.** left; for **2.** lay/leave; off **3.** less; than **4.** let; alone **5.** Let; go **6.** know; of **7.** let; on **8.** little; by; little **9.** lives; on **10.** look; after

ADVANCED

A **1.** G **2.** E **3.** F **4.** A **5.** H **6.** B **7.** J **8.** C **9.** D **10.** I

B **1.** lay off **2.** live on **3.** let...go **4.** less than **5.** lent...to **6.** leaving for **7.** know of **8.** keep up with **9.** keep out **10.** keep quiet about

UNIT 18

BASIC

A **1.** B **2.** D **3.** A **4.** C **5.** B **6.** D **7.** C **8.** B **9.** A **10.** A

B **1.** make; a; decision **2.** make; a; living **3.** made; a; mistake **4.** make; an; agreement **5.** makes; difference; to **6.** made; a; judgment **7.** make; both; ends; meet **8.** looked; about **9.** made; a; impression; on **10.** make; a; reservation

ADVANCED

A **1.** I **2.** C **3.** F **4.** B **5.** D **6.** J **7.** E **8.** A **9.** H **10.** G

B **1.** looks down on **2.** looks over **3.** made a conclusion **4.** made a decision **5.** make a living **6.** make a good impression **7.** making mistakes **8.** made a reservation **9.** looking for **10.** make every effort to

UNIT 19

BASIC

A **1.** A **2.** C **3.** A **4.** B **5.** C **6.** B **7.** C **8.** A **9.** C **10.** D

B **1.** make; room; for **2.** make; use; of **3.** make; up **4.** made; friends; with **5.** not; at; all **6.** no; longer **7.** no; wonder **8.** on; a; diet **9.** on; account; of **10.** on; board

ADVANCED

A **1.** A **2.** J **3.** B **4.** C **5.** D **6.** E **7.** I **8.** H **9.** G **10.** F

B **1.** made...up **2.** make...use of **3.** make sure **4.** not only...but also **5.** made friends with **6.** neither...nor **7.** not...at all **8.** mix...with **9.** No matter what **10.** no wonder

UNIT 20

BASIC

A **1.** B **2.** A **3.** B **4.** B **5.** C **6.** C **7.** D **8.** A **9.** D **10.** C

B **1.** on; your; own **2.** on; the; other; hand **3.** on; time **4.** passed; away **5.** pass; out

6. passed; through **7.** pay; attention; to **8.** plays; an; role **9.** play; tricks; on **10.** prevent; from

ADVANCED

Ⓐ **1.** E **2.** I **3.** J **4.** G **5.** A **6.** H **7.** D **8.** F **9.** C **10.** B

Ⓑ **1.** plays an...role **2.** on sale **3.** patch...up **4.** On the other hand **5.** on time **6.** out of control **7.** paying...attention to **8.** protect...from **9.** on foot **10.** prevented... from

BASIC

Ⓐ **1.** B **2.** C **3.** D **4.** A **5.** A **6.** B **7.** C **8.** D **9.** C **10.** A

Ⓑ **1.** ran; away **2.** right; away **3.** revolves; around **4.** resorting; to **5.** put; into; operation **6.** regard/regarded; as **7.** reminds/reminded; of **8.** put; emphasis; on **9.** put; off **10.** received; from

ADVANCED

Ⓐ **1.** D **2.** G **3.** I **4.** B **5.** E **6.** A **7.** C **8.** F **9.** J **10.** H

Ⓑ **1.** J **2.** D **3.** E **4.** F **5.** A **6.** C **7.** H **8.** G **9.** B **10.** I

BASIC

Ⓐ **1.** D **2.** C **3.** A **4.** C **5.** B **6.** B **7.** A **8.** A **9.** C **10.** D

Ⓑ **1.** side; by; side **2.** sink; in **3.** Sit; up **4.** slowed; down **5.** so; that **6.** showed; respect; for **7.** soon; after **8.** specializes; in **9.** run; out **10.** run; over

ADVANCED

Ⓐ **1.** D **2.** G **3.** I **4.** B **5.** A **6.** C **7.** F **8.** E **9.** J **10.** H

Ⓑ **1.** searching...for **2.** set off **3.** saw...out **4.** shook hands **5.** settle down **6.** show respect for **7.** sinks in **8.** sits up **9.** sold out **10.** so...that

BASIC

A 1. A 2. A 3. B 4. B 5. C 6. C 7. C 8. A 9. D 10. C

B 1. takes; after 2. speed; up 3. took; away 4. took; by; surprise 5. take; action

6. takes; a; shower 7. take; a; rest 8. such; as 9. start; from 10. spread; over

ADVANCED

A 1. I 2. E 3. D 4. G 5. C 6. A 7. H 8. F 9. J 10. B

B 1. stands for 2. such as 3. starts with 4. suffered from 5. take a rest 6. take

a...shower 7. took a...walk 8. take...as an example 9. took...away 10. take a shot

BASIC

A 1. D 2. A 3. D 4. C 5. A 6. B 7. B 8. C 9. A 10. C

B 1. took; out 2. took; over 3. took; place 4. take; the; shape; of 5. take; turns 6.

takes; part; in 7. take; the; place; of 8. takes; care; of 9. take; for; granted 10.

Take; your; time

ADVANCED

A 1. B 2. I 3. G 4. E 5. D 6. A 7. F 8. C 9. J 10. H

B 1. took...into consideration 2. taken in 3. takes the shape of 4. take medicine 5.

take...measures 6. take...off 7. take on 8. took...over 9. took turns 10. take...

orders

BASIC

A 1. B 2. A 3. D 4. B 5. C 6. A 7. D 8. D 9. B 10. C

B 1. Under; the; circumstances 2. turn; off 3. turn; in 4. turned; a; deaf; ear; to 5.

to; the; point 6. To; his; disappointment 7. throw; away 8. thinking; out 9. talk;

into 10. tell; apart

ADVANCED

A 1. E 2. H 3. J 4. A 5. F 6. B 7. D 8. I 9. G 10. C

B 1. that is 2. up to 3. Thanks to 4. think of 5. turn to 6. Under the circumstances

7. tell...apart 8. To his disappointment 9. try our best 10. taken up

BASIC

A **1.** B   **2.** C   **3.** D   **4.** C   **5.** A   **6.** D   **7.** B   **8.** C   **9.** A   **10.** C

B **1.** worrying; about   **2.** whether; or; not   **3.** what's worse   **4.** What; if   **5.** What; for

6. wash; out   **7.** warned; of   **8.** waiting; for   **9.** used; up   **10.** wrote; down

ADVANCED

A **1.** I   **2.** F   **3.** A   **4.** G   **5.** D   **6.** E   **7.** H   **8.** C   **9.** J   **10.** B

B **1.** With regard to   **2.** Would...like   **3.** would rather   **4.** used to   **5.** used up   **6.** waking up   **7.** What...for   **8.** What if   **9.** what's worse   **10.** worrying about

英文素養寫作攻略

郭慧敏 編著

108 課綱英文素養寫作必備寶典

將寫作理論具象化，打造一套好理解的寫作方法！

本書特色

1. 了解大考英文作文素養命題重點，掌握正確審題、構思與布局要領。

2. 從認識文體、寫作思考串聯到掌握關鍵句型，逐步練好寫作基本功。

3. 提供大考各類寫作題型技巧剖析與範文佳句，全面提升英文寫作力。

50天搞定新制多益核心單字(二版)

張秀帆、盧思嘉　編著

● 全書共50回，分22種主題，一網打盡核心單字。

● 單字搭配例句，完全掌握單字用法。

● 補充同義字，考試舉一反三。

● 每回附10題單字測驗，打鐵趁熱，即時驗收學習成效。

● MP3朗讀音檔收錄英、美、澳、加四國口音。

┌─ 獨家贈送 ─
│　「英文三民誌2.0」APP，隨手就能背單字！
│　10回仿多益英語測驗PART 5隨堂評量！
└

核心英文字彙力2001～4500(三版)

丁雍嫻　邢雯桂
盧思嘉　應惠蕙　編著

- 依據大學入學考試中心公布之「高中英文參考詞彙表（111 學年度起適用）」編寫，一起迎戰 108 新課綱。單字比對歷屆試題，依字頻平均分散各回。

- 收錄 Level 3~5 學測必備單字，規劃 100 回。聚焦關鍵核心字彙、備戰學測。

- 精心撰寫各式情境例句，符合 108 新課綱素養精神。除了可以利用例句學習單字用法、加深單字記憶，更能熟悉學測常見情境、為大考做好準備。

- 常用搭配詞、介系詞、同反義字及片語等各項補充豐富，一起舉一反三、輕鬆延伸學習範圍。

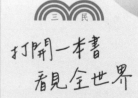